文春文庫

雷撃深度一九・五

池上 司

JN285224

文藝春秋

目次

雷撃深度一九・五

プロローグ

　アメリカ海軍の重巡洋艦インディアナポリスは、太平洋戦争開戦に先立つ九年前、一九三二年（昭和七年）に就役した。総排水量九、九五〇トン、全長一八六メートル、全幅二〇メートル。従来の重巡のノーザンプトン級よりやや大きく、装甲も強化されていた。だが、ワシントン軍縮条約の規制内で設計されたインディアナポリスは、太平洋戦争開戦時、すでに戦闘艦としては多くの問題点を抱えていた。軍艦の平均耐用年数は当時二〇年とされていたが、苛烈を極めた太平洋戦域を闘い抜き、艦齢一三年目の一九四五年当時には老朽化が歴然としていたのである。

しかし、この老朽艦は太平洋戦争の後半、思いがけぬ脚光を浴びることとなった。一九四三年五月、インディアナポリスは、第五艦隊を率いるレイモンド・A・スプルーアンス提督の旗艦として、将旗をマストに掲げたのである。

ミッチェル中将の空母機動部隊を含む第五艦隊を率いて、ニューギニアやパラオ、マリアナ諸島、硫黄島を転戦し、陸海空三軍の共同作戦を指揮してきた歴戦の艦は、まさに艦隊の象徴であり、乗組員の誇りだった。

そのインディアナポリスが暗号名『アイスバーグ』と名づけられた沖縄上陸作戦に参加したのは、一九四五年三月二三日、上陸予定の一〇日前であった。

この日から、米第五艦隊は上陸地点の嘉手納海岸を中心に全島へ、昼夜を分かたぬ空襲と艦砲射撃を開始した。

戦力を急速に減少させ、制空権、制海権をすでに失っていた日本軍ではあったが、離島ではなく一都一道二府四三県の一つへの初の本格的な侵攻作戦に、大本営は色めき立った。陸軍は沖縄第三二軍に徹底抗戦を命じるとともに、海軍は連合艦隊司令部より「天号作戦」を発動した。

沖縄の空と海は、激しい戦火に彩られた。スプルーアンス提督は、レーダー搭載駆逐艦をピケット（哨戒）艦として、日本軍機が突入してくるコースに配置し、早期警戒システムを構築。攻撃機の艦隊への接近前に、直掩戦闘機を発進させ、待ち構える万全の態勢を整えた。艦船一、三一七隻、艦載機一、七二七機を保有する第五艦隊には、その防衛網を突破される可能性は、皆無に等しく思われた。

しかし、上陸前日の三月三一日、午後三時を少し回った頃、アメリカ側に最悪の事態が発生した。防空直掩に発進していた艦載戦闘機と、沖縄爆撃に出撃した艦載爆撃機の着艦が重なり、空母の飛行甲板上が混乱を極めたのだった。そこへ、レーダー・ピケット艦を務めていた駆逐艦リンゼイが、突如低空で突入する日本の零式艦上戦闘機、一八機編隊を発見し報告したのだ。インディアナポリス艦上の第五艦隊幕僚の間に戦慄が走った。三年前、ミッドウェイ海戦で、圧倒的な戦力を有する日本高速空母艦隊に対して、必殺の一撃を与えた際の状況にあまりに酷似していたからである。

航空母艦は、広い飛行甲板を有するために、基本的に自衛兵器の装備が著しく制限される。しかも、航空機を数多く搭載する必要から装甲を薄くして、格納庫を広くする。そのくせ可燃性の航空燃料や爆弾、航空魚雷を多量に積載している。戦闘機の直掩なしでは、船体が大きいだけに、動く脆弱な巨大標的にすぎない。

インディアナポリスのコンバット・インフォメーション・センター（ＣＩＣ）で、戦況表示盤に見入っていたスプルーアンス提督は、各艦に速やかに艦砲射撃を中止し、防空輪形陣を組むよう下令した。

この時、砲撃可能な各艦艇はいずれも海岸線に接近し、定められた目標を砲撃中だった。インディアナポリスも他の艦艇と同様、嘉手納海岸に六、〇〇〇メートルまで接近し、二〇センチ主砲による艦砲射撃を繰り返していた。

ブリッジで操艦と戦闘の指揮を執っていたマックベイ艦長は、速やかに反応した。撃ち方止めを下令すると、全速前進・取り舵一杯を命じた。

しかし、時はすでに遅かった。神風特別攻撃隊は計画的に散開し、三方向から艦隊中央に突入して来た。一斉に射撃を開始した対空砲火弾幕と、全速で逃げ惑う艦艇とで、陣形は混乱し、組織的な防空戦闘は実施されなかった。しかも、各艦が思い思いの回避を始めたことにより、処々で衝突の危険が生じ、急角度の転舵をしなくてはならなかった。このため各艦の防空指揮所が行う組織的な射撃統制は、転舵の度に変更を余儀なくされ、照準はほとんどつけられなくなった。だが、射撃統制皆無とは言え、艦船一、三一七隻が撃ち上げる対空弾幕は激しく、練度の低い操縦士と重い爆装のために鈍重な動きしかできない零式艦上戦闘機は、一機、また一機と撃ち落とされていった。その混乱の中、海面すれすれの高度一五メートルで侵入した一機の零戦があった。奇跡的に弾幕を掻い潜って艦隊の上空に辿り着いたその特攻機は、回避行動中のインディアナポリスの艦尾に急接近した。

砲煙と艦上構造物で遮蔽され、その姿はインディアナポリスのブリッジでもマスト最上部の見張り所でも発見されなかった。突然襲った艦を揺るがす大音響と振動に、マックベイ艦長も当初は事態を把握できなかった。

命中箇所は、左舷後部上甲板であった。零式艦上戦闘機は激突の反動で海中に転落したが、搭載されていた二五番と呼ばれる二五〇キロ爆弾は分厚い上甲板装甲を貫通、兵員食堂と兵員室、そして燃料タンクをぶち抜いて、船体下部で爆発した。艦の外殻にはふたつの破口が開き、爆発の勢いで九人が戦死した。激しい浸水が始まった。艦はあっという間に左舷に傾斜した。

インディアナポリスにとって幸運だったのは、火災が発生しなかったことと、電気系統が無事で艦内照明がついたままだったこと、艦内電話が故障しなかったことである。直ちに副長のジョセフ・A・フリン中佐を指揮官とする応急修理班が活動を開始し、左舷艦尾に向かった。彼等の作業は深夜にまで及んだが、防水隔壁の補強により浸水は限定されたブロックで止まった。一旦は横転沈没の危険が生じたが、マックベイ艦長の判断で右舷隔壁に注水が実施され、艦体は当然沈下したものの傾斜は回復した。

だが、時間の経過と共に損害の大きさも明らかになった。貫通した燃料タンクは使用不能。四本ある推進軸のうち左舷の二本が曲がり速力が減退。挙句、蒸留器を失って飲料水にも困窮する破目に陥った。スプルーアンス提督とその幕僚は、インディアナポリスでの作戦指揮を断念し、司令部を空母に移した。

マックベイは艦長としてインディアナポリスの損害を分析した。兵装には損害がない。取り敢えず飲料水は輸送船からの補給を受け、損傷箇所の応急修理を続行しながら、翌日から始まる上陸作戦へのインディアナポリスの参加を希望した。第五艦隊としても、上陸支援における重巡洋艦の火力は侮り難く、参加を許可した。

四月七日、インディアナポリスは、自艦の砲撃による衝撃から、艦体強度上の問題がいよいよ深刻化した。マックベイ艦長は戦闘艦としての作戦行動は不可能と判断し、司令部の許可を受け、損傷箇所の修理のため、戦列を離れた。インディアナポリスは、太平洋における各ドックの状況から、単独で米本土カリフォルニアに向かった。

第一章　出港

昭和二〇年七月一六日（月曜日）
呉軍港
伊号第五八潜水艦

艦体は凹凸のある灰色の塗料で塗られている。敵の水中音波探信儀対策で、セメントにゴムを混ぜた吸音ゴム塗装が施されているのである。艦橋側面には、艦名を示す「イ58」と菊水の紋の脱着式標識が、そして紐で留められた日章旗の白地が、鮮やかに映えていた。昨日の雨が艦体を濡らし、海豚《イルカ》の肌のように鈍く輝いている。が、潜水艦桟橋から見るその姿は、艦長の倉本孝行の眼には、すこぶる不格好に見えた。かつては流線型の優美さを誇っていた甲板上に、葉巻状の特攻艇回天が、六基据え付けられている。それが特攻兵器であることを考えると、凶々《まがまが》しさだけが心に染みるのだった。

「宜しく頼む、少佐」

見送りに来ていた第六艦隊司令長官の河田中将が、倉本の背に向かって、呟くように声をかけた。

「心得ております。回天母艦の任務は三回目ですから」

振り返り、いささか無理な笑顔を作りながら敬礼をすると、倉本は舷梯をゆっくりと渡っていった。

狭い甲板を回天の脇を擦り抜け後甲板に辿り着くと、そこには、二〇名余りの古参の下士官、兵が並んでいる。

「燃料、糧食、魚雷、および、回天の搭載完了。乗員一〇五名、回天搭乗員六名、異常なし。出航準備完了。手空き総員、後甲板に集合しております」

出迎えたのは先任将校の田村俊雄大尉だった。背後の海面に、これまでの出撃の時には聳《そび》え立つようにあった戦艦大和の姿はない。所狭しと停泊していた連合艦隊の姿もない。動かす油もなく呉特殊警備艦となった戦艦榛名が、偽装網を施されて舫うだけである。山々には変わりなく緑が生い茂っているが、背後の街は焼け野原となり、廃墟を曝《さら》している。もはや、この国を守る海軍は、潜水艦を除いてほぼ壊滅した。回天の搭乗員だけでなく、倉本麾下《きか》の乗員一〇五名の生還も期し難い。しかしそんなことよりも、いまや敵の無差別爆撃に、戦闘員ならぬ女こどもまでが殺されていくのを、軍人である自分が、なす術もなく手をこまねいている。

乗組員の顔を一わたり見回した倉本は、自らの心にある重苦しさを押し切るように口を開いた。

「聞け」

甲板上の一同は一斉に気を付けの姿勢を取った。

「この期に及んで、あえて付け加えることはない。この戦争も三年半続いた。戦局は皆も知っての通りである。ひとたび出撃すれば、我々潜水艦搭乗員には、生か死かのどちらかしかない。それを決するのは、貴様ら一人一人の一挙手一投足である。本職が艦長として求めるのは、いかなる事態に直面しようとも、最後まで軍人の本分に忠実であれということだけである。では出航する」

訓示は桟橋の第六艦隊首脳部にも聞こえるほどの声だった。

一旦艦内に降りた倉本は、機関長や通信長と軽く言葉を交わし、再び垂直ラッタルを駆け上がった。潜水艦の艦橋は狭い。しかも艦橋には、配置に付いた見張り員や航海長の中津弘大尉をはじめとする航海班員がひしめくように立って倉本の命令を待っている。

艦首から艦尾まで見回すと、すでにその艦首と艦尾には、甲板員が係留索に取り付いて待機している。

「航海長。出掛けよう」

倉本の一言に弾かれたように、中津は無電池電話を取り、ブザーを鳴らした。

「出航準備。機関室、両舷機始動」

四、七〇〇馬力を生み出す二基のディーゼル・エンジンは、良く整備されているらしく、排気煙も出さずに一気に始動した。排水量二、一四〇トンの大型潜水艦が、ぶるっと身悶えをした。中津はエンジンの始動を待って、ハッチからラッタルの両脇に手を掛け、発令所に滑り降りると、伝声管に向かった。

「管制盤室、報告せよ」

「現在、蒸気二〇パーセント。発電機用意よし」

「機関室、報告」

「機関室、第一、第二ディーゼル・エンジンよし。第一タービンよし」

「聴音室」

「聴音室、海面および湾内にスクリュー音なし」

「メートル波電探」

「メートル波電探室、湾内に行動中の艦船なし」

「航海」

「航海班、羅針盤点検終了。針路設定完了。航海配置よし」

「操舵員」

「縦舵、よし」

「潜横舵、よし」

中津は、そのまま伝声管で艦橋に立つ艦長に報告した。

「出港準備よろし！　艦内異常なし。各部正常」

「信号長。総員配置に付け」

艦内のすべての部屋に取り付けられた無電池電話のスピーカーから、信号長の野太い声が流れた。

「総員配置に付け！　総員配置に付け！　出港用意！　総員戦闘配備！」

その瞬間、呉の軍港に空襲警報のサイレンが唸りを上げて鳴り響いた。見張り員に対空警戒を命じた艦橋の倉本の目には、見送りのために潜水艦桟橋で整列していた第六艦隊首脳や軍楽隊員たちの、浮き足立つ様が見えた。

続いて桟橋の河田司令長官の声が凜と響いた。

「これは第六艦隊の出撃である！　軍楽隊、吹奏！」

軍艦マーチが鳴り始める中、倉本はメガホンを取り、前甲板と後甲板それぞれに向かって「上甲板員舷梯外せ」「係留索放し方用意」と、矢継ぎ早に命じた。空襲警報が出てから、敵機来襲まで、はたしてどれくらいの時間があるだろうか……。倉本は経験に聞いた。恐らく一〇分と余裕はないはずだ。その間に本艦を出港させ、少なくとも軍港の外に出さなければならぬ。潜水艦は、爆撃でなくとも、戦闘機の銃撃を受けただけでも無事では済まない。沈むために作られている潜水艦は、メイン・バラスト・タンクに空気を充塡してはじめて浮くことができる。外殻だけでも、銃弾が貫通すれば、空気は漏れ、急速潜航に備え常時開口している艦底のフラッド・ホール（キングストン弁）から、メイン・バラスト・タンクに海水が入り浮力を失う。つまり沈没である。

だが、この瞬間の倉本の心配はそんなことではない。最大の危険は甲板上に並んでいる回天だった。伊五八が搭載している回天は一型と呼ばれる。九三式六一センチ魚雷の頭部に、操縦室や魚雷気室を増設したものである。先端には一九六リットルの可燃性純粋酸素と一、五五〇キロの高性能火薬が収められ、すでに信管も装着されている。どれも一発の銃弾で瞬時に爆発する。六基の回天のうちどれか一つにでも敵弾が命中すれば、母艦ごと跡形もなく消し飛んでしまう。

「軍楽隊、吹奏急げ！」

岸壁の河田中将は叫んだ。軍楽隊の軍艦マーチはリズムが異様に早くなった。

「曳船はまだか？」

潜水艦とはいえ伊五八は二、〇〇〇トンを越える大型艦である。通常は曳船の助けを借りて離岸する。倉本は内心の焦りを押し隠しつつ言った。

「は！」

見張り員は困惑したように答える。

——待てん。

倉本は思った。自力で出港するしかない。倉本は、伝声管に向かって尋ねた。

「航海。潮汐状況」

「順潮。コンマ二ノット。繰り返す。順潮。コンマ二」

倉本はメガホンを取ると、艦首の甲板員に向かって叫んだ。

「前部、係留索放せ！」

「前部係留索。放し方」

甲板員の声に応えるように、伊五八は艦の向きを右にゆっくりと振り始めた。早く早くと焦る気持ちが、ことのほか艦の動きをゆっくりと感じさせる。

「後部、係留索、緩めろ！」

これで艦はゆっくりと桟橋から斜めに離れ始める。こうして出港しないと、コンクリートでできた桟橋に艦側をこすりつけて舷側を損傷するか、左舷スクリューの羽根を叩きつけて折損しかねない。桟橋から充分離れたのを確認して、倉本はメガホンを持ち直した。

「後部、係留索放せ！」

「放し方！」

再び倉本は、艦橋の前部に戻り、伝声管に向かった。

「面舵四度。前進、速度三分の一」

「了解。面舵四度。前進、速度三分の一」

澱んで鈍く鉛色に輝き、所々油幕が浮かぶ呉軍港の海面を、鋭いナイフで切り裂くように、伊五八の艦首は海面を割って進み始めた。だが港内は水深が浅く潜航できない。まだ、港の出口を示すシー・ブイは遥か前方だったが、軍港内を行動する艦艇など、日本海軍に残っているはずはない。港内微速四ノット（五分の一）という速度規制を、倉本は当然無視した。仮に速度三分の一、すなわち六ノット弱で何かにぶつかって損傷したとしても、空襲でやられるよりはましである。

「対空電探室。一三号電探、準備でき次第探知始め！　潜航士官、急速潜航用意！」

潜航警報のアラーム・ベルが鳴り響いた。航海班員や甲板員は、先を争ってハッチから艦内に飛び込んでゆく。一刻の猶予もない。

「対空電探より艦橋へ。方位一七五、距離一〇、〇〇〇。高度三、〇〇〇に敵機多数！　急速接近中！」

背後を振り返ったとたん、呉の街の廃墟に爆発音が響き、黒煙が立ち昇り始めた。空襲の始まりだ。敵機がこの艦に気づいたら最後だった。

「見張り員！　艦内へ！　縦舵操舵員、面舵一〇度」

「面舵一〇度。ようそろ」

「戻せ！」

「戻しました。舵中央」

やっと艦首右舷方向に、シー・ブイが見えてきた。

――もう、待てない。

「両舷停止、深さ三〇！　潜航急げ！」

伊五八はエンジンを停止し、ムーブメントだけで四ノットの速力を出している。この間に艦内では、すべての吸排気弁が閉じられ、動力をモーターに切り替えようとしていた。また、メイン・バラスト・タンクのベントはすべて開放され、伝声管を閉じる頃には、艦首は水を被り始めている。

司令塔ハッチに自分の身体を投げ込んだその時、眼の隅に、米海軍艦載攻撃機Ｆ４Ｕチャンス・ボート・コルセア特有の、逆ガル・ウイングが小さく飛び込んできた。

――まだ遠い。

閉めようとするハッチの隙間から、倉本は思った。コルセアは右後方五時の方向から急接近して来る。呉には行動中の艦艇がない。獲物を求め、沖の探索に来たに相違ない。

コルセアは速度を上げ、同時に下降接近してきた。おそらくパイロットは電影照準機に潜水艦を捕える前から、一二・七ミリの発射ボタンを押したのだろう。ふた筋の曳光弾のオレンジ色の光が、機体から真っ直ぐに伸びて来る。

しかし、射角に無理がある。倉本の判断通りまだ遠い。機銃弾が海面に数条の水煙を上げて近づいて来る。

「取り舵一杯！　左舷後進一杯！　右舷前進一杯！」

倉本の声が連絡筒の中に反響した。

モーターが唸り、艦が急速に左舷に傾く。隙間から流れ込む海水に濡れながら、ハッチを閉め、閉鎖ハンドルを必死で廻しながら、さらに次の命令が飛ぶ。

「潜望鏡上げ！」

倉本は、垂直ラッタルの両側に足をかけ、一気に発令所に飛び降りると、潜望鏡に取りついている田村大尉を突き飛ばした。第三種略帽を海図台の上に放り出すと、アイピースに眼を押しつける。

艦内は騒然とした状況を呈している。潜横舵は下げ舵一杯となり、艦首が重さで早く下がるように、手空きの乗組員は全員艦首の発射管室に向かって走っている。タンクのマイナス浮力だけでなく、艦自体の推進力も加え、一秒でも早く潜水しようというのである。潜望鏡の仰角を一杯にし、全周囲を一巡すると、攻撃に失敗したコルセアが機首を巡らし、再度艦尾方向から攻撃態勢に入るところだった。

艦は全没しているが、まだ深度が浅い。

「面舵一杯！　左舷前進一杯！　右舷後進一杯！」

潜望鏡の視野に、コルセアの放った機銃弾の挙げる水煙が見えた。しかし、伊五八の反応も早かった。水中を泳ぐ海豚のように今度は右に傾斜する。コルセアは一旦伊五八の上をパスすると、速度を落とし、艦首方向で旋回した。

この時、艦の沈降で潜望鏡が水を被り始める。

「潜望鏡下げ！　前進強速。取り舵一杯！」

ハンドルを畳むと、油圧収納される潜望鏡の音が静かになった発令所に響いていた。

次の瞬間、まるで巨大なハンマーで艦の外殻をひっぱたかれたような衝撃と、破裂音が伊五八を包んだ。衝撃は右舷側に集中し、艦は一瞬にして左舷に一五度傾き、照明も瞬き、そして消えた。艦内は、折り重なって転倒した新兵たちの叫び声で溢れる。倉本は潜望鏡筒にしがみつき、発令所の中を見回した。

「静かにしろ！　順番に、損害を報告するんだ！　電気長。応急灯をつけろ」

一時騒然とした艦内も静かになり、モーターの唸り声が支配している。左舷への傾斜も徐々に回復した。

「照明用一次電源のヒューズが外れました。復旧します」

電気長辻岡上等兵曹の報告通り照明が点り、点っていた赤い応急灯が消えた。

「各部異常なし！」

今度は田村大尉が報告した。

倉本は、床に落ちた略帽を拾って被った。どうやら浸水や損害はなかったようである。咄嗟に取った取り舵が艦を救った。確かにこの時、コルセアは六〇キロ爆弾を左右両翼の投弾ラックから投下していた。直撃でなくても、至近弾が艦の両脇を挟むように爆発していたら、水圧に挟まれて何らかの損傷は免れなかったはずだ。衝撃をすべて右舷側に受けたため、艦が左に傾斜するだけで済んだのだ。

「潜航士官。深度は？」

「深度二五メートル」

「よし。前進微速だ。前後水平。縦舵中央」

倉本は、操艦に戻った。

「ベント閉鎖。メイン・バラスト排水。釣合後部へ五〇〇移水。潜横舵水平。総員持ち場に戻れ」

田村大尉が矢継ぎ早に命令を下した。

「敵機ですか？」

発射管室から戻ってきた黒木中尉が尋ねた。潜水艦の場合、艦内にいると外の様子はまったくと言っていいほどわからない。まして実戦経験のない黒木には、事態の深刻さがあまりわかっていない様子だ。黒木だけではない。士官の半分は予備学生上がりで、速成訓練を受けただけである。また、兵の三分の二は、潜水艦に初めて乗ったという新兵ばかりだ。もはや、日本海軍は艦船の不足は言うまでもなく、人材人員の不足も限界まで達していた。

いまの急速潜航も、新しい乗組員に入れ替わってからまだ二回目である。前回、急速潜航を下令したのは、四日前、回天特攻基地のある山口県平生《ひらお》の沖で訓練を行った時だった。完全に潜入するのに二分三〇秒もかかり、暗然とした気持ちに陥った。保安上、絶対禁止とされていた全ベント開放を行ったのは、潜入タイムを一秒でも短縮するための苦肉の策だった。にもかかわらず、何の事故もなく、多分、五〇秒程度だったと思うが、これほど短時間によく潜れたものだと、正直、倉本は驚いていた。

とにかく無事で良かったという安堵感が、艦内を包んだとき、回天搭乗員の小森一飛曹が艦首兵員室から士官室を抜け、発令所に顔を出した。

「回天一号艇、潜望鏡損傷！」

彼の報告は、倉本の心を砕いた。好むと好まざるとに関わらず、回天母艦として母港から、しかも内地から出港するというのに、敵機の空襲を受け、その回天を損傷してしまった。このまま出撃はできない。

「航海長。平生へ向かう。新針路を設定せよ。先任将校。潜望鏡深度。深さ一九。静かに持って行け！」

気持ちを切り替えなくてはと思った。この戦局では、我々の伊五八は生きて帰れないだろう。敗戦も決定的である。このままでは本土決戦となる。しかし、我々は本土決戦を見ることなく終わる。それなら、せめて一矢を報いたい。そう思っての出航だった。それがこの様である。潜水艦乗りとして、開戦から今まで生き残って来て、よくよく運が良かったと思っていたが、今回はその運にも見放されているようだ。

「艦長。深度一九メートルにつけました」

田村大尉が報告した。

「一番潜望鏡上げ」

昼間用の第一潜望鏡が、油圧音と共に上がった。略帽の庇《ひさし》を後ろに回し、アイピースに眼を当てた。最大仰角にして全周囲を観察し、航空機のいないことを確認してから、呉軍港の方角に潜望鏡を向ける。倍率を上げ、眺める連合艦隊母港は、紅蓮の炎に包まれていた。

同日
サンフランシスコ
ハンターズ・ポイント海軍基地
米重巡洋艦インディアナポリス

サンフランシスコの街の中心に位置するハンターズ・ポイント海軍基地は、まだ深い闇と眠りに包まれていた。すでに欧州ではドイツの敗戦で戦争は終結し、アメリカ国内は東部西部を問わず、戦勝ムードに包まれていた。太平洋で繰り拡げられている、アジアの小国、日本との戦いに関心を寄せる者は少なく、太平洋艦隊の重要基地であるここハンターズ・ポイントにも、どこかのんびりとした雰囲気が漂っている。そんな二二番埠頭に繋留された重巡洋艦インディアナポリスに、命令を伝える号笛が鳴り響いたのは午前三時三〇分だった。

「艦内に達する。各科長は出港準備を始めよ。第一分隊員は後甲板に集合。航海関係員および錨関係員は配置に付け」

艦長の海軍大佐チャールズ・バトラー・マックベイ三世は、ブリッジで、海軍独特の取っ手のないマグカップを片手に、アナウンスの流れるスピーカーを見詰めていた。

二七年前の海軍兵学校時代、彼は、『ケルビュ』（天使）というニックネームで呼ばれていた。彫りの深い骨格を彩る薔薇色の頬に黒い眉毛、細い瞳にすっきりと通った鼻筋、引き締まった中肉中背の肉体は、四七歳の誕生日が近いというのに、海の男としては珍しくあの頃となんら変わるところがない。強いて言うならば黒髪に白いものが目立ってきたことぐらいだろう。そして、その瞳には、太平洋戦争三年七カ月を、常に水上艦艇に乗組み、戦い抜いてきた男の自信と誇りが漂っていた。

「さて、諸君！」

マックベイ艦長は、振り返って集合した士官全員を見渡した。

「本艦は、〇八〇〇時、ここハンターズ・ポイントを出港し、全速でパール・ハーバーを目指す。だがパール・ハーバーはあくまでも立ち寄るだけで即日出港となる。再び全速にてテニアンに向かう。テニアン寄港後グアムを経由し、最終目的地レイテに向かう。それぞれの寄港地では、残念ながら乗員の上陸はない。これから搭載するある貨物をテニアンとレイテに届けるのが目的である」

士官たちは顔を見合わせた。通常、軍艦が物資輸送に使われることはない。戦闘を目的とした軍艦には貨物を搭載するスペースは僅かしかない。物資輸送にはペイロードから見てもコストから見ても輸送船を使用した方が遥かに効率的である。

それはこの任務を受領したマックベイ自身の疑問でもあった。昨日のことが蘇る。任務の背景を知らない限り理解できないだろうとマックベイは思った。


昨日、七月一五日、午後二時、マックベイは日曜日にも拘らず司令部のパーネル少将の執務室に居た。『工兵管区』という意味不明の所属であるパーネル少将とは指揮命令系統も異なり、出頭命令自体が異例だった。初めて訪ねたパーネル少将の執務室は、提督のものとしては異例なほど質素で狭かった。小振りのデスクの前に座るマックベイの椅子も、その部屋の装飾にふさわしい安物のスプリングで、座り難い代物だった。

「搭載する貨物は、初めて聞く言葉だと思うが原子爆弾と呼ばれる新兵器だ」

少将はマックベイから視線を逸らしたまま、葉巻を手で弄びながら言った。

「その新兵器は、直接君やインディアナポリスには関係ない。だが輸送の直接指揮官の君には保安上の問題の観点から、概略だけは説明しなくてはならない」

軍艦に『保安上の問題』とは只事ではない。乗組員に問題があることになる。並の軍艦ならまだしも、インディアナポリスは艦隊旗艦である。機秘保持に関しては、並の艦とは比べられない程厳しい。マックベイは腹を立てる以前に疑問を持った。

「原子爆弾とはウラン二三五ないしはプルトニウム二三九を材料にしている。ウラニウム爆弾の場合、一個に内蔵されたウラン二三五は四五〇グラム。しかしその爆発力はTNT火薬三万トンに相当する。一つの都市を瞬時に壊滅させることができる」

マックベイは身動《じろ》ぎして、その意味を理解しようと努めたが、それは彼の常識を越えるものだった。戦争のたびに新兵器と呼ばれるおかしなものを作る科学者が横行する。これもその一つだろうと苦々しさを感じつつ思った。

それを察したのか、少将は「背景から話そう」とマックベイに向き直り言った。

当時連合国は、日本を降伏させるためには、本土侵攻作戦以外ないという判断で一致していた。しかし単独で上陸作戦を実施するアメリカは損害、特に死傷者の数を考慮しなくてはならない。マーシャル大将は三一、〇〇〇名、キング提督は四一、〇〇〇名、マッカーサー元帥は五〇、八〇〇名の戦死者を見積っている。負傷者や戦場ノイローゼに陥る者も含めると損害は軽く二〇万人を越えるだろう。トルーマン大統領は作戦の発動を躊躇した。戦勝気分で沸く選挙民と議会が、もはや孤立した東洋の一小国に対して、これほどの死傷者を許すわけがない。当然、政府への批判が沸騰し、大統領支持率の低下に結びつく。トルーマンが原爆の使用に踏み切った大きな理由は、そうした国内事情によった。

ドイツの原爆製造計画に対抗するため、一九四二年九月に『マンハッタン工兵管区』

の暗号名で始まった計画は、一九四五年七月、やっと試作のウラニウム爆弾二発とプルトニウム爆弾二発を完成したばかりだった。オークリッジとハンフォードに建設された製造工場は、操業を開始したがまだ生産予定が立っていない。

一発はニューメキシコのアラモゴードでテストすることが決まっていたが、残る三発はドイツの降伏と同時に、ドイツの原爆製造計画に対抗するという目的を失っていた。この三発で、日本を降伏に追い込めれば、唯一の原子爆弾保有国アメリカは同時に世界の覇権を握ることができる。

「その運搬を君に任せたい」

パーネルは最後にそう結んだ。マックベイは貨物と運搬任務の重要性を痛感せざるを得なかった。


そのマックベイが、今度はインディアナポリスのブリッジで苦悩している。

「残念ながら私は、任務についての詳細を明かす権限を与えられていない」

違和感のある任務だが、納得して事にあたってもらわなければならない。単純だが重要な任務なのだ。つまらないミスは避けたいと、マックベイは思いつつ言葉を継いだ。

「だが、我々が一刻でも早く到着すれば、戦争はそれだけ早く終わるとだけは断言できる。ベストを尽くして貰いたい。何か質問は？」

士官たちに驚きが拡がる。

──一刻でも早く到着すれば、戦争はそれだけ早く終わる。

士官たちは各々心の中で呟いた。本当に巡洋艦で運べるような小さな物で、戦争を終わらせることができるのか……。そんなものがあるのか。それほどまでに重要な物資の輸送艦に我々は選ばれたのか……。

長く第五艦隊旗艦としてインディアナポリスは、スプルーアンス提督とその司令部を乗せて戦ってきた。旗艦は艦隊内の司令部設備を持つ艦の中で、最優秀を意味する。

だが、今回の輸送は、それ以上の意味を持っている。太平洋艦隊の中で、いや、アメリカ海軍の中で、最も安全に輸送する艦として認められたことであり、その名誉は艦長一人だけのものではなく、艦底でシリンダー・ヘッドを見詰めている一水兵にまで、等しく与えられるものである。

「一つ質問があります。よろしいですか？」

ジョセフ・A・フリン副長が、皆を代表して尋ねた。

「一体、その貨物は……？」

マックベイはにやりと笑った。

「それは機密事項に属する。他に？」

マックベイが見回すと水雷長で先任将校でもあるジェームス・P・スタントン中佐が口を開いた。

「今回のドック入りで、爆雷関係設備やソナーの増設を実施しましたが、今回の任務と関係があるのでしょうか？」

インディアナポリスは、メーア・アイランド工廠で左舷艦尾の損傷箇所の修理と同時に、幾つかの装備を変更、または増設していた。ドライドックに入って熟練工に検分された左舷艦尾の損傷は、航海中予測されたよりも酷く、小手先での修理では間に合わなかった。損傷箇所を切断し、新たなものと取り替えるしかない。

しかし、太平洋戦域での損傷艦は多く、ドックは新鋭艦の修理に手一杯で、艦齢一三年の老朽艦には手が廻らない。半年は待たされるだろうと責任者は言った。が、ある日突然工事優先順位はトップとなり、昼夜兼行の突貫工事が命じられた。工廠関係者もインディアナポリス乗員も、マックベイですら首を捻った。しかも、追加装備のリストには、まだ最新鋭の空母や戦艦にも搭載していない最新式のレーダーや無線兵器、応急処置の装備だけでなく、ソナーや爆雷装備までが加えられていた。

「いい質問だ。その件について話したいから副長と水雷長は、後ほど艦長室に来てもらいたい。他には？」

フリンとスタントンは、釈然としないまま顔を見合わせた。そして一同は沈黙した。

「積載する貨物は、陸軍のトラックで〇四〇〇時に到着する。航海長は第四分隊を指揮して遺漏なきよう速やかに積載してほしい。では、解散！」

フリンとスタントンが艦長室に入ると、マックベイは待ち兼ねたようにデスクから立ち上がりソファーへ促した。旧式の重巡洋艦で、しかも長く艦隊旗艦だったため、艦長室は広くマホガニーの調度で統一され、内装も通常の巡洋艦に比べ豪華に作られていた。天井の配管さえ見なければ海軍省の将官オフィスを思わせる。一大佐には過ぎるこの待遇は、艦隊勤務の艦長の特権である。

「コーヒーでも飲むかね？」

マックベイは、返事も聞かずインターホンに向かってコーヒーを注文した。そして、振り返ると、できるだけ平静を装って言った。

「まず伝えておかなくてはならないことがある。今回の航海には、護衛の駆逐艦隊は随伴しない」

短く言葉を切った。語尾を受けてフリンが口を開こうとしたとき、当番兵がコーヒーを三つ、畳んだ白いテーブルクロスを掛けた銀の盆に載せて入ってきた。テーブルの上にマグカップを並べるとクリームとシュガーポット、それに塩の瓶を並べて出て行った。艦長専用の豆で入れられたコーヒーの香りが、部屋一杯に満ち、緊張感が解きほぐされる。

スタントンは、シュガーポットを取り上げると砂糖を三杯入れ、クリームをたっぷり注ぎ込んだ。

「相変わらずだな、スタントン。せっかくのコーヒーが台無しじゃないか」

マックベイは笑いながら塩の瓶を取り上げると、一振りコーヒーの中に入れた。

「そうおっしゃいますが、私には、艦長の塩を入れて飲むやり方は理解できませんね。旨いんですか、本当に？」

スタントンが反論した。

「昔の船乗りは、皆、こうしたものだよ。たくさん入れては駄目だがね。こうするとコーヒーの味が引き立つんだ。一度、試してみるといい」

フリンはにやにやしながら、マックベイとスタントンの、いつものやり取りを聞いていた。

「さて、本題に戻ろう。なぜ護衛が付かないかについてだ。幾つか理由がある。先ず第一に、日本海軍にはすでに外洋で行動できる艦艇がほとんど残されていない。潜水艦を除いて、残された艦艇が我々の航路にまで進出することは不可能と言って良い。第二に航空機だが、これも我々の航路にまで進出できる航続距離の航空機を日本軍は持っていない。第三に潜水艦だが、残存艦が少なく、広い太平洋で遭遇する可能性は少ない。恐らく天文学的確率になるだろう。しかも、我々は全速で行動する。潜水艦は水上速力が遅く、水中にあってはそれ以上に遅い。効果的な射点に付けようとするには偶然に頼るしかない。さらに、これまで三年七カ月の経験から、日本海軍が保有する潜水艦は機械音が大きく、探知が容易だとわかっている。それに我々は、大西洋でUボートと戦って、ソナー技術の著しい向上を見た」

「だから、ソナーを増設したんですか？」

スタントンが、テーブルに身を乗り出して尋ねた。

「そうだ。加えて、万一の用心に爆雷戦も可能にしたというわけだ」

マックベイは明快に答えた。

「さらにもう一つ、これは最も重要なことなのだが、今回の輸送任務は極秘扱いになっている。本艦が、物々しい護衛をつれて太平洋を横断したとなれば、自ずと眼に付く。噂になる。機密どころか宣伝して歩くようなものだ。今回の輸送は、連合国のいかなる国に対しても、極秘でなくてはならない」

マックベイの言葉には、妥協のない厳しさがあった。

「しかし、本艦は今まで爆雷装備がなかったことから爆雷戦は訓練すら行ったことがありません。万一の時にはたして対処できるでしょうか？」

フリンが、副長の立場に立って反問した。いかなる場合でも、副長は艦長の判断に反問することが副長服務規定に明記されている。どんなに些細な問題でも、艦長の見落しを徹底的に防止するためである。

「私も、本艦を預かる前は水雷戦隊の指揮を執っていたし、君らは二人とも駆逐艦の艦長経験者だ。爆雷戦は素人ではない。確かに今回のサンフランシスコ寄港で、士官の約半数の三〇名が交替した。下士官、兵も二五〇名以上が入れ代わった。候補生訓練学校を出たばかりの新少尉も二〇人ばかりいるし、兵員の方も新兵が多いが、ソナー関係と爆雷投射班については、私の権限でベテランの者を優先的に廻して貰った。今回の輸送にあたっては、五カ月前からその方法について様々な検討が繰り返されていたらしい。戦艦では速度が遅く、船体が大きく狙われやすい。空母や駆逐艦では貨物を積載する場所がない。重巡洋艦ならば、スピードの点でもスペースの点でも、総合防御力の点でも申し分ないというのが作戦部の見解なんだ。対潜水艦戦闘についてはベストとはいかないかもしれない。しかし我々は、万一潜水艦に遭遇して爆雷攻撃を行ったとしても、撃沈を目的としなくていい。我々が安全な水域に進むまで、敵を海底に釘付けにして、魚雷を発射させなければいい」

ここまで話して、マックベイはマグカップを飲み干した。隠し味に入れた塩で、喉の奥を苦みが刺激した。フリンもスタントンも、もはや反論することは何もなかった。

夜が白み始めた。午前四時。静まり返ったハンターズ・ポイント海軍基地に、トラックのエンジン音が重苦しく響いた。ジャニー中佐と第四分隊は舷梯を降り、コンクリート製の二二号岸壁に整列して重巡洋艦インディアナポリスに積み込まれる謎の貨物の到着を待ち構えていた。微かな朝靄と陽光の中、ゴールデン・ゲート・ブリッジがぼんやりと望見される。基地の建物や通りの入り口に立つMPに加え、二人一組になって身構えている背広を着た男達がFBIだとジャニーは、直観的に感じた。

トラックは岸壁倉庫の間を抜け、突然、インディアナポリスの前に現れた。カーキ色に塗られた陸軍のオープン・カーゴである。二台連なってジャニーの前で停止すると、少佐と大尉の階級章を付けた二人の男が、それぞれのトラックから降り立った。

ジャニーは陸軍に敬意を払って敬礼した。

「インディアナポリスのホプキンス・ジャニー海軍中佐です。積載作業のため、第四分隊を率いてお待ちしていました」

少佐は答礼した。

「陸軍マンハッタン工兵管区の砲兵少佐、ロバート・ファーマンです。よろしく」

「同じくジェームス・ノーラン陸軍砲兵大尉です」

ノーランは無愛想だった。ファーマンも事務的に話し始めた。

「さっそくですが、積載作業を急いでください。貨物は二種類計六つ。先頭車両のは、かなり重量があります。木製梱包になっているので、クレーンで吊り上げて適当な場所に固縛すること。後方車両の積載物は金属製のシリンダーが三つです。なにか、適当な棒を通して持ち上げれば二人掛りで運べます。これは施錠できる部屋に保管していただきたい」

「了解。デベルナルジ一等兵曹は兵二名を連れて後ろのトラックの貨物を後任参謀室に運べ。ムーア少佐が待っているはずだ。あとの者は前のトラックの貨物を搬出し、後甲板への積載作業にかかれ」

第四分隊は最も訓練された甲板分隊で、あっという間にガントリー・クレーンを引き出し、先頭車両の三個の木製梱包に手際良くロープを掛け、吊り上げた。後甲板で待ち構えていた船匠兵は順次木製梱包を引き寄せ、甲板に下ろすと速やかに固縛作業を完了させた。最後の金属製のシリンダーが舷梯を渡り終わる頃には、すべての作業が終わっていた。

「後任参謀室というのは、この艦のどの辺りですか？」

ノーラン大尉が不安になったのか、ジャニー中佐に尋ねた。

「いま、案内します。本艦右舷の〇一甲板にあります。緊急時には、素早く搬出できるように内火艇のすぐ側です」

ジャニーは、ファーマンとノーランに先立って舷梯を昇った。

「司令部要員は全員グアムに行っているので、幕僚の部屋はすべて空室になっています。皆さんには個室が提供できますよ」

ジャニーは誇らしげに言った。用意された部屋は参謀公室で、部屋自体のスペースは艦長室より手狭だが、内装は艦長のそれよりも豪華である。珍しい陸軍のお客さんを歓待する計らいである。

しかし、陸軍の二人は自分の部屋の話よりも後任参謀室が気になるらしく、そちらを先に見たいと主張した。後任参謀室ではムーア少佐が、船匠兵二名と共にシリンダーを部屋の中央に置き、鋼鉄製のストラップで固定しようとするところだった。

「施錠できますか？」

ファーマンはムーアに尋ねた。

「できますが、部屋に鍵を掛けるだけじゃ安心できませんか？」

ムーアが思わず反問した。偉そうな態度といい、この艦の乗組員を信頼しないかのような言動にいささかむっとしている。

「もちろんです。我々二人も参謀公室ではなくこの部屋を使わせてもらいます」

ファーマンは、強い調子で言い放った。


午前五時三〇分、ブリッジから見渡すサンフランシスコの街は、早朝の薄明りに包まれていた。朝靄は晴れ、視界は良好である。マックベイはおもむろに時計を見上げてから、左舷ブリッジの張り出しに出て行った。艦尾方向を遠く眺めると、コースト・レーンジズ山脈の上空に半円の火球が浮かんだ。マックベイの眼には二五セント硬貨程度の小さいものだった。瞬きをする間に消えたが、ブリッジ見張り員の水兵もそれに気づいた様子で、彼は訝しげに艦長を見た。

「君は眼がいいな。名前は？」

生まれて初めて艦長に声を掛けられた水兵は緊張し、口ごもりながら答えた。

「シンクレーア三等水兵です」

「楽にしていい。航海は何度目だ？」

マックベイは面白がって訊いた。

「今回が初めてです」

「そうか……。一つ教えてやろう。いまのは新しい時代の夜明けを告げる光だよ」

マックベイは、謎めいた言葉を残してブリッジに戻った。空に浮かぶ火球で、アラモゴードでの実験の成功を知ったマックベイは、これから始まる運搬任務が無駄にならないことに満足した。

午前八時、インディアナポリスは軍艦旗掲揚と同時に錨を揚げた。タグボートに曳かれ離岸し、自力航行でゴールデン・ゲート・ブリッジを通過したのは八時三六分。予定通りの出港だった。マックベイは通過と同時に全速前進を命じた。

アーネスト・キング提督は、じっと窓外を眺めていた。ポトマック川を挟んで向かい側にはウエスト・ポトマック・パークからイースト・ポトマック・パークにかけての広大な緑が広がり、その中にワシントン記念塔の白いシルエットが真夏の陽光に輝いている。ペンタゴンと呼ばれるこの建物の中で、執務中にこの眺望が得られる部屋を持っているのは、海軍の最高幕僚となる作戦部長を務めるキング提督と、陸軍参謀総長のマーシャル将軍の二人だけである。

キングは珍しく虚ろになっていた。数カ月前から心に芽生えた言葉に支配されていたのだ。

——引退……。

声にならない声で呟いてみた。いつかこの日が来るとは思ってはいたが、これまで心の隅の箱にしまっていたはずの言葉だった。だが日本は意外に脆かった。日本との戦いが終われば、作戦部長は引退するのが慣例である。もはや大艦隊を指揮することも、将官や佐官に畏敬の念を持って敬礼させることも叶わない。一老人として孤独に生涯の幕を閉じるほかはない。彼を知る者は、一様に彼のことを人を苛立たせる理屈っぽい頑固な老人と評していた。キング自身それは承知の上だった。これまでは海軍大将作戦部長の肩書きがその態度を許していた。だが引退した後は、だれが自分のまわりに残るだろう……。

「オレム中佐が参りました」

インターホンが突然鳴って、秘書の声が用件を伝えた。

「通せ」

オレムはキングの副官で、優秀な将校である。

——彼が羨ましい。彼には輝かしい未来がある。

キングはふとそんなことを思った。

「失礼します。ハンターズ・ポイント海軍基地から最優先親展通信です」

オレムは通信綴りをキングに渡すと何も言わず立ち尽くしていた。キングは素早く短い電文に目を走らせる。

『〇八〇〇時（西部時間）、重巡インディアナポリス予定通り出港。単艦』

思わずキングの顔に何かが浮かんだ。気取られぬように平静を取り繕ったが、オレムは怪訝そうに身を乗り出した。ボスの心を読み、その意を実現するのも副官の仕事のうちであり、その点でオレムは優秀な幕僚だった。ましてオレムにはこのインディアナポリスの航海に関して、かねてから首を傾げざるを得ないことが幾つかあったからだった。オレムが口を開こうとしたときキングはそれを遮った。

「下がっていい」

オレムが素直に従って、後ろ手に扉を閉めるのを眺めながら、キングは自分に問い質した。

——俺の心には悪魔が潜んでいるのではないか？

確かに太平洋では駆逐艦が不足しているが、無理をして護衛の駆逐艦を随けようと思えばできなくはなかった。しかし、太平洋戦域に散っている駆逐艦を掻き集め、艦隊を編成するには時間がかかる。日本本土上陸作戦遂行が目前に迫っているいま、その時間は許されていない。ましてインディアナポリスの航路となる中部太平洋は安全が確保されている。駆逐艦を随けなかったのは妥当な判断だったと、キングは自分に言い聞かせた。

「マックベイ三世か……」

キングは呟いた。キングが少尉時代、彼の父親マックベイ二世が上官だったことは不幸な因縁である。マックベイ二世は厳格な将官でキングの勤務評定に『狡猾で士官として不適格』と記した人物であった。彼の人生に唯一汚点を付けた男である。マックベイ三世が艦長のインディアナポリスを選んだのは、偶然サンフランシスコにいたからだとは人は見ないだろう。

キングはもう一度ポトマック川の彼方に視線をやった。

――だからと言って故意に情報をリークしたわけではない。このワシントンには様々な種類の人間が集まっている。ドイツ系。イタリア系。人種も多様なら、政治的立場も入り組んでいる。日本の情報組織もワシントンで確認されているし、第三国を通じて日本に情報を売る可能性のある人物はゼロとは言えない。そんな背景を知りつつ、キングは外交官主催のパーティでインディアナポリスのことを囁いただけである。

――後は神が決めることだ。

キングは執務に戻った。

同日
アモイ東方沖一〇海里
大阪商船　黒竜丸

月齢は一八日で、雨降る夜の出港だった。煙雨に霞み視界は悪く、船団の出港には最適だった。雨と闇は潜水艦の潜望鏡から船団を隠してくれる。しかし現実は厳しかった。午後七時、アモイの岸壁を離れて間もないうちに、商船一隻から火柱が上がった。

犠牲となったのは、日東汽船所属の松栄丸だった。二、八五四トン。サイゴンから回航され、鉄鉱石と軍属一二家族を乗せての出港だった。湾口には護送を担当する第一護衛艦隊所属の二等駆逐艦『汐風』と、海防艦『沖縄』、海防艦『二二』号が、対潜警戒を実施していた。敵潜水艦はこの警戒網を難なく突破し松栄丸を襲った。商船団が港の防波堤を抜け隊列を整えようと混乱した一瞬の隙を突いたのである。黒竜丸は船団旗艦として隊列の中心となるため、最も沖にいて雷撃の様子を知らなかった。僚船の報告では魚雷三発が船体中央部に命中し、竜骨ごと真っ二つにへし折られ、あっという間に沈没したようである。上甲板以外生存者は恐らくなかっただろう。しかしそれを確かめる術はなかった。船団は被雷船を打ち捨てて現場を立ち去ることを義務づけられている。救助のために停船すればその船が雷撃される恐れがあるからだ。一方、二隻の海防艦は狂ったように爆雷を投射したが、何の手応えも得られなかった。敵は雷撃と同時に素早く退避したのだろうと判断され、船団は再度纏められた後、続航が下令された。船団司令の永井稔予備役少将は黒竜丸のブリッジで、太い溜め息をついた。

その後二時間は何事もなく、船団は左右に三列、縦に三列の基準隊形を組み、間隔をそれぞれ一、〇〇〇メートルに取って、針路を九州の門司に向けていた。出港時九隻あった船団は、松栄丸の沈没によって八隻となり、最後尾外左側を欠く形となっている。

護衛艦は駆逐艦『汐風』が船団前方一、五〇〇メートルに、最前列と第二列めの中間を基準に、海防艦『二二』号が右舷外側一、〇〇〇メートルに、海防艦『沖縄』が左舷側一、〇〇〇メートルに位置を取り、敵潜の発見に努めていた。雨はやや小降りになり若干視界は良くなったが、黒竜丸からは前方の『汐風』や左右と真後ろの商船以外まったく闇に包まれていた。波高は約三メートルで左前方から迫り右後方へと消えていく。出港時はともかく静かな夜は更けて行く。

七、三六九トンの貨客船、黒竜丸のブリッジでは羅針盤を照らすオレンジ色の羅針箱灯や、海図台を照らす小さな海図灯以外、いっさいの明りが消されていた。静まり返ったブリッジでは船橋窓に取りつけられたケント・スクリーンだけが、高速に回転し音を立てている。足元の板張りの床は、絶え間ない雨で湿り、乾くことを知らなかった。いやが上にも湿度は高く熱帯の気温と相俟《あいま》って、ブリッジではとてもゴム引きの雨具は着ていられない。船長の萩原もマニラ麻のシャツが背中に張りつき、不快だった。物陰で煙草でも吸おうかと考えて胸ポケットを探ると、じっとりと汗を吸い込んだ箱がその気を失せさせた。時間は永遠に止まったように感じられ、うっかりすると眠気を誘う。操舵手に声をかけ、睡魔に注意を促そうとした時、三〇分前にブリッジを降りたばかりの船団司令、永井が、左舷通路の階段を上って来た。時計の針は深夜一一時を少し回ったところだった。

「どうしました、いま頃？　てっきり、船室でお休みかと思っていましたが……」

萩原が尋ねた。

「少し気になったことがあって……、船団の様子はどうですかな？」

「ウォッチは普段の倍の員数を出しているのですが、相変わらず、前後左右の船しか見えません。この視界です。今夜はもう何事もないでしょう。お休みください」

「船長。参考意見を伺いたい。松栄丸が雷撃されたあの時、浮上または半浮上した潜水艦がいたら、我々は発見することが可能だったかな？」

永井は海図台に近寄り、寄りかかりながら尋ねた。微かな明りが、彫りの深い永井の顔をぼんやりと照らし出した。

「我々商船団からは無理でしょう。しかし駆逐艦や海防艦には、電探が装備されているのでしょう？　雷撃可能な距離ならば、発見できたのではないですか……。でも、敵潜は潜航して攻撃したのでは？」

萩原も海図台の前に立って答えた。

「多分そうだろう。だが、松栄丸の船体には三発の魚雷が、しかも中央部に纏まって当たった。ということは、敵潜は松栄丸の正確な位置を摑んでいたことになる。船団の外側から発射したなら、浮上または半浮上するか潜望鏡をかなり高く上げないと、あの波高と天候では正確な雷撃はできない。しかしそんなことをすれば、たちまち駆逐艦か海防艦の電探が探知する。松栄丸のすぐ側から雷撃したと考えるのが自然だと思わないか？」

永井は参考意見が聞きたいのではなく、むしろ、自分の考えを纏めようとしていることに萩原も気づきながら応対した。

「確かに……」

「船団が出港する時点で、港外の周辺警戒を行っていた駆逐艦や海防艦はまったく敵潜を探知できなかった。雷撃を受ける前の護衛艦の位置から考えて、松栄丸から一番遠い艦でも敵潜水艦の雷撃予想位置まで五分とはかからなかった。

「そうですな」

萩原が答えた。永井はふと海図台を離れ、ブリッジ前面に取りつけられた近距離無線機に近づいた。船団間の連絡と、護送戦隊との連絡用に取りつけられたそれは出力が弱く、一〇キロと離れると電波も届かない。永井が護送指揮官を呼び出そうと、スイッチに手をかけたその時だった。船橋窓を震わす衝撃波と共に、激しい爆発音が立て続けに三回押し寄せた。周辺は真っ赤に照らし出され、あたかも夕日を受けているようである。

萩原はてっきり自分の船が雷撃を受けたと思いうろたえた。その間に永井は近距離無線機から離れ、右舷のブリッジの張り出しに出て叫んだ。

「真後ろのタンカーだ！」

「雄鳳丸です！」

萩原が咄嗟に答えた。その五、二二六トンのＴＭ型戦時標準タンカーは、あたかも巨大な焚火のようにオレンジ色の炎を上げ、三メートルの波頭ごと真っ赤に燃え上がっていた。

「変針しますか？」

萩原は張り出しに飛び出してきて、永井に尋ねた。

「このままの針路と速度を維持してください。それから、この列の最後尾の宮口丸に停船せず、間隔を詰めるように信号してください」

永井はブリッジに戻りながら答えた。たった一〇海里（一八・五二キロ）である。アモイを出港して一〇海里しか進んでいない。それなのにもう二隻がやられた。永井はもっと早く敵潜の戦術に気がつかなかった自分を責めながら、近距離無線機の受話器を取り上げた。

「ヒ八八K船団司令より駆逐艦『汐風』護衛艦隊司令へ」

暫く空電の音が流れてから、騒がしい艦橋の様子を伝える雑音と共に、高橋少佐のはっきりとした声が聴こえてきた。

「護衛艦隊司令です。やられたのは雄鳳丸ですか？　今、左翼の『沖縄』と、私の『汐風』が左舷前方に探知に向かうところです。右翼の『二二』も右舷前方に進出して探知を開始します」

「ちょっと待ってくれ高橋少佐。多分、敵潜水艦は、船団の中から雷撃したと思われる。船団の内側を捜索してくれ」

永井の声の後、返事まで暫く間があった。操艦指示をする声が幾つか聴こえてから、高橋少佐のやや信じ難いというような声が聴こえた。

「潜望鏡でも見たのですか？」

「いや、見ていない。だが、松栄丸の時も今回の雄鳳丸の時も、護衛艦隊の電探には何も映らなかった」

永井は断定的に言った。

「ええ。しかし、なにせ我々の持っている電探は精度があまり良くないですから、海面から少し出た程度の潜望鏡では、探知できないと思いますが……」

「これほど視界が悪く、海上も波立っている時に遠方から観測をしようと思ったら、潜望鏡はかなり高く上げないと、攻撃諸元までは出せない」

高橋は慎重に可能性を吟味するため、少し間をおいた。確かに、船団の外から攻撃したのなら潜望鏡が電探に映っていてもおかしくない。船団の中にいれば、近距離だから潜望鏡が低くても観測できるし、船の陰になって、電探が映らないことも考えられる……。

「ありがとうございます、提督。これから少々忙しくなりますので、通信を終わらせていただきます」

通信はとぎれた。永井は、受信状態のまま、護衛艦隊のやり取りに耳を澄ませていた。

ブリッジからの視界を唯一確保しているケント・スクリーンの先には、一旦は駆逐艦の艦尾が遠ざかるのが見えた。そして急速に船体のシルエットを変え、左へ向きを変えつつあった。『汐風』は黒竜丸の左舷を通過しようとしている。

『汐風』は、峯風級一等駆逐艦の九番艦として、大正一〇年に建造された。基準排水量は一、二一五トン。建造時の公試では三九ノットを記録し、非公式には四二ノットが出たと言う。しかし太平洋戦争開戦時には、すでに老朽艦となり二等駆逐艦に類別。第一線を退き、もっぱら海上輸送の護衛任務に就いていた。搭載しているロ号艦本式四タービン・エンジンを全力運転してもいまでは二九ノットが精一杯で、連続運転したらいつ故障するかわからない。高橋少佐がその全速に挑んでいることは、近距離無線のスピーカーから明らかだった。

萩原は、操舵手の三等航海士に注意を促した。船団は四ノットで進んでいる。逆行する『汐風』との相対速度は三三ノット。『汐風』はこの船との距離一、五〇〇メートルを、たった一分三〇秒で通過することになる。まともにぶつかったら、どちらの船もむろんただでは済まない。だが心配するまでもなく、艦隊行動に慣れた『汐風』の操舵は、鮮やかに黒竜丸の船首を躱した。

「高橋司令。ゆっくり向かった方がいい。私の予測通りなら、敵はきっとこちらが気がついたことを知らない。船団の中で、のんびり構えているはずだ。悟られぬよう静かに忍び寄ったほうが良い」

突然、永井が無線機に向かって指示を発した。

「了解しました、『先生』」

ちょうど黒竜丸のブリッジ側面に『汐風』の艦橋が差しかかるところだった。闇の中、『汐風』の艦橋に、薄カーキ色の第三種軍装を身に着け、戦闘配置についたいっぱいの兵員が浮かんで見えた。

『汐風』の高橋少佐は、黒竜丸の側面を通過すると同時に、一旦、両舷前進微速と取り舵一杯を命じた。速力は急速に減退し、『汐風』はヨットのように傾斜しながらその向きを船団に同航させ船団速力に合わせた。

「各海防艦は現状を報告せよ！」

高橋は再び近距離無線機に向かった。

「海防艦『二二』。船団前方二、〇〇〇メートルに進出し、対潜警戒のため探信儀（水中音波探知機、アクティブ・ソナー）作動中」

「よし。船団前方には貴様の艦しかいない。警戒を厳にせよ！」

現在、船団の周囲を守る護衛艦はいない。かと言って、敵潜水艦に対する攻撃は単艦では効果が無いだけでなく、取り逃がす恐れがある。最悪の場合逆襲される危険もある。基本的に潜水艦と水上艦艇では、潜水艦の方が小回りが利き、しかも深度を自由に変えられる点で遥かに有利である。また、爆雷攻撃中の海中は海水が細かい気泡に溢れ、音波探知ができなくなる。したがって、攻撃する水上艦艇を、もう一隻の水上艦艇がカバーし、探知不能領域から離脱しようとする潜水艦の針路を抑え込み、尚且つ潜水艦を魚雷発射可能な深度まで浮上させずに攻撃しなくてはならない。船団前方を守る護衛艦は二隻欲しいところである。だが攻撃にも二隻欲しい。仮に前方に潜水艦が潜んでいるとしたら、探信儀の音波で脅すしかない。

「海防艦『沖縄』、船団左翼第二列目と第三列目の間より船団内側に進入中。速力一二ノット。水中聴音器（パッシブ・ソナー）のみ使用中。現在探知目標無し！」

「よし！　探信儀は使用せず静かに近づけ。こちらは爆雷が少ない。敵潜の探知はこちらが主に行うので、攻撃は貴様の艦に任せる。いいな？」

「了解」

高橋少佐の悩みはそこにあった。駆逐艦『汐風』はもともと艦隊駆逐艦として設計されたため、爆雷を一六発しか搭載していない。爆雷は砲弾のように敵艦に命中して爆発する兵器ではない。水中での爆発によって生じる水圧で、潜水艦を押し潰すための兵器である。一発で効果を与えるには、よほど間近で爆発させなくてはならない。深度も速力も進行方向も不確定な敵潜水艦に対して、最も効果的な攻撃は複数の爆雷を同時に投射し、爆発の衝撃で挟み込む方法である。しかし一六発しかないということは、二発ずつ投射しても攻撃は八回で終わるということである。攻撃はもっぱら爆雷を一二〇発搭載している海防艦『沖縄』に頼ることになる。

「水測員。配置はだれか？」

高橋少佐は、伝声管に向かって言った。水測員は、水中聴音器や探信儀によって敵潜水艦の発見・追尾をする。

「津堂一水です」

『汐風』では、一番耳のいい水測員である。彼ならば任せられる。護衛艦も爆雷も不足している現状では、彼の耳だけが頼りである。

「いいか津堂一水。敵艦は必ず輸送船の下にいる。深度は浅い。探信儀を使っても捕捉は不可能だ。聴音器で探すんだ。スクリュー音が三つ以上聴こえたらそこにいる。スクリュー音を聴き分けるんだ」

高橋少佐の言葉を最後に、戦闘配置に付いた兵員でひしめき合う駆逐艦の狭い艦橋は、静まり返った。速力リピーターの回転音だけが、いつになく大きく響いている。


黒竜丸のブリッジでも、静寂が支配していた。台湾海峡特有のねっとりとした大気に、板張りの床に染み込ませた油と、長い間に溜まった埃の臭いが漂っている。

萩原は永井のことを何も知らなかった。アモイから出港する間際に乗り込んで来た永井とは、ゆっくり言葉を交わす時間もなかった。年の頃は同じぐらいだろう。一見すると五〇代半ばの物静かな印象だ。先の護衛艦隊司令とのやり取りからすると人望もそこそこ有るように見受けられる。この人物が予備役将官とは言え、なぜこのような船団の司令になったのか。

もともと、このヒ八八K船団の『ヒ』とは、南方からの戦略物資、特に石油の輸送を主任務に編成された船団に付く略号だった。当初の船団は、護衛もろくに付かない丸裸同然であった。それが昭和二〇年三月三日のフィリピンの失陥により、切断されそうになったシンガポールとの海上輸送路を確保するため、海軍軍令部は『南号作戦』を発令した。残存する船舶になけなしの護衛艦艇を随伴させ、内地へ向け軍需物資の輸送を強行しようというものである。それも三月一九日にシンガポールを出港したヒ八八J船団が最後だった。アメリカ太平洋艦隊の潜水艦と、中国本土に展開するアメリカ第一四空軍の猛攻によって、参加商船七隻はすべて撃沈されたのだった。あまりの損害に軍令部も『南号作戦』中止を決定し、以来、船団の往来は途絶えていた。

ところが、この突然の『南号作戦』中止で、シンガポールや周辺の港に入泊したまま、内地への船団編成を待っていた輸送船が、忘れ去られた。軍令部はこれらの船に積めるだけの物資を積み孤立している軍属を乗せ、日本に向かわせようと考えた。命令を受けたシンガポールの現地司令部は、それらの船をとりあえず独行船でアモイに向かわせた。アモイに辿り着けるのは半数以下に違いない。それでも生き残った商船をアモイで集結させ、そこで船団を組み日本に向かわせようという構想である。司令部の希望的観測とは裏腹に、各船の船長たちは無事に帰国できるのは恐らく皆無であろうと噂した。その船団司令として乗り組んできたのが永井だったのである。そんな任務にまともな軍人は廻されない。

「永井少将。さっきの護衛艦隊司令の『先生』とは、どういう意味なんですか？」

萩原は訊いてみた。それまでろくな会話もなかっただけに、そんな糸口しか見つからなかったのだ。

「昔の渾名《あだな》です。私は那智という重巡の艦長をしていたことがありました。そこに彼が新任少尉として乗艦してきた。そう……私が海軍を辞める年だから昭和一〇年だな」

永井は、ケント・スクリーンから眼を離し、振り向いて答えた。振り向いた顔が少しはにかんでいた。


「探知！　方位〇八六。距離一、一〇〇、速力四ノット。軸音二」

津堂一等水兵の声が伝声管を通して『汐風』の艦橋に響いた。

「津堂一水。その軸音は輸送船のものではないのか？」

高橋少佐は弾かれたように伝声管に取りついた。

「間違いありません。回転数の異なる軸音が二つ聴こえます」

「よし！」と、答えてから高橋は少し考えた。予想通りの結果ではあるが最悪の状況でもある。

「『沖縄』。聴こえるか？」

高橋は意を決して近距離無線に向かった。

「こちら『沖縄』。良く聴こえます。本艦の現在位置は船団右列の最後尾。速力は二ノットです」

「ただちに船団右列先頭に位置せよ。そこに敵潜がいる。攻撃せよ。ただし、接近速力は一〇ノット。繰り返す。一〇ノットで右列先頭に進出し攻撃せよ」

「了解。船団右列先頭に向かいます」

『沖縄』の艦長は、やや重苦しい口調で応えた。


「護衛艦隊司令より船団司令へ」

突然、近距離無線の高橋少佐の声が割って入った。

「こちら、船団司令」

「右翼最前列に位置している亜里山丸に信号していただきたい」

永井は当番の甲板員に向かってメモのジェスチャーをした。

「送れ！」

「現在時より一五分後、面舵三〇度を実施せよ。船団最後尾に付かれたし。以上」

「それはできない！」

永井少将の声が、にわかに高くなった。

「亜里山丸は、老朽船で五ノットしか出ない。一旦船団を離れたら、最後尾にだって復帰できない。朝になれば空襲も予想される。独行船では生還できない！」

永井は珍しく感情を剝き出しにした。鋭い語気が、ブリッジに響き渡った。

「船団司令。敵潜水艦は亜里山丸の下に潜んで攻撃の機会を窺っています。アモイを出港したときからそこにいるのでしょう。我々は亜里山丸がいる限り攻撃はできません。船団の他の船は狙い撃ちです。一隻のために他を犠牲にするわけにはいきません。船団司令としてご承諾ください」

永井少将は化石のように動かなくなった。萩原には時間が止まったように見えた。

永井自身、高橋少佐の言わんとすることは良くわかっていた。このままでは確かに狙い撃ちになる。しかも敵潜水艦の位置からして、真後ろの船は船首を向けているから、目標が小さく狙いにくい。次に狙われるのは真横にいるこの黒竜丸だ。我が身を助けるために、亜里山丸を犠牲にすることが正しいのだろうか？

亜里山丸は貨客船で六、八八六トンである。タンカーではないが、ドラム缶に石油を詰め船倉にも甲板にも満載し、客室にはシンガポール在留の邦人が多数乗っていたはずである。万一空襲を受ければ、先程のタンカーと同様、乾いた薪より簡単に燃え上がるだろう。

永井はもう一度考え直した。黒竜丸が沈んだ後、潜水艦は退避するだろうか。潜水艦は今まで、攻撃するにしても隠れるにしても、さほど無理な運動をしていない。したがって蓄電池《バッテリー》の使用量も大したことはないはずである。潜航してせいぜい、三、四時間しか経っていないだろうから艦内の空気も充分である。魚雷もまだ六本しか使っていない。多分二〇本前後は搭載しているはずだから攻撃続行は可能である。このまま放置すれば、船団の犠牲は益々増えるという高橋少佐の意見は正しい。

「了解した」

「申し訳ありません。辛い役目をお願いしました」

高橋少佐の言葉に苦悩が滲んでいる。

「謝るな！　教えたはずだ。謝るのは弱い証拠だ！」

永井は決然と言った。もはやこれ以上犠牲は出したくない。なんとしても門司まで帰り着いてやる。決意が胸に込み上げていた。


亜里山丸の右転舵と同時に攻撃は始まった。爆雷の散布には、幾つかのパターンがあるが、爆雷投射数と撃沈の確率は比例している。多ければ多いほど撃沈の確率は高くなるのである。『沖縄』の対潜武装は、後甲板の左右両舷に八機ずつ備えられた計一六機の三式爆雷投射機と、一本の艦尾爆雷投下軌条である。最大一七発の爆雷を同時投下でき、その爆雷は毎秒五メートルの速度で沈降する。最大二〇〇メートルまでの深度調定可能で、その三式爆雷を一二〇発搭載している。全力投射で七回分である。しかしヒ八八K船団のアモイ・門司間に設定した航路は一、二五〇海里。まだ一〇海里しか進んでいない。この先何隻の潜水艦に遭遇するか分からない。むしろ、亜里山丸の下に潜む敵潜の通報で、針路と速度を知った他の敵潜が群がって来るだろう。高橋少佐は『沖縄』に対して一回の攻撃に使用する爆雷を四発に限るよう指示した。

亜里山丸の抜けた空白海面を『沖縄』が駆け抜けながら、両舷各一機の投射機から一発ずつと艦尾投下軌条から二発の爆雷が投射された。浅深度に調定された爆雷は暗闇の海面に轟音を響かせ、正確に菱形を描いて水柱を上げた。

「津堂一水。探信儀、探信始め！」

高橋少佐は、まぐれでもない限り撃沈は不可能であることを承知していた。敵潜は、高速で接近する『沖縄』のスクリュー音を聴き、爆雷投射と同時に右か左に舵を切って攻撃を躱すはずである。そして好戦的な艦長ならこの場合は必ず左に舵を切る。船団から離れたくないと考えるからである。高橋少佐は山を張って黒竜丸の後方に止まり、探信儀を使用した。撃沈できないなら魚雷発射が不能となる深海に潜航させ、回避運動を取らせることで船団から遠ざけるしかない。探信儀の音波は潜水艦にとって大きな脅威のはずである。

「目標探知！　感五。方位〇四二、距離一、六〇〇、敵艦は左に回頭。速力六ノット」

「よし。艦橋のスピーカーに聴音器の音を流せ。第二戦速。新針路〇三五。爆雷戦用意！」

高橋少佐の命令と共に、金属的な探信音波と潜水艦に反射して響く反射音が艦橋スピーカーから鳴り始めた。

「護衛艦隊司令より『沖縄』へ。探信儀、探信始め。敵艦の西側に回り込め」

高橋少佐は『汐風』と敵潜水艦の針路が交錯する時を狙って、爆雷を二発投下させた。脅しである。撃沈はできなかったが、亜里山丸と同様に水中での速力の遅い敵潜水艦は、再び左に転舵し、徐々に船団から取り残されていった。

七月一八日（水曜日）
豊後水道
伊号第五八潜水艦

平生町は、山口県東部の熊毛郡の大星山や皇座山を頂く半島の付け根にあって、瀬戸内海に面した小さな港町である。港の入り口を馬島、佐合島、長島、牛島、祝島など多くの島が取り囲み、天然の良港となっている。難点を言えば水深が浅く水路が狭く、大型船の出入りが困難なことだ。岩国の海軍航空隊基地からは程よく遠く、目立たないこの港町は、機密兵器回天の基地として絶好の立地にあった。

呉で空襲に遭い潜望鏡を損傷した回天一号艇は、思いの外破損が酷く、伊五八潜水艦は平生で足留めを食っていた。当初はレンズ交換程度で済むと見られていたが、爆発の衝撃で潜望鏡自体が歪んでおり、潜望鏡そのものを交換するほかなかった。交換部品はすぐに倉庫から取り寄せることができたが、いざ取りつけようとすると今度は取りつけ基部も損傷していることがわかった。結局、新しい回天と交換することになり、燃料や装薬の搭載、ジャイロの調整や機関部の整備と、小さな潜航艇ながら作業は多く二昼夜を費やし、伊五八の乗組員や回天搭乗員は寝不足のまま、緑に囲まれた平生港を梅雨も明けようとする一八日朝、照りつける夏の光を受けて出港することになった。

平生の回天基地は、まだ米軍の知るところではなく、空襲の心配はなかったが、偶然を考慮にいれないわけにはいかない。岸壁に立ち並ぶ特攻隊員や並走する内火艇隊員の歓呼の声での見送りに応える暇もなく、雑石瀬戸の水路を抜けて伊五八は海中に姿を消した。この海域は小島や暗礁が多く、しかも水深が浅いため、潜望鏡観測を続けながら、潜航後三〇分、鳥帽子鼻を左に見て周防灘に抜けた。

「潜望鏡下げ。深深度潜航。深さ一〇〇。艦首一〇下げ。新針路一九〇」

潜望鏡のハンドルを音を立てて畳み、艦長の倉本は発令所を見渡した。沈滞した空気が漲っている。特に、古参の兵員にその傾向は強かった。これまで伊五八は幸運な艦であった。目立った戦果こそ挙がっていなかったが、昭和一九年九月一三日に就役して以来、逼迫する戦況の中、常に最前線に投入されながら、無傷で帰投した。だが、今回ばかりは呉を出港時からケチがついていた。不安感が士気を著しく損ない、とりとめない噂が艦内を走っていた。

中でも兵員をめげさせたのは、平生に係留中、係留索を伝って艦内の鼠が陸に逃げて行くのを見たという噂だった。船乗りはこの手の話を何よりも嫌う。今度こそやられるとだれもが思っていた。いかにして対処すべきか、倉本自身当惑していた。

「深度八〇メートル」

先任士官の田村大尉の声に、倉本は思考を中断された。

「前後水平。漏水およびボルト検査」

倉本も、艦長こそ拝命しているが、経験豊かな海軍士官とは言い難かった。明治四二年生れの三六歳。倉本は開戦当時、伊二四の先任士官兼水雷長として、特殊潜航艇『甲標的』を搭載し真珠湾沖にあった。初めて艦長になったのは昭和一七年七月、『呂三一』で、その後『呂四四』、『伊一五八』を経て昭和一九年九月にこの伊五八の艤装員長となった。しかも艦長として乗り組んだ艦は実験艦としての任務が多く、前線勤務は伊五八が初めてである。敗戦はだれの眼にも明らかで、崩壊しかけた士気を立て直す手段など倉本に思いつくはずもなかった。ただ言えることは忙しく立ち働いている者は余計なことは考えないという現実だけである。もはや日本本土は戦場である。出港から気を抜く暇はない。

「深さ一〇〇。深度安定、漏水およびボルト異常なし」

田村大尉が報告した。

「よし。深度一九。静かに持って行け。日没まではこのままの深度で行く。夜間は浮上し、豊後水道に入ったら再び潜航。海流に乗せて抜ける。三直哨戒配備に付け」

昭和二〇年になると、米軍は日本の沿岸と港を封鎖する『飢餓作戦』の展開に踏み切った。主要な港と海峡は、B29からの機雷投下によりいつ触雷するかわからなかった。

もちろん掃海作業は行っていたが、安全な水路はわずかだった。日本沿岸には、また多くの米潜水艦が哨戒任務に就いていた。九州と四国に挟まれた豊後水道はその最重要ポイントだった。ここは日本海軍艦艇の通過点として米軍の重点警戒海域『第七哨区』に指定され、常に最新鋭、最優秀の潜水艦が配備されていた。したがって豊後水道を、浮上潜航中に雷撃を受けた日本の潜水艦も少なくない。近頃は豊後水道を抜け瀬戸内海に侵入しようとする敵潜水艦もいると聞き及んでいる。

「黒木中尉」

倉本は、発令所の隅に緊張している一番若い士官に声を掛けた。

「これから士官室で会議を行う。貴様が当直士官として潜航指揮を一人で執ることになる」

「はい」

「本艦の安全は貴様が責任を持つのだ。現在、深度一九まで浮上中、速力二ノット、針路一九〇だ。貴様が当直中に潜望鏡を上げる必要はないし、また上げてもいけない。豊後水道に入る時は本官が指揮を執る。必要なことはすべて教わっているはずだ。万が一聴音器で水上艦艇や潜水艦を発見したら、速やかに回避行動を取りただちに本官に知らせること。何か質問は？」

一瞬、発令所の中に緊張が走った。潜水艦は操艦をひとつ間違えると、些細なことで危険な状態に陥る。平時でも事故で沈んだ潜水艦は少なくない。

い物にならない。艦長の辛さだった。


「ありません。艦長」

「よろしい。頼むぞ」と、言葉を残し、倉本は発令所の一つ艦首寄りの区画に向かった。一抹の不安が脳裡を過《よぎ》る。若い未経験者を使わなければ、いつまで経ってもその者は使い物にならない。艦長の辛さだった。


潜水艦では士官室といっても大したスペースがあるわけではない。テーブルが通路を挟んで二つとそれぞれをコの字型に囲む作りつけの長椅子があるだけである。通路との仕切りはテーブルに面した部分だけで扉もない。外殻側に座ったものは、前屈みにならないと、覆い被さるような天井に頭をぶつける。集まる士官も伊五八の場合、黒木中尉を除いて艦長以下五人しかいない。

「大丈夫ですか、黒木は？」

最初に小声で話しかけたのは、航海長の中津大尉だった。

「この辺りは瀬戸内海でも潮流が複雑なところだから多少は流されるだろうが、艦の速力も充分出ている。いざというときは五秒で発令所に戻れるし問題なかろう」

倉本はできる限りゆとりを見せて言った。

「さて、今回の任務について伝達する」

倉本は手にしていた書類鞄からマニラ封筒を取り出し、中から一通の命令書を出して拡げた。

「命令。伊号第五八潜水艦は、昭和二〇年七月一六日呉軍港を出港。沖縄西方海上を経由し、フィリピン東方海上敵交通線に進出。通過を図る敵艦船を攻撃せよ。第六艦隊司令長官。以上である。……何か質問は？」

四名の士官は一様に顔を見合わせた。

「これまでのように攻撃は敵戦闘艦艇に限定しないのですか？」

機関長を務める桑田寛機関大尉の質問に、倉本は軽く微笑みを浮かべた。いかにも素朴な疑問と言ってよかったからだ。

「これまで二回の回天攻撃でもこんな命令を受けたことはなかったし、過去、潜水艦に発令された命令にもこのようなものはなかった。必ず『敵艦隊を攻撃せよ』だったからな。だが潜水艦本来の用兵を考えると、別段不思議ではないはずだ。ドイツのUボート作戦はもう少しでイギリスを飢餓に追い込むところだった。現にいまの日本は、アメリカ潜水艦の通商破壊作戦で飢えている。潜水艦は本来敵の通商交通路の破壊に用いるべきだったのだ」

倉本は以前からの自論を披瀝した。しかし、いまさら敵通商交通路の破壊とは、何とも遅きに失している。倉本は司令部の手際の悪さに歯がみした。

「沖縄東方海面は攻撃地点に入っていないのですか？」

航海長の中津大尉が、不満げに口にした。沖縄は六月二三日に牛島第三二軍司令官と長参謀長の自決で、組織的戦闘が終了したばかりで、散発的な戦闘はまだ継続していた。

また、沖縄を日本本土上陸の前進基地とするため、米軍は物資の集積と基地の整備を図り、沖縄東方は依然として空母、戦艦から輸送船にいたるまでのアメリカ艦船の集結地となっていた。

「入っていない。艦隊司令からの口頭命令ではフィリピン東方海上敵交通線に進出するまでは、沖縄に限らず極力敵艦隊との交戦は避けるように言われている」

一旦言葉を切った倉本は、自らの疑問に応えるかのように、再び言葉を継いだ。

「本官の個人的見解では、フィリピン東方海上敵交通線を、何か戦略的に重要な艦船が通過するのではないかと考えている。日時も七月二六日までにこの交通線に進出のことと厳命されている」

「泊地攻撃ではなく外洋作戦に回天を使用するのですか？」

今度は田村大尉が尋ねた。

「命令ではそうなっている」

「しかし、我々が搭載している回天一型は最大速力が三〇ノット。しかも三〇ノットだと、航続距離が二三、〇〇〇メートルしかありません。目標が軍艦でなく高速輸送船だった場合でも、全速走行されれば捕捉は不可能です。水雷長として回天攻撃には反対です」

田村大尉の意見に倉本は沈黙した。反論したのは、航海長の中津大尉だった。

「以前から気になっていたのですが、先任は回天作戦には反対のようですね」

「そうは言っていない。自分は貴い人命の懸かった回天を、戦果の期せない作戦に使用するのはどうかと言っているのだ」

中津は反感を剝き出しにした。日頃から田村と中津は反りが合わないらしかった。

「絶対と言える作戦がありますか？　人命の懸からない戦闘がありますか？　この重大なる戦局で、先任のお持ちになっているような厭戦的な考え方は危険なのではないでしょうか。真に国のことを憂い、神州不滅を堅く信じ、祖国防衛のために最後の一兵に至るまで戦わざるべからずと、回天に志願した伴中尉以下多聞隊の方々に申し訳ないとは思いませんか？」

中津は田村を見据えた。二人の背後で軍医の笹原真は、中津大尉の考え方こそいまの日本には一般的なのかもしれないと、ぼんやり思っていた。この状況を収拾できるのは軍人ではない自分以外にないのではないかとも思っていた。笹原は二九歳になる。大阪帝大医学部の医局員から召集され伊五八乗組みを命じられ、出撃は今回が初めてだった。

「まあ、まあ。中津さんの気持ちも分かるが、啀《いが》み合っても仕方がないじゃないですか」

割って入った笹原の言葉が中津の気持ちを逆撫でした。

「なにを言うか！　兵科以外の者は口を出すな！」

倉本はかっとなって振り返った中津の肩に手をおいた。

「中津よ。軍医殿に盾突くと後が怖いから止めとけ。下剤を一服盛られるぞ。外洋での回天攻撃に関しては、目的海域到着までの研究課題としようではないか。発進したが敵艦に追いつかなかったでは、回天搭乗員達に申し訳ないからな」

深夜二三〇〇時、伊五八は左舷前方に佐田岬を見ながら、豊予海峡に進入しようとしていた。これを抜ければ豊後水道である。当初の計画通り四時間前から浮上航行に移り、出港以来初めての補気充電を終えようとしていた。

艦橋の倉本は、伝声管の蓋を開け、口をつけるようにして命令を伝えた。

「一直哨兵、のこれ！　喫煙許可す！　手空き総員、交替で艦橋に上がれ！」

あと一時間もすれば豊後水道に入り潜航する。内地の大気はこれが最後ということになる。潜水艦乗りは空気の味を知っている。その地の湿度、気温、育つ草木、雨や埃、人々の体臭。空気に制限のある生活をしているとそれらに過剰なほど敏感になる。

また、喫煙するものにとって潜水艦勤務は辛い。水上艦艇では「煙草盆出せ」の号令一発で煙草が吸えるが、潜水艦内では貴重な酸素を使い空気を汚す喫煙は許されていなかった。さらに潜水艦は喫水が深く艦体のほとんどが水中に隠れるため、外洋での水上航行では上甲板が波に洗われ歩行は危険となる。たかが空気を吸うため、喫煙をするためでもいちいち艦橋に上がらなくてはならなかった。その艦橋には、二時間ないし三時間交替で常時九人の見張り当直が立つ。喫煙者のための余裕はほとんどない。まして敵と接触すれば潜入するまでの一秒一秒が生死を分けるのだから余分な人間が艦橋に立つことは、艦全体を危険に陥れかねない。喫煙が許可されるのは安全水域だけだった。

煙草好きの者は口の両端に二本ずつくわえ、急いで紫煙を吸い込む。吐き出す煙が尾を引いて艦尾に流れていく。

倉本はその艦橋で黒くうねる右舷の海面と、その向こうに光る別府湾の街の明りを遠望しながら物思いに耽っていた。

今回の出港は、いままでの出撃とはあまりに異なっている。それは乗組員の気持ちに纏まりがないことである。潜水艦特有の家族のような関係が壊れつつある。初めての乗組みで気持ちが摑めない新兵がいる。今度は故国に帰ってこられないだろうという不安に怯える者がいる。中津のように国粋主義に凝り固まって逸る者もいる。まるで箍《たが》が外れているようである。

潜航作業一つ取っても、微妙な操作が要求されるため、彼等一人一人の気持ちが一つに纏まらないと危険極まりない。戦うことなく、完全武装のまま、事故により乗員全員と共に瀬戸内海に沈んだ潜水艦すらある。

加えてあの命令である。重要艦船に対する攻撃とはいえ、実行部隊はこの伊五八だけである。倉本の知る限り、回天多聞隊を乗せ七月一六日に出撃した潜水艦は四隻。しかし三隻は中津の指摘通り、現在の戦闘の焦点である沖縄東方海上へ向かった。この伊五八だけ目標が明確でないまま、フィリピン東方海上へ向かう。敵は空母なのか戦艦なのかそれとも重要人物を乗せた輸送船なのか、情報が不確実だという可能性も高い。確実な情報なら回天多聞隊を乗せた四隻はすべて、フィリピン東方海上敵交通線に向かうはずである。重要な艦船となれば、当然、駆逐艦や駆潜艇の護衛が何隻かは随伴していよう。一隻や二隻の潜水艦では接近することすら難しい。これは伊五八にとっても何を意味するのか。皇軍の最期を飾れということであろうか。倉本の考えはそれ以上には発展しなかった。

背後で何回もマッチを擦る音が聞こえた。聞こえたというより気配を感じたと言った方がいい。波避け《コーミング》の陰に隠れて風を避け、マッチを擦ろうとする者がいる。倉本はポケットから自分のマッチを取り出すと、その男の前に持って行って箱の中の一本を取り出し一気に擦った。仄かなオレンジ色の炎が、煙草をくわえた男の隠す手の中で燃え上がり、一瞬その男と倉本の顔を照らした。倉本は硫黄の燃え尽きないうちにそのくわえられた二本の煙草の先に火を移してやる。よほど煙草が好きなのだろう。

「艦長殿でありましたか。失礼しました」

男はくわえた煙草を手にとり、慌てて敬礼した。新兵である。

「構わん。気にするな。これが潜水艦だ」

倉本は、自分も懐から煙草を出し、彼の煙草を手にとると火を自分のそれに移した。

「手で覆うようにしてこういう風に吸うんだぞ。敵に見つかるからな」と、自分で見本を示した。新兵は素直に倉本に従った。

「名前は？」

「相澤二水であります」

「配置は？」

「前部魚雷発射管室です」

声が澄んで響いた。疑いも迷いもない声だ。きっと彼はいい兵隊になるだろう。そんな直感がした。真っ暗闇の艦橋で、波避け《コーミング》に隠れて、二人は挟んだ指を火傷するまでその煙草を吸う。名残惜しい一瞬だった。そろそろ豊予海峡の出口である。

「一直哨兵、中へ！　相澤二水も入れ。潜航するぞ」

煙草を艦橋から投げ捨てた倉本は、艦橋に居る者達に声をかけると、アラーム・ベルを押し、けたたましいベルの中で思考を切り替えた。とにかく潜航したまま海流に乗せ、敵潜水艦に気づかれないように忍び足で豊後水道を抜けること、それが当面の問題である。

同日
北東太平洋上
米重巡洋艦インディアナポリス

機関長のデグレーブ中佐にとって気にかかることは数え切れないほどあった。サンフランシスコを出港して以来、インディアナポリスに搭載されているタービンは、回転数を上げ、最大速力を維持し続けていた。これはメカニックとしてのデグレーブ中佐の冷静な判断を待たずとも、危険としか言いようがなかった。お陰で艦は機関速力三二ノット、荒れた海上での合成速力二九ノットをマークし、重巡洋艦らしい優美な波切りを見せていた。だが、タービンは取付部から上部すべてに異常振動を起こしている。建造一三年の〝老婆〟としては当たり前だった。

一六日の出港三時間目に、デグレーブはこの異常に気がついた。彼はただちに艦橋まで出向き、艦長席に座るマックベイに状況を報告した。

「前進全速を命じられたときにも、艦内電話で話しましたが、このままの連続運転は危険です。確かにメーア・アイランドの海軍工廠の連中は良くやってくれました。しかし、メーア・アイランドの連中も、もともとこの艦を設計した連中も、こんな使い方をするとは予想もしていなかったでしょう。部品の耐久性には限界があります。多分ハワイに到着するまでに、シャフトが焼けつくかタービンのシリンダーが損傷すると思います。せめてあと五ノット落とすように具申します」

デグレーブは、あえて全速に固執する理由が理解できなかった。当然、物分かりのいいマックベイは聞き届けるものと思っていた。しかし、マックベイ艦長から戻ってきたのは、予想とは裏腹の投げやりな答えだった。

「いかん。到着まではこの速力を維持する。危険なのは分かっている。しかしな、あの陸軍のお二人が、御大層な命令書を振り翳しておっしゃるには、本艦の安全は、到着時間ほど優先しないそうだ」

「そんな馬鹿な！　差支えなければだれがその命令書を書いたのか、教えていただけませんか？」

「大統領さ」

「何ですって？」

「官民を問わずファーマン少佐およびノーラン大尉に協力されることを願う。ふたりは国家の重要任務を遂行中である……だとよ。したがって、私も君も彼らの指揮下にあることになる。分かったら、この婆さんの心臓が発作を起こさないように手配を頼むよ。ハワイに着いたら、なんとか速力を落とすように、もう一度二人に話をしてみるから……」

デグレーブ中佐は、そのときのマックベイの表情を管制盤を見詰めながら回想していた。

――果たして、ハワイまで持つだろうか？

デグレーブ中佐は機関科の下士官および兵を招集し、配置に付け、可能な限りの態勢を敷いていた。彼自身、管制盤室と機関室、ボイラー室以外、この丸二日間、一歩も外へ出ていなかった。食事は当番兵が運んでくるコンビーフ・サンドで済ませ、薄暗い管制盤室の灰色の壁に凭れて、床に座ったまま眠った。しかし、状況は好転するわけではない。四本のシャフトの温度はじりじりと上昇していたし、振動も徐々に酷くなる感があった。

もし仮に、ハワイまで持ったとしても、もっと心配なのはそれから先だった。彼はハワイでこの艦から降りることになっている。定年による退役である。デグレーブは、人生のほとんどを海軍に捧げてきたと言っていい。一六歳から軍艦の底で脂に塗れる日々だった。ついにいままで、家庭を持つことも、定まった陸の家を持つこともなかった。海軍が家であり家族だった。それでもデグレーブは、それをいつかは訪れることと覚悟していた。軍を去ることに悔いはない。気にかかるのはこの無謀とも言える航海を全うすることなく、寄港地のハワイで降りることと、自分の後任が、選りに選って戦功抜群で中尉に昇進したとはいえ、二〇歳そこそこのリチャード・レッドメインになることだった。

リチャード・レッドメインは、新任少尉からのインディアナポリス乗組みで、デグレーブの愛弟子と言ってもいい。利発で明るく、何よりもデグレーブが気に入っているのは研究熱心だというところである。しかし反面、年齢が年齢だけに経験が乏しく、予想されない事態に対する即応性には不安がある。またデグレーブが彼に最も不満を抱くのは、艦の機関を道具として見ているという点であった。デグレーブにとってインディアナポリスは、自分と同じ老齢である。船を女性として見る習慣から言えば、インディアナポリスの機関は正に古女房の弱った心臓みたいなものである。いままで労り続けてきたこのタービンは、デグレーブが去るのを知ってか、信じられないほどの高出力を出し、あたかも新造船のように波を蹴立てている。遠く去る夫に最後の優美な姿を見せようと必死に踊る年老いた踊り子のようである。だがレッドメインにはその感情がない。彼には機関は機関でしかなく、設計値通りの出力が出ればそれでよしとするところがある。まだまだ計器が語りかける言葉を聴き取ることはできない。

午後三時を少し回ったその時、警報ベルがけたたましく鳴り響いた。

「警報！　火災警報！」

管制盤室当直水兵が叫んだ。デグレーブは管制盤の脇に取り付けられた損害表示盤に飛びついた。

「機械室上部より出火！　機関緊急停止！」

デグレーブは間髪を入れず下令した。管制員がゆっくりと運転スロットルを戻そうとした時、デグレーブにはさらに事態を悪化させる予感が走った。そしてその予感は的中した。

シャンペンの栓を飛ばすような音が静まりつつあるタービンの運転音の中で響いた。

艦橋ではクリントン中尉が当直士官として、艦長席に座り操艦指揮を執っていた。北東太平洋らしい鉛色ともブルーともつかない波立つ海面と、それに反射する真夏の太陽を、眩しげにそして退屈そうに眺めている。『重要貨物』運搬中とは言え、艦隊司令部の幕僚を乗せている時ほどの緊張感はなく、また安全水域を航行中とあって、艦橋当直は交替したばかりだというのに、クリントンをはじめ全員がだれ切っていた。艦は正面より波を受けピッチングを繰り返し、激しく動揺していた。艦橋で交わされる会話は、もっぱらあの偉そうに踏ん反り返っていた陸軍の将校達がだらしなく船酔いをしていることをめぐってのものだった。何事も起こるはずのない海面で、気になるのは当直交替までの時間を告げる時計の針だけだった。

午後三時一七分、何事も起こるはずがないという予想は、火災警報のベルとともに打ち破られた。三カ月半前の沖縄海域で鳴って以来のベルだった。艦橋当直は全員うろたえたと言っていい。呆然と立ち尽くすのみで警報を確認しようとする者もいない。クリントン自身、艦長席に座ったまま身体の向きを変えただけだった。

しかし、艦長室で書類整理をしていたマックベイの反応は早かった。壁に掛けた軍帽を左手に摑むのと、ドアを右手で開けるのは同時だった。通路に飛び出すと一気に走り抜け、艦橋への階段を駆け上がった。

「何事だ?」

マックベイは即座にクリントンに尋ねた。

「分かりません。火災警報のようですが、突然のことで……」

「寝ぼけるな!」

マックベイにしては珍しく、部下を怒鳴りつけると艦橋の損害表示盤に目を向け、艦内電話を取った。

「応急修理班か？　フリン中佐はそこか？」

「いえ。機械室に行っておられます。機械室からの連絡では、火災は小火《ぼや》程度のようです。フリン中佐から艦長に、伝えるようにとの伝言でした」

マックベイはクリントンを睨みつけながら、今度は伝声管に近づいた。

「管制盤室、報告しろ！」

「こちら管制盤室。機械室上部より出火です。また、機関室でも小規模な爆発が起きたようです」

声の様子からすると、デグレーブではない。マックベイは不安に駆られた。

「レッドメイン中尉か？　デグレーブ中佐はどうした？」

「はい。機関室に行っています」

マックベイは速度指示器《テレメーター》に目を走らせてから尋ねた。

「機関は停止したか？」

「はい。最初の火災発生と同時にデグレーブ中佐が緊急停止しました」

「デグレーブ中佐に伝えてくれ。状況が分かり次第報告するようにと」

全速で波を切っていた時に比べ、インディアナポリスは波浪に揺すぶられ、ピッチングだけでなくローリングも始めていた。

デグレーブが管制盤室の下にある機関室に到着したとき、そこはまだ混乱の真っただ中だった。室内には蒸気が濛々と立ち込め、叫び声が支配していた。デグレーブは、間近の艦内電話を取ると命令を下した。

「運転室！　ボイラーの蒸気を逃がせ！　一旦蒸気を全部逃がすんだ！」

これで動力は完全に停止される。発電機は補助動力装置で運転しているから電力は失われない。消火や応急修理には問題がない。とにかく缶室でトラブルが発生することのほうをデグレーブは恐れた。万が一何かの原因でボイラーが爆発したときには、収拾がつかない大損害を被る。

次に彼が思いついたのは、排気システムを作動させることだった。とにかく機関室で起こったことを把握するのが先決である。

火災警報が出てから一五分後に、機械室から鎮火の連絡が艦橋に届いた。フリンの報告では、火災は大したことはなく、単なる小火であった。高速運転による主ボイラー煙路の異常過熱が原因である。

「損害は？」

マックベイは電話に出たフリンに尋ねた。

「大した事はありません。メーア・アイランド工廠の連中が残した修理資材と便乗者の手荷物、それに木工機械の幾つかを焼いた程度です。負傷者もなしです」

フリンは無電池電話の受話器を持つ手の甲で顔の汗を拭った。煤が斑に顔を汚したことにも気がつかなかった。

「後片づけは部下に任せて、艦長室に来てくれ」

残る問題は機関室である。マックベイはいささか弱り果てていた。デグレーブが迅速な対応をしていることはわかっていた。しかし機関室からの損害報告では、いますぐ運転再開とはいかないことは間違いない。機関室の修理には恐らく二時間は要するし、ボイラーは運転を停止し蒸気も失っている。この間にフリンとデグレーブの二人を艦長室に呼んで協議するしかない。マックベイは艦長席から重い腰を上げた。

艦長室の前には顔を斑模様にしたフリンと、袖を血で汚したデグレーブが待っていた。

「機関室の損害を詳しく聞かせてくれ」

マックベイは二人を部屋に通すとすぐさま言った。

「シリンダーが三つ、吹っ飛びました。側にいた機関兵、マトウスキーとフックスが負傷し、いま軍医のところに行って手当てを受けています。シリンダーの交換と補修には、二、三時間かかるでしょう」

デグレーブは帽子を握り締め、答えた。

「マトウスキーとフックスはどの程度の怪我なんだ？」

マックベイは、黒革のソファーを促しながらさらに尋ねた。

「幸いにも大したことはありません。マトウスキーは右腕を五センチほど切って軽い火傷を負いました。フックスは太ももにシリンダー・ヘッドのかけらが食い込んでいます。

しかし、これも破片の大きさは五セント玉くらいで、頭が見えています。二人とも派手に騒いではいますが……」

「良かった。二人とも充分に労っておいてくれ」

マックベイは自らもソファーに向かい合わせた椅子に座った。

「もちろんです。彼等は良くやりました。出港以来ずっと機関室に閉じ籠り、エンジンの調整を続けていました。眠るのも機関室の中で通路の壁に寄りかかり、外に出るのは食事の時だけ……。すべてあの忌々《いまいま》しい大統領命令のせいです。機関長としてもう一度申し上げます。これ以上は危険です。この火災も爆発も無理な航海の結果ではなく始りなのです。きっともっと酷いことになります！」

デグレーブは、口角泡を飛ばして訴えた。マックベイはそれを聞きながら天井を見上げていた。

「フリン。君はどう思う？」

「確かにデグレーブ中佐の言うように、この航海は少し異常です。いくら重要なものを運んでいるにせよ、船のことがわからない陸軍の命令で無茶をするのはどうかと思います」

ペンタゴンの将官執務室と比べて一つ違うところは、この天井配管だろうと、マックベイは思った。軍艦の天井には様々な配管が張り巡らされている。そしてこのインディアナポリスは、紛れもなくアメリカ海軍の戦闘艦である。そして自分はその艦を預かる艦長であった。

「デグレーブ、私はいままで君を技術者と思っていたが、いつから予言者に鞍替えしたんだ？　確かに無理な航海かもしれない。しかし我々はアメリカの国益を守るため、大統領命令で、しかも直接命令を受けた者の命令で航海している。何としてもこの無理を押し通さなくてはならない。これが私の結論だ。機関部の修理は二時間で済ませてくれ。修理が完了次第全速に戻る」

マックベイは冷たく命令した。しかし、デグレーブは引き下がらなかった。

「抗議します」

「宜しい。書類にして提出したまえ」

「マック。君と私は友人だと思っている。だからあえて言うのだが、これはあんたらしくない」

「わかっているよ、デグレーブ。だがいまはその理由を話せない。なんとか頼む」

デグレーブは、軍帽を被ると艦長室を出かかり、そしてさらに言った。

「ハワイまでは責任を持ってなんとかする。だがその先は考えておいてくれ。若いレッドメインでは心許ない。せめて五ノットでいいんだ」

デグレーブが出ていくのを見計らってから、フリンが口を開いた。

「そんなに陸軍のファーマン少佐は強硬なんですか？」

「ああ。君らが消火に走り回っている時、艦橋に上がって来て、船を止めたと言って怒鳴りまくったよ。敬語ではあったがね」

マックベイは、白髪混じりの頭を右手で掻きながら、ぼやくように言った。

七月一九日（木曜日）
ハイタン島（海壇島）東方七海里
大阪商船　黒竜丸

うっすらと水平線が視界に浮かんできた。正確には、棚引く朝靄と鉛色の海面が、微かな境を分けたと感じるだけである。湿度は高く風はない。昨日の熱気が冷めやらぬうちに、再び気温計は上昇を始めた。黒竜丸のブリッジは息が詰まるほど暑かった。

男達は当直・非直の区別なく、眠っていなかった。疲れ果てて惨めな朝を迎えようとしていた。それは黒竜丸だけでなく、船団および護衛艦すべての乗組員、乗客に共通していた。

一六日深夜以来、潜水艦の来襲はなかったが、船団後方で無電を傍受した。一七日未明に触敵した敵潜水艦が一定間隔で追尾し、船団の位置を通報しているのが容易に想像できた。船団にとって幸運だったのは、雨が降り続いてくれたことだった。雨が降れば航空機は飛べない。空襲を受ける心配はない。

　だが幸運は長くは続かない。台中気象台の通報通り、一八日午後には雨は止み、雲が切れ薄日が差してきた。天候の回復を待っていたかのように、中国大陸の基地を発進したと思われるアメリカ陸軍の『ノースアメリカン　B25　ミッチェルJ』爆撃機三機が昨日の夕刻、傾きかけた太陽を背にして西から来襲して来た。

　もともと商船に対空火力は無い。大戦後半、日本陸軍は商船に襲いかかる航空機や潜水艦に対して、最小限ではあるが対抗兵器として火砲を搭載することになり、船舶砲兵と呼ばれる兵員が同乗することとなった。しかし陸軍にも余剰の高射砲があるわけではない。したがって船首に応急の対空砲台を増設し、時代遅れで倉庫で眠っていた代物や中国軍からの鹵獲兵器がせいぜい一門、据えつけられる程度だった。黒竜丸が搭載した大正時代に製作された三八式七・五センチ野砲なぞはまだましな方で、船団には迫撃砲しか搭載していない船や、『木砲』と呼ばれる木製砲を搭載した船まであり、これで敵機を撃墜しろと言うのは正気の沙汰ではなかった。

　たった三隻しかない護衛艦にしても、対空戦闘装備は褒められたものではない。海防艦は艦首と艦尾に一二センチ高角砲を各一門。『沖縄』はそれに加え、二五ミリ機銃を三連装五基と単装二基。『二二』の二五ミリ機銃は三連装二基と連装二基、単装二基。『汐風』に至っては、一二センチ単装砲を四基しか持たず実質的戦力とは言えなかった。

　一方、飛来したB25は、中翼配置のガル型主翼と双垂直尾翼に箱型の胴体で、機体はずんぐりとして、一見危機感を感じさせない。だがB25一機あたり一二門の一二・七ミリ機銃を装備しているだけでなく、一、三六〇キロの爆弾とロケット弾八発の搭載が可能だった。

護衛艦は船団の位置を秘匿するため、電探の電波発射を禁止していた。時速四〇〇キロ近くで接近して来るB25に、これは致命的と言えたかもしれない。

まず、三機編隊のB25は船団前方を警戒する護衛艦に襲いかかった。警報と共に対空戦闘配置の号令が『汐風』の艦内スピーカーから流れた時には、『沖縄』はすでに水柱に包まれていた。

高橋少佐は『汐風』の艦橋で近距離無線機に取りついた。強力な対空火器を持つ船団ならば陣形を維持すべきかもしれないが、いまの彼にできるのは、他の艦船を守るためできるだけ損害を一隻に集中させることだった。

「各艦船に告ぐ！　各艦船に告ぐ！　自由戦闘！」

船団は思い思いに舵を切り、一斉に陣形を崩し始めていた。またB25も船団上空で編隊を崩し、それぞれの手近な目標に向かった。そしてB25の三番機が黒竜丸めがけ突込んで来た。黒竜丸も面舵を切りながら船首の船舶砲兵が応戦を始めていた。射角と仰角を手動で調整し、手込めで装塡する陸軍の旧式野砲では、まったく命中は期待できない。一発発射した。空しく砲弾は空を切った。しかし黒竜丸を救ったのは、砲座と野砲と彼等の犠牲だった。B25の投弾したスキップ爆弾と呼ばれる二五〇キロ爆弾の一弾が、堅牢な野砲の尾栓を直撃した。

爆発の衝撃は、ブリッジの硝子窓を吹き飛ばし、一二名の乗組員を薙ぎ倒した。海図台に頭を打ち付けた永井が意識を取り戻した時、対空砲台は跡形も無く、船首の尖った上甲板が捲れ上がり炎を上げていた。もちろん船舶砲兵四名の姿はそこにはなかった。


火災は三〇分後に消し止められ大事には至らなかったが、黒竜丸の船首はリベットが緩み漏水していた。萩原船長は自ら船首の補修を指揮し、排水ポンプが流れ込む海水を汲み出し始めると、とりあえず沈没の危機は免れた。

この空襲で笠置山丸、第一真盛丸が沈没。海防艦『沖縄』が艦尾に直撃弾を受け行動不能となり見捨てられた。

残った六隻の各艦船も爆撃の至近弾やロケット弾の直撃を受け、戦死者負傷者は多く、大なり小なり損害を被っていた。満身創痍の船団は防水作業を続けながら、二時間後再び陣形を組み直して北上を再開した。そして夜が明けた。


早朝の薄暮配置の号令が船内スピーカーに響いた。が、もはや船舶砲兵もいなければ野砲もない。船員たちは徹夜の作業で疲れた足を引き摺りながら、それぞれの決められた持ち場に向かった。その心の内には負け戦の惨めさが満ちていた。

「でも、この船が、堅牢な造りで良かった……」

永井が羅針盤の前に立ち、萩原に向かって呟くように言った。

「しかし錨《アンカー》を失いました。停泊する時、ちょっと困りそうです」

「まだその悩みは早そうだ」

永井は笑いながら答えた。ブリッジの先端に立つ萩原船長は、昨日の空襲で傷だらけになった永井の顔を見詰めて、小声で唐突に尋ねた。

「永井さんが、海軍をお辞めになったのはいつですか？」

「昭和一〇年の暮れです」

「また、なぜ？　重巡洋艦を指揮されていたのに……」

重巡の艦長と言えば、海軍ではエリート中のエリートである。

永井は一瞬、沈黙した。

「失礼なことを訊いてしまいました。忘れてください」

気まずい沈黙に萩原は慌てた。が、永井はその言葉ににこりと微笑んで重かった口を開いた。

「第四艦隊事件というのを聞いたことがありますか？」

「いや、初耳です」

「そうでしょう。事件後、海軍は厳重な箝口令を敷きました」

萩原は緊張して耳をすましました。永井は長い話になると前置きして、ぼそぼそと語り始めた。

　昭和一〇年、日本は、列強の圧力に抗して軍備拡張の道を歩んでいた。昭和五年のロンドン軍縮条約で、海軍は保有トン数の制限下にあり、必然的に単艦の性能強化に血道を上げていた。重武装と高速化を目指したのである。しかし武装強化は上甲板より上に火器を搭載することになりいわゆるトップ・ヘビーを生じさせる。他方高速を目指せば船体を軽くする必要があり、船体強度を不足させる。見た目は重武装だから強力に見えるが、その実、脆弱な艦艇が次々と建造された。

　しかも問題の軍縮条約の延長期限はこの年までだった。政府は条約の不平等感からこれを破棄しようと考えていた。当然列強との間にさらなる軋轢が生じることになる。

　年一回実施される恒例の海軍大演習も、このような背景から、七月から九月末までの期間、例年になく大々的に行われた。

　永井も重巡『那智』の艦長として、この演習に参加した。『那智』は六月に第一次改装を終えたばかりで、演習用臨時編成の第四艦隊に配属となった。第四艦隊は仮想敵国アメリカの艦隊となり、連合艦隊に戦いを挑むというものであった。

　演習の日程は順調に消化され、九月下旬、三陸沖で最後の決戦というところまで来た。第四艦隊は函館港に一旦集結し、二五日に出港した。事件が起こったのは翌二六日のことだった。

　この頃日本近海には二つの台風が襲来していた。一つは日本海にあり、もう一方の予測進路も訓練海域から離れていて、遭遇する心配はないと判断されていた。荒天下での訓練も、実戦を想定すればあっていいだろうというのが艦隊司令部の考えだった。

しかしこの予報は裏切られ、二六日朝の気象通報では台風は進路を変えて一直線に第四艦隊に向かっていた。しかもこの台風は中心気圧七一八ミリという超大型台風に成長しつつあった。艦隊がこの時、針路を反転できれば問題はなかったのである。だが事態を把握した時点ではすでに遅く、視界不良の上激浪に揉まれ、反転すれば衝突する艦が出ることは火を見るよりも明らかであった。艦隊は危険を承知で台風の中心部に向かった。風速計は四〇メートルを記録して破壊され、波高は二〇メートル、艦の動揺も五〇度におよんだ。そして台風の目を通過。晴れ間が見え一旦回復したかに見えた天候は、ものの三〇分も経たないうちに再び厚い雲に覆われた。最も恐れていたことが起こったのはこの後だった。海上は巨大な三角波が立ち始め、艦は激しく動揺しスクリューは空転した。

最初は駆逐艦『睦月』だった。巨大な三角波が艦首を直撃し、鋼鉄で堅牢に作られている筈の艦橋を押し潰した。続いてトップ・ヘビーにより復元性に乏しい特型駆逐艦の『夕霧』と『初雪』が激浪に襲われた。二隻は相次いで艦首を切断され流失した。世界の海軍史に例を見ない大事故の発生である。二隻とも艦橋の真下から艦が真っ二つに引き裂かれた。

『夕霧』と『初雪』は即座にバランスを失い横転・沈没の危機に直面した。しかも切断された艦橋の真下で激浪から浸水を防いでいたのは厚さ数ミリの防水隔壁一枚だけだった。前進することはもちろん、前方から波を受けただけで、防水隔壁は軋み倒壊の危機に直面した。『夕霧』と『初雪』の乗員はバランスの復旧と防水隔壁の補強に努めた。

不幸中の幸いは翌朝未明に天候が回復したことだった。『睦月』も『夕霧』も『初雪』も、艦長がよく艦の保全に努めたお陰で、沈没や横転もなく、艦内には一様に安堵の空気が流れた。『睦月』は自力で、『夕霧』と『初雪』は僚艦が曳航して艦隊は帰投針路に着いた。

艦隊が海上に黒い鯨の背のようなものを認めたのはその後間もなくだった。接近すると、それは駆逐艦『初雪』の艦首部だった。横転しほとんどが水没しているが間違いはない。だれもが眼を疑った。まさか浮いているとは思ってもみなかった。

『初雪』の艦首が浮いているということは、『夕霧』の艦首も浮いている可能性があることを示している。そしてその艦首部には、切断時に多数の乗員が乗っていたはずであり、当然生存者がいる可能性を秘めていた。慌てた司令部は損傷の少ない指揮下の各艦に捜索を命じた。ほどなく『夕霧』の艦首も見つかった。

その際問題となったのは救助の方法だった。水面に出ている艦底部に穴を開けて生存者の捜索を行うのが一番手っ取り早いが、浸水を招いて沈没しかねない。艦首部に残された酸素の問題はあったが、艦隊幹部の意見は曳航して港で救出するという方法で一決した。艦隊としては損傷した艦、負傷者を抱えている艦を速やかに帰投させる必要もあった。『夕霧』には軽巡『木曾』が、『初雪』には『那智』が曳航のため現場に残された。
しかし曳航索を『初雪』と『夕霧』それぞれの艦首に結びつけるには海上のうねりがまだ高い。作業には短艇《カッター》を出さねばならないが、それ自体転覆の恐れがある。かと言って直接接舷するには『那智』と『木曾』の艦体が大きすぎる。船団指揮官の永井は短艇の二重遭難を避けるため、やむなく波の治まるのを待つことにした。限られた酸素の中で、ひたすら救助を待つ『初雪』と『夕霧』の乗組員のことを思うと焦慮が艦橋を包んだ。

見張り員が水平線に一隻の漁船を発見したのはその時である。小さな漁船があの台風を乗り切ったことも驚きだったが、彼等は何と流し網を巻き上げていた。

漁船は間違いなく切断された『初雪』の艦首を認めている。今更現状を取り繕っても事実は隠しようがない。だったらと永井は漁船に助力を要請した。

盛厚丸というこの漁船は快く要請を受け入れ、鉢巻きをした漁師が三人海に飛び込んだ。果敢にも彼等は『初雪』まで泳ぎ着き、艦底に這い上り、太いワイヤーを艦首に廻し慎重に締め上げた。続いて盛厚丸が『那智』に向かって曳航を始める。うねりのため作業は遅々として進まず一日がかりの作業となったが、それでもなんとかワイヤーは『那智』に渡された。だが『初雪』の艦首は、予想以上に重かった。うねりを受けた『初雪』の艦首が動揺した途端、ワイヤーの結び目が破裂音と共に断ち切れた。ワイヤーの切断は二度に亘った。永井は盛厚丸に感謝の意を表し帰港を勧めると、波に揺れる

『初雪』を見守るほか、術を失った。

日が傾き始めた頃、突然第四艦隊司令部から一つの命令が届いた。『曳航の見込みなければ、適当に処分し、沈下を確認したる上、横須賀に回航せよ』という内容だった。

交戦時でもないのに、味方の艦を撃沈しろというのである。『初雪』の艦首には、いまなお生死のわからぬ下士官、兵が二四名、取り残されている。

永井は現場指揮官として迷い、処分の決定を下しかねた。

第四艦隊司令部からは、再三の督促電文が届けられた。無益な時間だけが過ぎていった。そうこうするうち『初雪』の艦首は徐々に沈下を始めた。夜が訪れ闇が視界を閉ざした頃、永井はついに『撃沈』の決定を下した。

ここまで話して、永井はふっと息をつき、そして続けた。

帰港後、査問会が開かれた。委員長には野村吉三郎大将、委員に山本五十六中将、古賀峯一少将が選任され、事故原因の究明とその後の対応について審議された。この手で同胞を殺さなくてはならなかった永井としては、この査問会で艦の設計にミスがあったことが明らかにされることを期待した。審議が進むにつれ事故の二カ月前に、すでに艦政本部で特型駆逐艦の設計に重大な強度不足のあることが判明していた事実が明るみに出た。

本来ならば、艦政本部に厳重な処罰が下るところである。しかしこの事実が表面化すると、査問会の審議は一転して隠蔽工作へと向かった。日本海軍艦艇の強度不足が明白になると、外交上、特にアメリカに対して不利になるという配慮からである。

査問会の結論は『初雪』と『夕霧』は荒天行動中に接触、それぞれの艦長は処罰・左遷というものだった。飽くまでも事実を追及すべきと主張した永井は山本五十六と対立した。しかし査問会は事実よりも、許可なく民間の漁船の助けを借りたことを問題視した。永井も結局、艦長職を追われたのだった。

永井の心は一〇年前に戻っているようだった。一方、萩原は永井にかける言葉も失い、驚愕に震えていた。朝日が右舷ブリッジの張り出しの向こうに、朝靄に屈折し、歪な形で上がってきた。徹夜の瞳を眩しそうにしばたたかせた永井を見て、萩原が言った。

「そんな馬鹿な！　あの連合艦隊司令長官だった山本元帥がですか？　それで海軍を？」

が、永井にうなずく暇はなかった。

萩原の言葉が、終わるか終わらぬうちに、『汐風』の艦橋からブルーの信号弾が打ち上げられた。青い信号弾は未確認の航空機を発見した合図である。対空電探は使用していないはずだから、目視で発見したということだろう。すぐに空襲が始まる。

「船長！　機関室に、全速が出せるよう待機させてください。航海士！　対空見張りを厳にせよ！」

と、言葉を残して永井はブリッジの左ウイングに飛び出した。『汐風』が見つけたという事は、敵機は船団前方から迫っているはずだ。永井は当たりをつけて双眼鏡を向けた。だが探すほどのことはなかった。護衛艦が撃ち上げる対空砲火の炸裂煙の向こうに、黒い点が三つ、見る見る内に大きくなってくる。

——まずい！

永井は舌打ちした。発見が遅れた。海軍で鍛えた身体は、言葉より先に行動となって現れる。永井はブリッジに駆け込むと、近距離無線機に飛びついてスイッチを入れた。

「船団司令より、各船へ！　船団を解き、回避行動に移れ！」

萩原も、速度指示器《テレメーター》で全速に指示すると操舵手に叫んだ。

「面舵一杯！」

左舷には『汐風』がいる。回避行動を自由にするためには面舵以外ない。操舵手の手で舵輪がこまのように回り始めた。永井は再び双眼鏡を手に、ブリッジ前面の窓に張りついた。

「Ｂ25、一機突っ込んできます。一一時の方向！」

見張り員の悲痛な叫び声が響く。船首がゆっくりと回り始めて、波を切り裂く白い航跡が永井の目に映った時だった。

「永井さん！　だめです！」

絶叫した萩原が、横っ飛びに永井の左の脇腹にタックルした。瞬間、永井の視野は真っ白になった。

我に返った時、永井は何時間も意識を失っていたような気がした。実際はほんの数秒だったようであった。しかし事態を把握するのにさらに数秒を必要とした。右腕が動かなかった。左腕で支えて俯せになった身体を起こすと、初めて軍服がずたずたに裂け、あちこち火傷をしているのに気がついた。

——いかん！

と思い、足元を振返ると、そこには倒れかかった羅針盤や速度指示器《テレメーター》があり、艦橋前面には大穴が空き、燃え上がる前甲板が見える。心臓の鼓動のように押し寄せる頭痛を堪えて見回すと操船要員たちの姿はなく、海図台の脇に腰から下を引き裂かれて失った萩原船長が両眼をかっと見開いて転がっていた。

同日
ハワイ　パール・ハーバー海軍基地
米重巡洋艦インディアナポリス

「君の要求は、却下された！」

ニミッツは、艦長室のソファーに腰掛けながら吐き捨てるように言った。この太平洋艦隊司令長官とその幕僚の来訪は突然のものだった。出港準備に慌ただしいインディアナポリスの艦内は、そのため一層混乱を極めていた。

「と、言いますと……」

反射的にマックベイ艦長は、提督と四人の幕僚の視線を外し、テーブルの上のマグカップを見やった。

「惚《とぼ》けるな！　海軍人事局に出した人事要請のことだ」

ニミッツは、マックベイの目を凝視しつつあくまで静かに、しかし凄味のある声で言った。インディアナポリスの士官で唯一同席したフリン副長は、緊張で軽い眩暈を感じていた。

しばし、沈黙が支配した。良く効いたエア・コンディショナーの音だけが微かに耳に届いてくる。

「……しかし、デグレーブは本艦で最も必要なスタッフの一人です」

「『しかし』ではない！」

ニミッツはテーブルを叩いた。マグカップのコーヒーが零れて、白いテーブルクロスに染みを作った。

「君は二つの間違いを犯した。一つは、指揮命令系統の違反である。君の上官はスプルーアンスであり、その上官は私である。君が直接人事局に要請したことで私たちを無視した。さらにもう一つの誤りは、君は君の受けている命令の趣旨を理解していないことにある。君の受けた命令は極秘任務で、その行動には秘匿性が求められる。これは対日本に限らない。イギリス、フランス、ソビエトに対してもだ。君が運んでいるものは、戦後世界を左右するものなのだ。したがってインディアナポリスは現在サンフランシスコにいることになっている。謀略のため偽装電波も発信されているし、G3（陸軍情報部）も、君の艦の乗組員を装って行動しているはずである。そこにこの、糞忌々しい要請だ！」

ニミッツの興奮は極限に達していた。

「この作戦に、一体何人の人間が関わっているのかわかっているのか？　私はキング作戦部長から直接電話で叱責された」

ここまで話して、初めてニミッツはマックベイから視線を外し、冷めたコーヒーを一飲みした。

「なあ、マック。君の親父さんにはずいぶん世話になった。可愛がってもらい家も何度か訪れた。したがって君とも古い付き合いだ。君が優秀なことは良くわかっている。だから重巡を預けたのだ。君とキング提督との関係も理解している。だからいままでキングの圧力からできるだけ庇ってきたつもりだ」

「それには感謝しています。ですが今回の任務は……」

マックベイは主導権を取ろうと言葉を返した。

「いいから最後まで聴け。君は艦長として期待に応えている。だから言うのだ。いま波風は立てるな。君には輝かしい軍歴があるし、キングはこの戦争が終われば引退だ。後少しの辛抱だ」

ニミッツは隣に腰かけていた参謀副長兼作戦参謀のジェームス・B・カーター代将に目を向けた。カーター代将は、それに応えるように口を開いた。

「インディアナポリスは、予定通り本日一五〇〇時に出港してもらう。その時までに、サンフランシスコ・メーア・アイランド工廠の技術者とハワイまでの便乗者の退艦を済ませておくこと。デグレーブ中佐に関しては、彼には悪いが予定通り退艦後、G3の管理監督下に置かれることになる。恐らくサンフランシスコに戻り、インディアナポリスのアリバイ工作の活動をしてもらうことになる。何か質問は？」

マックベイはちらりと盗み見るようにニミッツを見てから、しっかりとカーター代将を見詰め直した。

「一つあります」

ニミッツの目がぎょろりと動いた。しかしマックベイは構わなかった。海軍で将官になるには敵が多すぎる。それは今に始まったことではない。海軍兵学校に入学するずっと以前、彼の父であるマックベイ二世が海軍の頂点に昇り詰めた時から始まっていた。厳格な父親は海軍でもその性格を貫き通した。伝統や人脈よりも能力や規律を重んじ、これに反する者には徹底的に厳しい態度で接した。軍歴に消すことのできない汚点を刻みつけられた者は数知れず、中には海軍を追われた者もいた。そのツケは父ではなくマックベイ三世一身に押し寄せた。多分今後も、海軍に籍を置く限りそのツケを支払っていくことになるだろう。今更、差障りの一つや二つ、増えたからと言って物の数ではない。

「本作戦の海上における指揮権を完全に認めていただきたい。日本海軍が事実上、外洋作戦能力を失ったとは言っても、本艦は戦闘海域、または潜水艦の出没が予想される海域を航海しなくてはなりません。安全な輸送を計るならば、海上輸送は海軍の指揮で行うべきです。陸軍と指揮権の争いをするつもりはありませんが、海上輸送の経験のない陸軍士官の指揮では、艦の基本的安全にも関わる問題が発生しかねません」

ニミッツは話し終わるまで黙って聞き入っていたが、姿勢を変え、向かいに座るマックベイを見据えた。

「なるほど……。君は私に大統領に向かって船の運航と管理について意見せよと言うのだな。しかし、それは無理だ。確かに同じ船乗りとして君に同情しないわけではない。しかし、軍人は命令に対して絶対服従しなくてはならん。疑問を持つことはあってはならんのだ。私が言えることはそれだけだ」

ニミッツは立ち上がった。

「邪魔したなマック。まあ、テニアン、グアム経由でレイテまでの辛抱だ。出港前で忙しいだろうから見送りは要らん。ここで失礼する」

言葉を残して艦長室を出ていった。

ニミッツは、舷梯を伝ってテン・テン・ドックに降り立つと振り返ってインディアナポリスを見上げた。

「ルーズベルト大統領が生きていたら、この計画には賛成されなかったろうな……」

呟くような言葉がカーター代将の耳にも届いた。カーターは司令部車のカーキ色のビューイックの後部ドアを開けた当番下士官に待つように指示すると、テン・テン・ドックをゆっくり歩くニミッツの後を追った。

「あのインディアナポリスは、ルーズベルト大統領一行を乗せ一九三三年に大西洋を巡航したことがある。一九三四年にはニューヨーク沖の観艦式でもご指名で大統領を乗せ、全艦隊を査閲した。ワシントン軍縮条約下で建造された重巡洋艦なので、戦闘艦としてはいろいろと問題も多いし、老朽化も目立っている。しかし、ルーズベルト大統領は、最もこの艦を愛していた」

独り言のように呟くニミッツに答えてカーターは周囲に人影がないことを確認して質問を投げかけた。

「なぜ、そんなにマッカーサーに原爆を渡すことを恐れるのですか?」

カーターの質問に俯き加減の姿勢を変えず、ニミッツは答えた。

「マッカーサーが、欧州軍総司令官のアイゼンハワーと功名で張り合っているのは知っているな?」

「ええ」

「彼は、太平洋戦域でのヒーローになろうとしている……。それはまあいい。彼が大統領になる頃には私は退役しているだろうからな。問題はその功名の立て方だ。日本を降伏に追い込むために原爆は我々の中部太平洋戦略に組み込まれた。日本本土上陸作戦は甚大な損害が予想されるからな。しかしマッカーサーは、この新兵器が自分の指揮下の南西太平洋軍に配備されないことに不満を漏らした。不満を漏らしたというよりも、よこせと言ってトルーマン大統領に捩じ込んだと言った方が正しいかな……。中部太平洋軍が二発使用するなら、せめて一発でもよこせと言っている。……どんなものかも知らないで……」

「真実、都会を一つ破壊するような威力はあるのですか？」

「ある。私もアラモゴードの実験結果は詳しく知らされていないが、成功したと聞いている」

「彼は、マッカーサー元帥はそれをどうするつもりなのでしょう？」

「台湾に落とすんだろうな」

「何ですって？　そんなことをしたら、第三国の民間人が犠牲になる。中国が黙っちゃいない！　彼はそんなこともわからないんですか？」

「台湾に温存されている日本軍二〇万の精鋭部隊の潰滅が目的だ。……戦果としては確かに派手だが戦略的には全く無意味だ。しかし、渡さなければ、彼はマスコミに訴えるに決まっている。原爆の知識のない世間が騒げばワシントンも立場を失う。だから渡すことになる。だが、届かなければ渡せない……」

「なるほど……。護衛艦が随かないのはそんな背景があるんですね」

「そうだ」

「そして、情報のリークが……」

カーターは空を仰ぎながら呟いた。

「多分な。ワシントンにはいろんな奴がいる。スペインやソビエト、フィンランドの大使館もある。小声で喋ればそれでいい。戦争で船が沈むのは当たり前だ。マッカーサーも文句のつけようがない。それに気づく頃には残りの二発は日本に投下された後だ。彼に渡す原爆はない」

——マックベイに罪はない。

と、ニミッツは心の中で呟いた。彼の親父、マックベイ二世提督が大佐で艦長だった頃、キング提督はその艦の少尉だった。こっぴどくやったらしい。したがって三世はキングの知られたくないことをずいぶん知っていると、もっぱらの噂だ。艦も老朽艦だし条件としては打ってつけだ。ニミッツは振り返ってインディアナポリスを見上げた。

——日本が喰いつくとは限らない。喰いつきたくとも戦力がない。だが……。

七月二〇日（金曜日）
日本領海　沖縄西方海上一二海里
伊号第五八潜水艦

「何も見えんな」

夜間潜望鏡に取りついた倉本は独り言のように小さく呟いた。その言葉が、沈黙に支配された発令所に大きく反響して、倉本を慌てさせた。

発令所の中は、戦闘配置のためほとんど立錐の余地なく、非常灯の赤い光に照らし出され、だれの顔も赤く紅潮しているかのように見えた。しかし、実際は緊張感で血の気を失った男達の群れだった。

倉本はアイピースから眼を離して潜望鏡ハンドルを上に畳むと命じた。

「潜望鏡下げ！　深さ三〇、ゆっくり持って行け！　速力二ノット」

潜望鏡を下げる油圧モーターの音に混じって乗員の吐息が聞こえる。張り詰めていた緊張感の緩むのがはっきり見てとれる。

「聴音！　何か聴こえたか？」

「今のところ何も……」

倉本の問いに素早く答えが返ってきた。

——あれは一体何だったんだ。

と、倉本は自問した。あの音は爆発音には間違いない。水中または水上の爆発音だった。艦の外殻を通して直接耳に達したのだから距離はそれほど遠くない。方位は〇三四。本艦を狙ったのならばもっと衝撃があったはずだが、伝わってきたのは音だけだった。

少なくとも、この海域を行動中の日本軍の艦船はないはずだった。また、伊五八の聴音は米軍艦船によるスクリュー音すら捕らえていない。海水中の音の伝達は、塩分濃度や水温の斑によって必ずしも均一ではない。遠くの音が聴こえたり近くの音が聴こえなかったりすることがある。だが、遠方の爆発音は聴音器にしか聴こえない些細な音でしかない。爆発音が聴こえスクリュー音を聴き落としているだけなら、夜間潜望鏡観測で何かを捕捉できているはずである。攻撃側もされた側も発見できないというのは不可解であった。

それに倉本にとってはこの爆発音はありがたくなかった。現在時は一九三四時。後二〇数分で、第六艦隊司令部からの定時連絡があるはずである。だが潜航中は電波傍受ができない。沖縄周辺海域は戦闘海域ということで朝から潜航が続いて蓄電池《バッテリー》の電圧も心細い。できるだけ早く浮上し、ディーゼル・エンジンを起動して充電したい。

しかしこの状況ではおいそれと浮上できない。いまは少しでも電池の消耗を防ぎつつ、発見されていないことを祈りながら、二〇〇〇時までにこの海域から離れるしか方法はない。

「戦闘配置解除。第二班、哨戒直にもどれ。先任。操艦指揮を頼む」

倉本は先ほどの爆発音を、沖縄西方海上にいる米艦艇の誤射誤爆と判断した。とりあえず爆発音の方位もほぼ後方だし、このまま静かに進むのが最良だろう。この海域なら矛先がこちらに向いても深深度も充分なぐらい水深はある。倉本は振り返って言った。

「航海長。済まんが艦長室に来てくれ」


艦長室は狭い。寝台と小さな折畳みの小机があるだけである。机に向かう時は寝台に座るしかない。それでも他の乗組員に比べれば個室があるだけましだ。潜水艦では士官といえども寝台は共用である。当直明けの者は、交替がさっきまで寝ていた寝台に潜り込み、その体臭に包まれる。

しかし暗い。中津から見て倉本の顔は、小さな裸電球の薄明りの中にうっすら浮かんでいる程度だ。中津はそんな倉本の顔を見てふと気がついた。この人には尊敬できることが一つある。危険に対して動物的勘を持っていることだ。

近頃はベテランの艦長でも、櫛の歯が抜けるが如く未帰還となり、だれが戦死してもどの艦が帰ってこなくても不思議ではない。倉本はこれと言った前兆がなくても、危険な局面に遭遇する度、持ち前の勘でそれを切り抜けて来た。「無事これ貴人」という言葉があるが、この人には正にそれが当てはまる。先ほどの爆発音も、この人が判断したのなら問題はないのかもしれない。そんなことを考えていると倉本が口を開いた。

「さっきのは、航空機からの攻撃だったのかもしれんな」

中津はぎょっとして言葉を失った。潜水艦乗員にとって、自分たちが発見していない敵に攻撃されることは、語り尽くせぬほどの恐怖である。ましてこの戦争から、航空機が潜水艦攻撃の有力な兵器として登場してきた。浮上中に攻撃された場合は、余りに接近速度が速く、潜航が間に合わないまま撃沈される。潜航中に航空機の接近を確認する方法は潜望鏡しかないが、潜望鏡を上げているとレーダーに発見され、視野の狭い潜望鏡で敵機を確認する暇もなく沈められた潜水艦は数え切れなかった。

倉本は中津の返事を待たず話を続けた。

「自分は、本艦を狙って攻撃して来た米軍の対潜哨戒機だったのではないかと思っている」

「それについては二つ疑問があります。一つは、なぜあんな遠くに爆雷を投擲したのでしょう？　もう一つは、なぜ、爆雷か爆弾かはわかりませんが、一発だけしか投擲しなかったのでしょう？」

「わからんな。多分、燃料が足りなかったか……。とにかくあと一三分で第六艦隊司令部からの定時連絡が入るというのに、気に入らん」

倉本は腕時計を眺めた。そのシチズンの腕時計は、倉本の妻が残り少ない着物の中から、気にいっているものを掻き集めて時計屋に持ち込んで買い求めてくれたもので、出港間際に京都の実家から届いた今時珍しい新品だった。シチズン。戦時中社名は大日本時計と改められたが、商品名はシチズンのまま残っていた。倉本はその英語名に妙な懐かしさを感じた。

「どうします？」

「その前に君に聞いておきたいことがある」

「はあ……」

中津は訝しげに答えた。

「乗員の練度はどうだろう？」

「何を基準とするかが問題ですが、新兵たちにしては、良くやっていると思います。……尤も、開戦時の水準から言えば、最低ですがね」

「詳しく言うと？」

「平時の艦の運用・保全はなんとかこなせる程度です。呉の空襲の時もそうでしたが『敵襲』の一言で浮き足立って、艦首と艦尾の区別もつかなくなる有様です。戦闘行動となるとどうなりますやら……。なにせ子供たちですから」

中津は略帽を脱ぎ、頭を掻きながら言った。

「困ったもんだ。本来なら三カ月は寝食を共にして気心を知ってから出撃したいところだが、そうも言っていられんからな……。彼等にはちょっぴり早く大人になってもらうしかない」

倉本は諦め顔で言った。

上しよう」
「蓄電池《バッテリー》がなくなれば走れなくなる。どのみち浮上しなくてはならんのだ。予定通り浮
「と、言いますと？」
たかが浮上ごときでびくびくしていては、作戦どころか航行もできない。倉本は暗い気持ちだった。

『コンソリデーテッド　ＰＢ４Ｙ－２　プライバティア』は、四発の陸軍爆撃機『Ｂ24』の優秀性に着目した米海軍が、これに改良を加え、対潜哨戒任務専門の長距離飛行可能な機体として再設計した精鋭機だった。外見的には、ベースとなった『Ｂ24』と大差ないが、内部設計には大胆な変更が加えられていた。高高度爆撃の必要性がないためターボ過給器が撤去され、代わって最新のエレクトロニクス装置を搭載した。また長大な航続距離をフルに利用して哨戒任務を行う観点から、正、副操縦士の負担軽減を目的に、航空機関士を同乗させるコクピットの三人体制が制式化した。

そんな『プライバティア』の一機がこの海域の哨戒任務に就いたのは、約二時間前だった。胴体にインディアン娘と艦船撃沈二を示すキル・マークを描いた『プライバティア』の機長はコープランド少佐で、経験豊富で温厚な士官として乗員の信頼を得ていた。副操縦士のハース少尉はこの機体が所属するＶＰＢ－118部隊が沖縄の嘉手納飛行場に進出した時に配属された新任少尉で、まだ堅さの残る初々しい青年だった。また航空機関士のコンロイ中尉は、部隊がマリアナ諸島でデビューした時からのクルーで、どん

なときでも陽気なムード・メーカーである。他に、爆撃手のコーツ中尉、電子戦担当のフレミング中尉が士官クルーで、機銃手六名を含めると、全乗員は一一名である。

　コープランド少佐は、半径五〇〇メートルも大きな円を描きながらの旋回が何回目だったかと数えるのを諦めた。随分時間が経過したような気がして腕時計に眼を走らせると、まだ三五分しかたっていない。気になるのは敵艦を失探《ロスト》することだった。彼はインターコムが機内通話になっていることを確かめると冷静に尋ねた。

「フレミング。敵艦は捕捉しているか？」

「ええ、ばっちりです。深度は正確にはわかりませんが多分、浅深度で、南西に二ノットで移動中です」

　電子戦コンソールに囲まれて、ヘッドホンを掛けたままフレミング中尉は答えた。

「コーツ。外装のＡＳＭ－Ｎ－２のチェックは済ませたか？」

　コープランド少佐は、左翼のエンジン外側にぶら下がっている外装爆弾を振り返りながら尋ねた。

「全システム待機中です。レーダー波は出ていません」

　コーツはにこやかに答えた。

「済まんがもう一度チェックしてくれ、今回の主役はそいつだ。でなきゃさっきの爆雷でサッサと片付けているんだ」

　コープランド少佐は苦虫を嚙んだような顔つきで話した。彼は夜間作戦が大嫌いだった。低空で作戦行動を取る対潜哨戒機にとって、視界が悪いのは命取りである。超低空で飛行中、霧や夜間などの不良視界下ではちょっとした気の緩みで波に機首を突っ込んでしまう。戦争も終りが見えてきたというのに、一一人全員戦死である。自分のミスでそうなったらなおのこと馬鹿馬鹿しい。

今回の出撃はASM－N－2『バット』対艦レーダー誘導滑空爆弾の実用評価試験の一環である。三五分前に運良く潜水艦を『MAD』（磁気探知システム）で探知した時に、通常の爆雷で片づけることは簡単だった。しかしあえて直撃弾にならないように、しかも程々に注意を引く距離で爆雷を投下した。これにより敵潜が海上を確認するため潜望鏡を上げるのを待ったのだが、運悪くその直前に、右翼側の『バット』にリレー不良が見つかった。左翼の方は準備していなかったので攻撃のタイミングを失ったのである。

いまは待つしかない。じっと監視し敵が浮上するのを待たなくてはならない。なにせレーダー誘導弾だけに、海中にいる敵には手の出しようがない。そんなことを考えている時、コープランドのヘッドホンががなった。

「少佐！　浮上します。敵潜水艦が浮上します。方位一九二、距離一、五〇〇！」

フレミングの声はややうわずっているように聴こえた。

「ハース少尉！　襲撃高度まで一気に螺旋上昇するぞ。高度計を読み上げろ。コンロイ中尉、エンジン回転計と油圧計に注意しろ。さあ、行くぞ！」

コープランドはシートに座り直し、操縦桿をゆっくり引いた。

「艦体浮上します」

潜航士官を務める田村が深度計を見詰めながら言った。

すでに倉本は司令塔ハッチの真下まで垂直ラッタルを上っている。艦首方向に若干の上昇角がついているので、海面に飛び出したときの衝撃で振り落とされないように、ラッタルの両脇をしっかり摑んで備えていた。

ゆっくりと重力に逆らって、艦体が持ち上がる。一瞬左右にふらついたかと思ったら、今度は艦首の方が沈み込む。二、一四〇トンのムーブメント（行き足）は大きく倉本の身体を弄んだ。肩で身体を支え右手をハッチに伸ばすと、見張り員がすかさず足を摑んだ。同時に倉本も口を開け、閉鎖ハンドルを開放の方に回した。口を開けたのは耳の鼓膜を守るためだ。加圧されていた艦内の空気が漏れる音がしたかと思うと、一気に重い鋼鉄のハッチが跳ね上がった。潜水艦は潜航中は常時加圧されている。常に圧潰の危険が伴うからだ。外から押し潰そうとする水圧に対して、内側から内殻を支える圧力があればつぶれにくいという理論である。ただ、浮上した時にうっかりハッチを開けると、昇降口は艦内から噴出する空気のため、砲身のようになって人間の身体などピンポン球のようにあっというまに弾き飛ばされる。

艦橋に溜まった水が、滝のように降り注いで、倉本は濡れ鼠になりながらラッタルを駆け上った。見張り員もそれに続く。

「両舷前進原速！　補気・充電急げ」

艦橋に上った倉本は、真っ先に伝声管に取りつくと素早く下令した。

すでに伊五八は艦のバランスを回復し、黒々と輝く穏やかな沖縄海面に行き足だけで進んでいる。

潜望鏡で確認した通り、空には星もなく月もない。まったくの暗夜である。濃い艦のシルエットは背景に溶け込み、間近で見ても海面の微かな盛り上りとなって、空との境界線の中にあった。倉本は周囲を見渡してその暗さに満足した。しかし油断はならない。この沖縄海面には敵艦隊がいまだにウヨウヨしている。しかも、レーダー・ピケット艦で周辺を固め、厳重な警戒体制を敷いていることは容易に想像できる。

「電探！」

伝声管を閉めず倉本は、呼びかけた。

「電探室です！」

「電探は待機。逆探に注意せよ！」

「了解。逆探始動します」

ディーゼルの始動と共に艦首波が白く輝き始めた。

「対空、および対艦見張りを厳にせよ！」

倉本自身、携帯用一五倍双眼鏡を眼に当て、艦首方向を凝視した。

この時、笹原軍医長は発令所にいた。戦闘配置と言っても別段潜水艦に医務室があるわけではなく、士官居室にいてもすることがない彼は、規則違反ながらぶらりと発令所を覗いて見たのである。本当は艦橋に上って、通風管から流れるオイルと排尿と青黴臭い空気よりは、新鮮な海風を頬で感じたかった。

発令所は、例によって例の如く兵員で込み合っている。微かに艦橋連絡筒からは、紛れもない新鮮な大気が入って来る。

「困りますな、軍医長。戦闘配置中に発令所に来られては」

艦橋連絡筒を下から見上げていた田村が気づいて声をかけた。笹原が叱責など儀礼の意味にしか感じていないことは田村も承知の上だった。

「先任。そう堅いことを言わずに。それよりどうだろう……。艦橋に上れないものだろうか」

笹原は愚鈍さを装った。

「とんでもない。ここらは危険水域です。潜望鏡深度でも憚《はばか》るのに、我々は通信連絡のためやむなく浮上航行しているのです。ですからこの発令所までは我慢しますが、少し堪えてください」

田村は渋顔で答えた。赤い非常灯に照らされた中を見回すと、確かに本来艦橋にいるべきはずの中津航海長も上部発令所に残って海図台に向かっている。笹原はその側に近づいた。

「受信」

発令所前方にある電信室から若い水兵が叫んだ。全艦これを待っていたのである。

その時だった。

「潜航！　急速潜航！」

伝声管から切迫した倉本の声が響いた。余りに突然で笹原が呆気に取られていると、乗員は弾かれたように持ち場に走り、艦内は怒号に包まれた。急速に艦首方向を下に傾斜し始め、笹原は慌てて海図台に摑まり身体を支えた。背後に艦橋の当直見張り員が慌ただしく降りてきた。彼等四人の足や膝、腰が、笹原の肩や背中を直撃した。そして最後が倉本だった。倒れ込んでいる笹原の脇腹に倉本の膝が食い込み、もはや悲鳴を上げることもできない。

「対空警報！　対空警報！」

電探室の伝声管が喚き立てる。瞬間、発令所に緊張と動揺が走った。

「潜航急げ！　深さ五〇！」

倉本が叫んだその声と同時に、艦尾を巨大なハンマーで強打したような轟音と衝撃が襲った。瞬時に赤色の非常灯が消え、艦尾が急速に沈下し右舷に大きく傾いた。固縛していないものは、人間も含めてすべて右舷後方に転がっていった。

「推力はどうした？　応急灯を点けろ！　だれか操舵手を配置につけろ！」

怒号の中、潜望鏡に摑まって身体を支えていた倉本が叫んだ。

「静かにしろ！　報告は順番にするんだ」

「一次電源配電盤破損！」

「二次電源に切り替えろ！」

倉本が応じる。

「電動機室浸水！　電動機停止！」

「なに！」

不覚にも倉本の顔色が変わった。しかし幸いにも暗闇がその顔色を隠してくれた。

「深度！」

「三五メートル。なお沈降中」

田村の声は静かに響いた。

うろたえても何も生まれない。今あるのはこのまま沈降を続ければ圧潰するという事実だけである。


「命中したか？」

コープランド少佐は機体を左に傾け、旋回を続けながら尋ねた。

「命中したとは思いますが未確認です。敵が潜航するのが、意外に早かったもので」

爆撃手のコーツ中尉が答えた。

「もし潜入中に命中したならそのまま海底まで止まらないで真っ逆様だ。だが『MA

D』では確かめようもないし、生きていたとしても攻撃手段がない。燃料もない。帰ってビールを飲むのが最良の選択のようだな」

コープランドは撃沈スコアを増やすことができなかったことが残念でならない様子で呟いた。

七月二一日（土曜日）
石垣島西方二二海里
大阪商船　黒竜丸

――これは執念だ。

と、永井は思った。黒竜丸は、一九日の空襲で機関部を損傷し、操舵器も舵機械室も破壊され、操船不能に陥っていた。排水はなんとか追いついているが衝撃で各所のリベットが緩み、間断ない浸水が続いて、左舷に一八度傾斜。転覆の危険性がある。

船長は死に、機関長は負傷した。幹部船員の半数は死亡。残る半数も何等かの怪我を負っている。

近距離無線は届かず、通常の無線は故障して、船団からはぐれた黒竜丸は完全に孤立していた。船団そのものが無事に航海しているかどうかさえわからない。いまや援護も援助も期待できなかった。

わかっているのはあの空襲で、駆逐艦『汐風』が五〇〇ポンド対艦爆弾の直撃を艦中央部の二番連装魚雷発射管辺りに受けたことと、三隻余りの輸送船が火達磨になったことぐらいである。その三隻は船団後方に位置していて、脱出者の有無などは確認できなかった。駆逐艦『汐風』は黒竜丸の正面にいたので、被弾状況ははっきりと見て取れたが、悲惨の一語に尽きるものだった。五〇〇ポンド爆弾の破壊力に加え、連装魚雷発射管に装塡された二本の魚雷の高性能火薬二トンの爆発力が加わり、瞬時にして上部構造物は吹き飛ばされ、艦は真っ二つにへし折られた。恐らく、あの一次爆発で生き残った者は殆どいなかったろう。『汐風』は台湾海峡の白波にたった三分で消えて行った。

空襲後、熱帯性の雲が広く垂れ籠めたのを神の悪戯とするならば、黒竜丸が漂流しつつも丸二日の間、生き残れたこともすべて神の悪戯だったろう。神も酷なことをすると、永井は思った。

まだ、永井の立っている場所をブリッジと呼ぶならば、そこから見渡す海面は相も変わらず凪いでいた。しかし、確実に毎時一ノットないし一・二ノットで黒竜丸は北北東に流されていた。まるでそれは萩原船長の遺志に黒竜丸が応えようとするかのようだった。永井はブリッジに付着したおびただしい血の跡をじっと見詰めた。

アモイを出てから二日半しか共にしなかった船長だった。しかし、船団司令という閑職ゆえの気の緩みだったのだろうか、それとも久し振りの民間船だったからなのだろうか、はたまた年のせいか、余りに多くのことを語り合ってしまった。戦場で最もしてはならないのは、友を作ることである。戦友という言葉はあるが、戦場の友は結局辛い思い出しか残さない。その友を自分は作ってしまった。

「あの時、君が私を庇わなければ……」

永井は呟いた。萩原の亡骸は一昨日のうちに水葬に付したので、もはやここにはない。しかし、永井の眼には萩原の穏やかな笑顔がはっきり映っていた。

「なぜだ……」

萩原がなぜ自分を助けたのかわからなかった。本来、彼を守らなくてはならないのは私だ。そのための船団司令である。

「君は私になにをさせようというのだ。この期に及んで」

漂流している民間船で船舶砲兵すら奪われたいま、どんな有能な指揮官にもできることは何もない。

「船団司令」

突然だった。声は小さかったが彼を現実に引き戻すに充分だった。背後に一等航海士が立っていた。

「船団司令。……すいません」

「いや、いいんだ。気にしないでくれ。それよりなにか問題でも？」

「いい知らせと悪い知らせが一つずつです。どちらからお話ししましょうか？」

「悪い知らせから頼む」

永井は溜め息をつきながら言った。これ以上悪いことなど、いったい何があるというのか。

「蒸留水発生装置はやはり絶望です。真水タンクも損傷して残量ゼロですから、スコールがない限り真水の補給はありません」

「……なるほど。どんな時にも悪い知らせはあるものだ」

感心しているのか自分を嘲笑しているのか、永井自身にもわからなかった。

「いい知らせというのは？」

「舵器の修理が完了しました。人力ですが操舵できます」

「よくやったな。修理班を労ってくれ。後は動力だな」

永井は一転して嬉しそうな笑みを零した。

「ええ。しかし機関員のほとんどはボイラーの爆発でやられました。助かった者も皆火傷の重傷です。この二日努力していますが、肝心のところは専門家が必要です」

「わかっている。しかし、動力がなんとかならんとせっかくの舵器も無駄になるし、蒸留水も得られない」

永井は無理を承知で言った。

「無線機を修理して、台湾駐留の海軍に救助を要請するのはどうでしょう？」

「もっと不可能だな。無線士の話ではクリスタルが破損してると言っている。交換品がなくてはどうしようもない。やはりボイラーの修理の方が望みがある。不眠不休で大変だろうがもう少し頑張ってみてくれ」

永井は言葉に力を込めた。

「……努力してみます」

一等航海士は無表情に言葉を残し、壊れかけた階段を降りて行った。

永井は思った。

――そうだ。何もないと思っていたが、いまの我々には時間だけがある。この雲が晴れるまでは。

その時間だけが、永遠に続くように思われた。動力を失った船の指揮官にできることなど限られている。しかし、と永井は思った。最も気が重いが最も重要なのは負傷者を見舞うことだ。永井は階下に降りて行った。

黒竜丸の負傷者は、最上甲板の、もともと貨客船だった頃には豪華に飾られていた旧食堂に集められていた。資材置場に使われていた室内は取り片づけられ、テーブルは簡易ベッドとして使用されている。しかしそれすら不足し、負傷者は床はもちろん通路にまで溢れかえっていた。船医はこの船には乗り込んでいない。負傷者の手当て役は、アモイで乗船した軍属の女性、そのほとんどが中国大陸に出稼ぎに出ていた日本人の芸者たちだった。彼女たちが負傷者の手当てを志願してくれたお陰で、船員たちは修理に専念できた。

「どんなようすかな?」

永井は手近を通りかかった女性に声をかけた。せいぜい二一か二。小作りの少女の面影を残した女だった。仕事に夢中になっていたのだろう、女は立ちすくんだ。

「負傷している方のほとんどは火傷です。重傷の方が多くて……。せめて痛み止めがあれば助かるのですが、薬も痛み止めもあまり残っていません」

女の切れ長の黒い瞳には、深い悲しみがあった。あたかも負傷者たちの痛みを一身に受け止めているようだった。

もんぺの膝にも大きな破れがあり、包帯が巻かれているのに永井は気づいた。よく見るとそのつややかな頰にも細かい傷がある。そこにいる八人の俄か看護婦も大なり小なり負傷しているようだった。

「すまん。この船に医薬品はもうないのだ」

この船にないだけではない。日本本土にすら医薬品は満足に無いのだった。軍への補給が優先され、民間への割り当てはあくまでも最小限だった。だが、彼女や負傷者たちにとってそんな事情はどうでもいいことだった。軍といえばこの船に残された軍人は永井だけである。不満が彼に集中するのは当たり前だった。

「もう少しの辛抱だ。動力が回復すれば最寄りの港に入港する」

言いながら永井は気休めを言ったことを後悔した。だれの眼にも、この船が無事に港に入れるとは思えない。

「他に何か必要なものはないか？」

「清潔な包帯や三角巾が足りません」

女は他意のない表情で答えた。

「それならなんとかなるだろう。司厨長に言ってみよう。テーブルクロスかシーツがあるはずだ」

「お願いします」

女はあたかも自分のことのように頭を下げた。

「すまんが機関長はどこにいるか教えて貰えないか」

「あの角のベッドです」

彼女は窓際に置かれたベッドを指差した。

専門的な医学の知識がなくとも機関長の症状ははっきりしていた。外傷の中でも火傷は患者にとって最も苦しく、最も危険である。通常の怪我の場合、人間の身体はちょうど電気回路のヒューズが切れるように、ある一点から神経が苦痛を伝えなくなる。気絶である。

火傷の場合は痛みがその一歩手前の状態で間断なく患者を苦しめる。適切な感染予防を行わないと、火傷した部位は簡単に病原菌に感染し一層酷い状態になる。絶えずリンパ液が流出するから、脱水状態に陥りやすい。

機関長が正にそれだった。破裂したパイプから噴出した蒸気をもろに上半身に受けている。医学上で言う二度の火傷が広がり、壊死した皮膚はうっかり触ると剝離する。感染を防ぐ抗生物質はもちろん、火傷に対する薬も痛み止めもない状態で彼は耐えているだけだった。

永井は迷った。機関長に機関のことを尋ねるためにここまで来たのだが、苦痛に歪む彼の顔にその気持ちは揺らいだ。しかし先に声をかけてきたのは機関長の方だった。

「船団司令。すみません。何も役に立たなくて……」

体液で濡れた包帯の下で、表情までは見えない。ただ、とぎれとぎれの弱々しい声だった。

「いや。この事態を招いたのは私の方だ。気にしないで傷を癒してくれ」

「一等航海士に伝えてください……」

途中で声が小さくなった。

「何だ。もう一度言ってくれ」

と、永井は彼の口元に耳を寄せた。

「左舷のディーゼルを修理しろ……と。と……取扱い……説明書は、私の……船室に……」

「わかった。ありがとう。何か欲しいものはないか？」

「み……」

「水か？」

機関長は微かに頷いた。永井は暗然とした。これほどの容体で、なおこの船に執着する彼には水を飲む権利が絶対的にある。が、その飲料水はこの船のどこにもない。

ふと、背中をつつく者があった。振り返ると先ほどの女だった。

「少しですけど、私の水筒に水が残っています。差し上げてください」

彼女が差し出す、小さな水筒を受け取ると、永井は機関長の頭を起こし、その包帯の隙間から彼の口に水を流し込んだ。二口ほどしかなかったろう。その半分を零しながらも、彼はそれを旨そうに飲んだ。

それが最期だった。彼は永井の腕の中でがっくりと首を倒した。


漂流していると、時の流れは緩やかで、砂時計の砂、一粒一粒が落ちていくのを見ているような気がする。海軍を退いてから、永井の時間はいつもそうだった。俺は海軍を去ってからずっと漂流していたのかもしれない。そんなことを左舷露天甲板の手摺に凭れて、永井はずっと考えていた。

乗組員のほとんどは、機関長の言った左舷ディーゼル・エンジンの修理に取り組んでいる。機関長の居室から取扱説明書が見つかり、どうにか動力回復の見込みも立った。

片舷だけでも動力が回復すればそれでいい。最寄りの港、台湾のキールンに向かえるかもしれない。本土ではないが台湾はまだ日本が領有し、日本軍も駐留している。船の修理までできるかどうかはわからないが、そこで負傷者の手当てはできる。

「お邪魔ですか？」

小さな声に振り返ると、先ほどの女が佇んでいた。陽は傾き夜の帳が下り始めていた。空を低く覆う雲も、紅く燃えていた火勢が衰えて、紫紺に変わりつつあった。

「いや、構わん。暇を持て余していたところだ。船は走らんし乗組員は修理に忙しい。私の仕事はない。それより、さっきは機関長のためにありがとう」

女は永井の下の娘と同じぐらいの歳だった。永井には女の子が二人いる。こんな非常の時でさえ、自分の娘のほうが綺麗だとふと思ったりするのは親の欲目だろうか。しかし、華奢な顔立ちに切れ長の眼、すっきり通った鼻筋、やや大きめで口角の上がった口、厚めの唇から時々覗く八重歯は、色気と言うよりは愛嬌を感じさせる。

「いえ。あれぐらいしかできないのが情けなくて……」

そう言いながら彼女は、煤けた顔を手の甲で拭った。斑になった彼女の顔は紛れもなく少女のそれであり、永井の微笑を誘った。

「名前は？」

「成瀬です」

「故郷は？」

「酒田です、山形の」

呟くように言って女は顔を上げると、尋ねた。

「船が直れば、日本に帰れますか？」

――内地か……。

帰りたいと永井も思った。永井は海軍を退いてから、故郷の新潟県三条で暮らしていた。免職となった退役軍人に郷里は冷たく、できる仕事は保険の外交ぐらいしかない。保険外交員の収入だけでは貧しく二人の娘に着物一枚買ってやるような親の真似事すらできなかった。応召して一年、船団司令として外地に出ているうち、便りも途絶えがちである。

「多分、台湾のキールンに向かうことになる。その後はどうなるか……」

薄明りの中で女の顔がパッと輝き、眼に涙の粒が盛り上がったようだった。絣の袖でそれを隠すと彼女は言った。

「機関長も、内地に帰りたがっていました。だからせめて、台湾まで連れて行ってあげてください。海に葬るのだけは……」

彼女は駆け出し、船内に消えていった。

あの娘だけは、何としても無事に連れて帰らなくてはならない。永井は失った闘争心が蘇えるのを感じていた。

伊五八は石垣島西方二〇海里の海中を、慎重に西に移動しつつあった。昨晩(二〇日)の『プライバティア』の攻撃は伊五八にかなりの被害を与えた。敵の追尾・攻撃を恐れ、浮上できず、海中に止まったままだったので、修理は約半日の時間を費やした。ために、蓄電池の電圧残量は乏しく、艦内の空気も汚れ切っていた。

艦長の倉本は敵に追尾されているのではないかという疑心暗鬼に駆られ、発令所に詰め切りで、時計ばかり見詰めていた。西に移動しているのは、沖縄の戦闘海面から可能な限り遠ざかりたいという意図だった。

炭酸ガスのために艦内の気温は上昇し、乗組員は頭痛を訴えていた。酸欠による限界が近づいている。日没後には、何としても浮上し、補気・充電しなくてはならない。

「田村大尉。深度一九。潜望鏡深度だ」

倉本の声が掠れて響いた。しかし先任の田村大尉の反応は鈍かった。酸欠と航空機から受けた奇襲攻撃が影響していることは明白だった。

「聴音」

と、倉本が言っても乗員の反応が鈍い。

「感なし」

「了解。深度一九。……ようそろ」

問題は、一つ一つ解決しよう。まずは酸素だ。浮上の前に潜望鏡観測しなくては……と、倉本は思った。慎重に、慎重に、と、自分に言い聞かせながら、ゆっくりと重い足を引き摺って潜望鏡に取りついた。

米海軍のガトー級潜水艦『ボーンフィッシュ』は、艦長ローレンス・L・エッジ中佐以下八五名の乗員を乗せ、石垣島西方海域を南に向けて浮上航行していた。

この日『ボーンフィッシュ』が、単独でこの海域に至ったのは、不幸な偶然が原因していた。そもそもこの潜水艦は、一九四四年に駆逐艦『電《いなずま》』を撃沈したのを皮切りに、これまでに一二隻、六一、三四五総トンの日本軍艦艇を沈め、米潜水艦中二二位の撃沈スコアを誇っていた。その優秀さがこの艦の不幸を呼んだ。

五月二八日、グアムを出港した『ボーンフィッシュ』は、僚艦八隻と共に対馬海峡を抜け、日本海で独自の作戦に従事した後、再集合して宗谷海峡経由でグアムに帰投することになっていた。

その予定が狂ったのは、この艦が日本海で最も困難な任務を与えられたためである。任務は白昼の富山湾の潜航哨戒だった。

富山湾は日本海のほぼ中央に位置し、新潟、舞鶴と並ぶ主要商業港に数えられている。それだけに、海軍はその防衛に真剣だった。まして日本海は、日本国民の意識下では明らかな内海である。日本海軍にとってその制海権確保は至上の命題でもあった。いわば、『ボーンフィッシュ』はその真只中に、単身突入したのである。そして『ボーンフィッシュ』が対潜掃討作戦のため出動した三隻の海防艦からなる第三一海防隊に捕捉されたのは六月一九日午後一時ごろのことであった。第三一海防隊は執拗に爆雷攻撃を実施。三隻による攻撃は対潜攻撃の基本で、二隻が攻撃を行っている間、残りの一隻は回避行動を行う潜水艦を監視し、敵が脱出に成功した場合、即座に攻撃に廻るというフォーメーションである。米海軍の大西洋における対独Uボート作戦も同じ方法で行われた。第三一海防隊の『ボーンフィッシュ』に対する攻撃は、連続三八時間に及んだ。

蓄電池の三分の二は破損し艦内には塩素ガスが発生。襲撃管制盤も昼間潜望鏡も破壊された。無線機や聴音器も損傷し、配電盤からは出火した。エッジ中佐は、浮上降伏せざるを得ない状況にまで追い込まれていた。そんな彼と八四名の部下を救ったのが、富山湾に注ぎ込む庄川だった。

海中における音波の伝達は、常に一定とは限らない。海水の温度や塩分の濃度が変わると音の進む速度や角度は変化するし、時としてその差の著しい部分では音を伝えなかったりする。しかも海防艦に搭載されている三式水中探信儀は『故障三式』と渾名されるほど信頼性が低かった。

『ボーンフィッシュ』は、回避行動を続けるうちに富山湾の奥深く、庄川の河口に接近していた。河口から海に流れ込んだ真水が、『ボーンフィッシュ』を隠したのである。

エッジ中佐は重油をタンクから放出し、艦内の不要物を発射管から射出した。現場海域にはコルク片と、長さ数キロに及ぶ重油の帯がたなびき、第三一海防隊も撃沈と確信して帰投した。

だが『ボーンフィッシュ』の痛手は大きかった。蓄電池の破損は潜航時間と潜航時の速度を著しく制限し、重油の放出は航続距離を短くした。艦の状態から見てこのまま富山湾の白昼潜航哨戒を続行することは無理だった。もとより、集合点まで行き、僚艦と宗谷海峡を抜けるなど考えるまでもなく不可能である。富山湾の哨区を放棄した『ボーンフィッシュ』は、対馬海峡へ向かって能登半島沿いにゆっくりと移動を始めた。

しかし『ボーンフィッシュ』の不運はそれだけではなかった。二三日の朝、能登半島先端・禄剛崎の東南五海里に差しかかると、海軍九〇一航空隊舞鶴派遣隊所属の偵察機に発見された。磁気探知機で『ボーンフィッシュ』を捕捉した零式水上偵察機一一甲型は、二五〇キロ対潜爆弾を投下し、同時に舞鶴から七尾に向かっていた海防艦一隻を現場に誘導した。

本来なら海防艦一隻を振り切ることなどさほど難しいことではない。しかしいまの『ボーンフィッシュ』には難題だった。計四六個の爆雷が『ボーンフィッシュ』を襲い、対空レーダー、対水上レーダー、左舷ディーゼル・エンジンを破壊。右舷プロペラシャフトを曲げ、スクリュープロペラを二枚欠損した。最大速力は水中で一ノット弱、水上でも二ノットが精一杯となった。

逃げ切れたのは攻撃側の海防艦が一隻だったからである。ほうほうの体で対馬海峡を抜けたのは七月六日。敵味方識別信号の送信が不能となった『ボーンフィッシュ』が戦闘中の沖縄海域を避け、東シナ海を真っすぐ南下したのはやむを得ない選択だった。識別信号を送れなければ、味方にまで攻撃を受ける恐れがあったからである。

満身創痍の『ボーンフィッシュ』が石垣島西方二二海里に接近したのは二一日午後一〇時を少し回った頃だった。

永井がブリッジに戻ると、操舵器と速度指示器《テレメーター》の応急修理が終わっていた。それぞれに乗組員が配置され命令を待っていた。永井は爆風で拉《ひしや》げた伝声管に向かうと、キビキビと声を発した。

「機関室！」

「はい！」

一等航海士の声だった。

「どれぐらいまで速力が出せるかな？」

暫く間を置いて一等航海士は答えた。

「浸水で船が重くなっていますので、やってみないと何とも言えませんが、多分四ノットは何とかなると思います。ただ、巡航速力となると三ノットまで落としてもらわないと保証できません」

「よし。よくやった。皆を労ってくれ。すまんが君はそのまま機関長代理を務めてくれ」

「了解しました」

「では、始動してくれ」

「了解！　始動します。暖気運転！」

黒竜丸は再び船になろうとしていた。

気息奄々《きそくえんえん》の『ボーンフィッシュ』は二ノットというゆっくりした速度で石垣島の西から南西諸島を横切ろうとしていた。

エッジ中佐は艦橋にあって、双眼鏡でやや左舷の西表《いりおもて》島の島影を見詰めながら考えていた。


――もう少しだ。

今回ほどの損害を被ったのは初めてだった。南西諸島を横切れば戦闘海域からも出たことになる。やっと一息つくことができる。

艦の損傷は深い。修理には二カ月、いや三カ月はかかるだろう。問題はどこの港でドック入りするかだ。これほどの傷となるとグアムではとうてい対処できない。応急修理をグアムで施した後、ハワイかサンディエゴ、さもなくばサンフランシスコに向かうことになるだろう。結局半年は戦線復帰できまい。その頃、この戦争はどうなっているのだろう。ドイツはすでに降伏しヨーロッパの戦争は終わった。日本も降伏するだろうか。上層部はどう考えているか知らないが戦争が終われば、我が艦の撃沈スコアを伸ばすことはできなくなる。そんなつまらんことはない。

「艦長！　一時の方向に艦船！」

突然見張り員が叫んだ。エッジは思考を急いで中断し、双眼鏡を上げた。

「総員戦闘配置！」

エッジの声にアラーム・ベルが鳴り、疲れ切ってベッドで眠っていた非番の兵員たちが弾かれたように持ち場に走った。

「目標、商船です。停船しています！」

見張り員が報告した。エッジも双眼鏡のピントを合わせ目標を捉えた。かなり接近している。戦前から米軍の夜間の目視による索敵能力はあまり誇れない。

船舶はほぼこちらに船首を向けている。距離は八、〇〇〇メートルほどだろうか。

「間違いなく商船か？」

エッジは確認を求めた。

「間違いありません、艦長」

「国籍はわかるか？」

「そこまでは確認できません。……左舷に傾斜しているようです」

この海域に米国の商船がいるわけがない。ここは日本の海上輸送路に近い。日本の商船に間違いあるまい。

——しかしなぜだ？

と、エッジは訝《いぶか》った。仮装巡洋艦なのだろうか……。それにしては場所が不自然だ。

この海域を米軍艦船が通過することは、普通ない。こんな所で傾斜し停船しているということは、被弾して行動不能に陥っているとしか思えない。ならば止めを刺そう。もう少しで安全海域という状況がエッジの欲を駆り立てた。

「敵の左舷側に出よう。面舵二〇度。水上戦闘用意！」

エッジの声がスピーカーを通して艦内に響いた。

「航海士！」

永井は背後の海図台に取り付いた二等航海士を振り返った。にきび顔の若者だった。以前は、漁船の乗組員だったと聞いている。左腕を骨折して三角巾で腕を吊っていた。

「キールンまでの針路は？」

「二八五です、船団司令」

永井は羅針盤を覗き込んだ。船は真北を向いている。取り舵を取るのが早いが左舷の浸水が酷い。左舷舷側のリベットが緩んでいることは間違いない。面舵で二八五度旋回するのが無難だと考えていた時だった。

「左舷に敵潜水艦！」

ブリッジの張り出しに飛び出した永井は心中舌打ちした。船団を離れた時から予想され得た事態だった。しかも潜水艦はもはやごく間近に浮上している。暗夜とはいえ、なぜもっと早く気づかなかったのか。

だが、永井はすぐに気を取り直した。敵艦の大きさを見誤っていないとするならば、距離は多分三、〇〇〇メートル。敵は黒竜丸を完全に射程距離に入れている。素早くブリッジに取って返すと伝声管に向かって怒鳴った。

「機関室！」

「はい。こちら機関室」

先の一等航海士である。名前は何と言ったろう。まあいい。お互い生き残ったら聞いてみよう。永井は思い返して尋ねた。

「すぐに運転できるか？」

「大丈夫です。暖気運転は終了しています。いつでもどうぞ」

答えは明快だった。修復なったエンジンは今や彼の誇りだった。

「いいか、よく聴いてくれ。潜水艦が現れた。もちろん敵だ。敵艦の方が優速だし、こちらには反撃する武器がない。だが、ただ沈められるのを待っているわけにはいかん。一か八か死中に活を求めよう。私はこの船をぶつけるつもりだ。さいわい、相手のほうが遥かに船体が小さい。うまくいけば潜航する前に相手の船体にのし上げ押し潰せるだろう。こちらは脱出する余裕がある。エンジンを始動したら、可能な限り速力が出るようにしてそこから退去してもらいたい。そして、残った乗員をできるだけ助けて退船してくれ」

「わかりました。全速ですね」

「そうだ。せっかく修理してもらったのに船を捨てることになってすまん」

それが永井の辛いところだった。

「いえ、最後に活路があるのは修理したからだと思っています。それでは始動します」

一等航海士は力強く答えた。


『ボーンフィッシュ』のエッジ艦長は苛ついていた。

「まだ調定できないか？」

襲撃管制盤を損傷したため、魚雷の駛走《しそう》深度と射角の調定に手間取っている。彼が尋ねたのは五回目だった。

「もう少しです」

答えも五回目だった。エッジは舌打ちしながら考えた。少し接近が早過ぎたか。速力が出ないことが災いし、焦って接近し過ぎたような気がしなくもない。が、相手はたかが非武装の商船……と、思い直した時だった。見張り員の一人が叫んだ。

「目標、動き出しました！」

エッジは双眼鏡を眼に当てた。確かに動き始めている。近づいてわかったことだが、あの商船は手酷くやられている。まだ動くことができるとは思ってもみなかった。左に傾いているせいか、商船は船首をこちらに巡らせるようにゆっくり動き始めた。

「信号手！　信号だ！『停船し降伏せよ。さもなくば撃沈する』」

エッジが驚愕したのは、商船が徐々に増速し、明らかにこちらに向かっていると気づいた瞬間だった。暗夜の中で商船のシルエットは段々逆三角形になって行く。考えられることは一つしかない。

「目標、速度を上げて真っすぐこちらに向かってきます！」

見張り員が叫んだ。

「砲戦用意！　目標、敵商船！　主砲は舷側を、機銃はブリッジを狙え！」

エッジは素早く暗算した。このまま互いに進んだら衝突まで一二分しかない。もし魚雷が使えなかった時、一二・七センチ主砲一門であの船を仕留めることができるだろうか……。

一等航海士は、いい仕事をしてくれた。永井は速度計を見ながらそう思った。黒竜丸は六ノットを出し、さらに少しずつではあるが増速している。後一二分エンジンが持てばいい。いまはエンジンよりも、左舷舷側の損傷の方が問題だろう。

永井は速度計から離れ、爆撃でずたずたになったブリッジ前面に立った。船首が徐々に敵潜水艦に正対し始めている。

「操舵手！　ミ・シップ（舵中央）！」

永井は命じた。

「ミ・シップ。ようそろ」

　直ちに操舵手が復唱した。

「船団司令！　敵潜水艦より信号です。『STOP　IMMEDIATELY（速やかに停船せよ）……』」

　左舷ブリッジの張り出しで、前方を監視していた見張り員が緊張し切った声で報告した。

　永井は一瞬躊躇った。黒竜丸の乗員・乗客は、アモイ出港時に比べると五分の三に減っている。とは言え、船団司令は彼等の生命に責任を持っている。いや、責任以前の問題として、いま残っている乗員・乗客を一人として死なせたくない。

　停船して降伏すればどうだろうか……。ただでさえ艦内のスペースが限られる潜水艦に、この船の乗員・乗客すべては収容できない。敵の艦長が人道的だったとして、退船させた後に黒竜丸を沈め、幾許かの水と食料を与えられ、我々はボートで漂流することになる。

　人道的でなかったら、停船したところに魚雷を撃ち込まれておしまいである。最悪なら脱出した乗員を銃撃するだろう。

　いま機関を停止したら、黒竜丸が再び始動できるかどうかはわからない。いざという時に、なにもできないことになる。

「停船しないと撃沈すると言っています、船団司令。停船しますか？」

　死亡した航海長の代理を務めている二等航海士が背後から言った。

「いや、このままだ！」

永井は決然と言った。

「敵商船、突っ込んできます！」

『ボーンフィッシュ』の見張り員が絶叫した。エッジ中佐は敵商船の気迫に立ち竦んでいた。我に返ったエッジは怒声を張り上げた。

「射撃開始！　魚雷はまだか！」

「艦首一番から四番まで、発射準備完了！」

発令所の副長が応答した。

「一番から四番まで発射！」

エッジが叫んだ。だが同時に、これは当たるまいとも思った。四発の魚雷はそれぞれ二度ずつの射角を持って扇状に広がる。調定は敵商船が停船して左舷舷側をこちらに向けていた時のデータで行われているのである。当たってもせいぜい一発。航跡に驚いて転舵してくれればラッキーというものだった。

耳を劈《つんざ》く四〇ミリ機銃の発射音と下腹を揺さぶる一二・七センチ主砲の射撃が始まった。さらに圧搾空気の噴出音と共に、『ボーンフィッシュ』は身震いしながら一発ずつ魚雷を発射した。

一二・七センチ砲の初弾は黒竜丸の船首やや右寄りの海中に着弾した。同時に、爆発した砲弾は一〇メートルぐらいの水柱となって、海水を吹き上げた。四〇ミリ機銃の機銃弾は正確にブリッジに命中し始めた。四〇ミリ弾は炸薬が入っていて命中と同時に爆発する。凄まじい爆発音の中で、永井は横飛びにブリッジの床に伏せると二等航海士に向かって叫んだ。

「見張り員と操舵手を連れて船尾から退船の準備をしろ！　船尾に行ったら、他の者と一緒に衝突の衝撃に備えろ！」

船首楼に轟音と火球が上がった。衝撃波が船全体を包み、震わせた。何発目かの一二・七センチ砲弾が命中したのだ。

「二等航海士急げ！　ここは私一人でいい」

脱兎の如く駆け出す二等航海士の後ろ姿を見る余裕は永井にはなかった。四〇ミリ機銃弾の破片と、その着弾によって弾き飛ばされたブリッジの波避け《コーミング》の欠片が、間断なく永井の背中に降り注いでいる。

永井は、不思議と醒めていた。敵潜はなぜ転舵も潜航もしない……。たとえ六ノットでこちらが進んでいたとしても、転舵か潜航すれば衝突は簡単に回避できる。だが、敵潜は増減速すらしない。ただ漫然と真っすぐにこちらに向かって来るだけだった。

「敵は損傷している……」

永井は呟いた。そうだ敵艦は損傷している。

勝機はある。確信した時、音という感覚を遥かに越えた衝撃が船体を包んだ。船首が一瞬大きく持ち上がったかと思うと、吹き上がる火炎と水柱の中で、船体よりも船首楼が跳ね上がり、不格好にひしゃげて元の位置に落ちてきた。爆風が永井を包んだのはその後だった。反射的に何かに摑まろうとしたが爆風は永井の身体を弄び、穴だらけのブリッジ後部に吹き飛ばした。

同じ爆風をエッジ中佐も『ボーンフィッシュ』の艦橋で受けた。幸運にも『ボーンフィッシュ』の放った魚雷の一発が命中したのは明白だった。命中箇所は船首楼左舷側。そのため船首は右舷側に弾き飛ばされ、舷側構造のみでぶら下がった。敵商船の行き足は一瞬止まったかのように見えたが、左舷に大きく傾斜しながらそれでも再び前進を始めていた。しかし、左傾斜で針路を左に変えつつある。

——片づいた。

と、エッジは心の中で呟いた。船首を失った船が前進を続けることはできない。あの堅牢な豪華客船『タイタニック』ですら、水圧に船内の隔壁が耐えきれず、浸水を拡大させて沈没した。この船も前進を止めなくては自滅するだけだ。どちらにしても敵商船は『ボーンフィッシュ』の脅威ではなくなっていた。

「撃ち方止め！」

エッジの命令に、機銃も主砲も沈黙した。続いてエッジは伝声管に向かって下令した。

「エンジン停止！　魚雷の再装塡を急げ！」

遠くに金属の軋む音が残った。

黒竜丸はエッジ中佐の想像した通り、最期の瞬間を迎えようとしていた。船内隔壁は、浸水する水圧で傾斜した左舷側から次々と倒壊しつつあった。

永井は手摺に摑まり、傾斜して滑りそうになる床から立ち上がった。辛うじてブリッジの前面に辿り着き船首方向に眼をやると、前部船倉より前は捩れた金属の断片以外、ほとんどと言っていいほど残っていない。

——機関……。

と言いかけて、伝声管に触れたが、エンジンを停止するための人員はブリッジにも機関室にもいない。一等航海士をはじめ生き残った乗員・乗客はすべて船尾で脱出を待っている。

詠嘆の声が口を突いて出ようとした時、黒竜丸は左舷に大きく傾斜した。海水で重くなった左舷船首が東シナ海の海面に飲まれ始めたのだ。

——沈む！

足を掬《すく》われた永井の身体は、破片の散乱する床を滑って行く。突然、劇痛が襲う。右脚が波避《コーミング》けの端に絡んだのだ。左脚は既に舷外に投げ出され、身体が捩じれた。左脚は流れる海面を切り裂く。永井は必死に身体を揺すぶり、左脚で波避《コーミング》けを蹴り上げた。次いで右脚で波避け《コーミング》を蹴ると、身体が瞬間浮揚し、それから仰向けになって海中に投げ出された。

黒竜丸の左舷ディーゼルはまだ止まっていなかった。船首は海中に没し海底を目指してスクリューは海水を蹴り出していた。船首楼に魚雷が命中した後、一等航海士が機関室に走ったのは当然の選択だった。しかし彼は機関室に辿り着くことはなかった。壁のように押し寄せる海水が彼を飲み込んだ。

他の乗員・乗客は露天甲板を逃げ惑っていた。スクリューで沸き立つ海に飛び込むのは自殺行為だからである。しかし急激な左傾斜で、乗員・乗客も同様に海中に投げ出された。いったん海面に浮かんだ者も、沈む黒竜丸の渦と回転するスクリューに巻き込まれた。

永井も海中深く沈んで行った。したたか水を飲み、耳鳴りがした。黒竜丸のトップマストが倒れ込んでくる。両手と両足で必死にもがいても、永井の身体は深海に向かって引き摺り込まれるばかりだった。水圧が耳を突き刺し、胸を押し潰そうとする。その時、真っ暗な海底から簀子《すのこ》状の木製パレットが目の前に現れた。黒竜丸の上甲板に積まれていた物だろう。身を躱すこともできず顔面に激突し、鼻と額をしたたか打ちつけた。しかし失われかけた意識の中で、そのパレットにしがみついた。パレットは水中で木の葉のように回転し、永井は上下の感覚すら失った。

同日
石垣島西方二二海里
伊号第五八潜水艦

「一番、二番、発射！」

そう指示すると倉本は潜望鏡のアイピースから眼を離してハンドルを畳んだ。降下する潜望鏡の油圧音が発令所に響いた。

「一番発射！……二番発射！」

復唱の声と共に腹を揺さぶる発射音が轟き、艦首が持ち上がるような振動を感じた倉本は、発射管制盤を覗き込んでいる先任将校の田村に向き直った。

「命中まで？」

「四八秒です」

「三番から六番は？」

「装填完了。発射管扉閉じています」

田村が応じた。

「よし。一番、二番、再装填急げ。訓練の成果を見せて貰うぞ、先任！」

倉本はにやりと笑った。狭い潜水艦の艦内で一トンを越える魚雷を魚雷架から引き出し、発射管に装塡するのは生半可な作業ではない。特に戦闘中の再装塡は時間との競争になる。それが生死を分けることになるからだ。

倉本の命令を受けた艦首発射管室の床には、水雷科員の汗が滴り落ちていた。

日本商船の体当りを辛うじて避けた『ボーンフィッシュ』の見張り員が海面を疾走する魚雷を発見したのは、その凶々しい兵器がすでに間近に迫った時だった。伊五八が使用したのは九五式一型酸素魚雷で、全くと言っていいほど航跡を引かず四五ノットで一二、〇〇〇メートルを駛走する。しかも伊五八の発射距離はわずか一、五〇〇メートル。九五式一型酸素魚雷は日本軍が太平洋戦争開戦直前に開発した最新型で米艦艇を恐怖のドン底に叩き落とした。が、この時期、増産のスピードは落ち、扱いの難しさから保有弾頭も残り少なくなっていた。雲に覆われ星明りもない海面で、その九五式一型酸素魚雷を発見した『ボーンフィッシュ』の見張り員は優秀だったと言える。しかし、「右舷に魚雷！」と、叫んだ見張り員の声は、エッジ中佐を始め乗組員に恐慌を引き起こしただけだった。潜航するのも回避運動するのも、不可能だった。それに、ある程度の距離で発見していたとしても、傷ついた『ボーンフィッシュ』には同じことだった。命中までにエッジが指示できたことは、艦内の防水隔壁を閉鎖することだけだった。

一番魚雷は艦橋真下のメイン・バラスト・タンクに、二番魚雷は約五秒遅れて機関室側面の燃料タンク付近に命中した。九五式一型酸素魚雷は内燃焼機関に純粋酸素を使用する。燃焼し切らずに残った酸素は、それ自体高性能火薬の爆発力を増強する。伊五八の一番魚雷は『ボーンフィッシュ』の船体をへし折り、ブリッジを五〇メートルほどの高さに吹き飛ばした。機関室側面燃料タンク付近に命中した二番魚雷は、もはや沈没時間を短縮する効果しか与えなかった。艦首発射管室と前部兵員室には、若干の生存者がいたが、米潜水艦『ボーンフィッシュ』は真っ逆様に黒竜丸の残骸が横たわる海底を目指し沈降し、途中、水深二四〇メートル付近で水密隔壁を圧潰させた。

アメリカ側の戦史には、『ボーンフィッシュ』は最後の連絡を行った富山湾の単独哨戒任務中に消息喪失と記録された。

魚雷の命中音があった後しばらくして、沈没する潜水艦の圧潰音が内殻越しに聴こえ、乗組員たちは歓喜に沸いた。

「浮上するぞ！」

倉本の声が騒然とした艦内に凛と響く。静寂は戻り、緊張が艦内を奔った。

「戦闘配置！　水上戦闘配置。メイン・タンク、ブロー！」

田村が下令する。配置の交替と空気噴射の音が沈黙する艦内に響いた。伊五八は水平のまま加速度をつけて海面を目指した。

航海長の中津は深度計を読み上げ始める。

「一五、一〇、五、浮上！」

艦橋昇降塔に上がっていた倉本は、閉鎖ハンドルを一杯に廻した。弾けるハッチを潜り抜け、艦長、航海長、見張り員、機銃員が艦橋に飛び出していく。一転して勝ち戦の誇りが各員を奮い立たせている。倉本は確信し、満足した。

海上には吐き気を誘う重油の臭いが立ち込めていた。海面には輸送船の物とも、潜水艦の物ともつかない木片が一面に漂っていた。

「両舷機始動。補気・充電急げ！　見張り員は生存者の発見に努めよ」

倉本の声は暗い海面に反射した。とは言うものの倉本は生存者の発見は無理だと思っていた。海面は一面漂流物で埋まり星明りもない。また、仮に生存者がいたとしても、戦闘行動中の潜水艦では多くは収容できない。

「両舷前進微速」

倉本は日本の輸送船に対する思いを断ち切るように命じた。

見張り員の一人が叫んだのはその時だった。

「右舷前方に漂流物！」

永井は幸運だった。パレットは永井に、身体以上の浮力を与えた。海中を舞いながらも彼は海面まで押上げられた。海面に出た永井は意識を失っていたが、半身パレットに身を委ねたまま漂っていた。双眼鏡を向けた倉本は呟くように言った。

「動かん……」

倉本は伝声管の蓋を開けて下令した。

「両舷停止。面舵一五度。甲板員は前部上甲板。収容を急げ！　軍医と松岡を呼べ、松岡上等兵曹だ。あいつが一番泳ぎが達者だ」

上甲板に上がった松岡は、ためらいを見せず真っ暗な海面に飛び込み、パレットに向かって抜手で泳ぎ始めた。分厚い重油膜と木片に遮られながらも、塩釜の漁師の息子である彼はパレットに辿り着いた。

ロープが投げられ、パレットごと二人が引き寄せられる。倉本も上甲板に降り、甲板員に細かい作業上の注意を指示する。しかし滑りやすい円形の外殻に足を掛けて、意識を失った者を引き上げる作業は、倉本が思うほど容易なことではなかった。危険海域での浮上である。しかも敵潜は救難信号を発したかもしれない。時間が惜しい。苛立ちながら見詰める倉本に、重油で真っ黒になって上甲板に上った松岡が、白い歯だけを輝かせて言った。

「偉いさんのようです、艦長。襟に桜が付いています」

引き上げられ、軍医の診察を受けるため上甲板に横たわった永井を、倉本はあらためて覗き込んだ。

第二章　展開

七月二二日（日曜日）
石垣島東方二〇海里
伊号第五八潜水艦

永井は、酷い頭痛と吐き気を伴いつつ意識を取り戻した。眼の焦点が定まらず、視界はまるで磨硝子越しのようだった。黴臭い寝台には、微かな、それでいて規則正しい振動が伝わり、頭上では下水管を水が通る時のような不可思議な音が聴こえていた。空気は澱んで湿気が多く、様々な油と腐臭の混合した臭いが吐き気をさらに助長した。

——吐く！

起き上がろうとした時、左胸を劇痛が貫いた。声にならない叫び声とともに寝台に倒れ込むと、黴臭さの向こうから声がした。

「まだ起きては駄目です。軍医を呼んできますからそのまま」

——軍医？

永井は初めてそこが艦艇内部であることに気がついた。こんな海域で日本の艦艇がまだ作戦行動を行っていたとは。

だがそんなこととは関係なく、左胸の痛みが治まるにしたがって再び吐き気が永井を襲う。今はそのことのほうが重要だった。

数名の足音が近づいた。

「意識が戻られましたか？　私は軍医長の笹原真海軍中尉です。ご気分はいかがですか？」

手が伸び、永井の軍服の前を開《はだ》けながら、男が声をかけた。

「気分が悪い。頭痛と吐き気がする。それに目が見えん。霞んでいる……」

「少将殿は、だいぶ重油を飲まれたようです。とりあえず胃洗浄はしてありますから頭痛と吐き気はすぐ治まります。目も離船される際に何かに強打されたと思われます。まもなく回復されるでしょう。一番酷いのは左胸のようです。肋骨が三本折れていると思われます。安静が必要です」

声の主は両手で折れているという左の肋骨の辺りを包帯越しに容赦なく弄《まさぐ》った。永井は思わず苦悶の声を漏らした。

「とにかく痛みと吐き気を止めなくてはなりません。注射をします。腕を出してください。おい、細谷。プロメチンを二ミリと、ペンタジンを一五ミリだ。用意しろ」

「この艦は？」

腕を捲られる間に尋ねた。

「伊五八潜です」

「艦長は？」

「倉本少佐です。後ほど、少将が落ち着かれた頃参ります」

笹原は永井の問いに答えながら、二本目の注射を脈を取りつつゆっくりと注入した。

「眠くなると思います。少し休んでください。目が覚める頃には目の方も回復していると思います」

笹原の声が段々遠くなって行くのを感じながら、永井の意識は混濁した。

士官室の狭い空間は人いきれで満たされていた。黒木中尉を除く伊五八の全士官と、回天搭乗員の伴中尉、水井少尉がテーブルを囲んでいる。

「当直はまた黒木君か？」

倉本は裸電球の下で尋ねた。田村が苦笑しながら頷いて口を開いた。

「では現状を報告します。本艦の現在位置、石垣島東方二〇海里。針路一〇〇。速力四ノット。深度五〇。第二哨戒配備中。当直には黒木中尉が立っています。なお艦内の全機能、正常に作動中」

「電動機室の浸水は？」

倉本はさらに質問した。

「修理完了し、現在まったくありません」

「よし。では、本題に入ろう。皆も知っての通り、一昨日、空襲の直前、我々は第六艦隊司令部よりの無電を受信した。これまで、各部の修理や戦闘などで、全員が揃うことができなかったが、やっとその余裕ができたので皆に話しておきたい」

倉本は右舷側の一番奥の席から、薄明りの中に浮かぶ士官全員の顔を見渡して、自分の言葉が正確に伝わるタイミングを計った。

「当初、出港前に受けた命令では、『フィリピン東方海上敵交通線に進出。敵艦船を攻撃する』という、漠然としたものだった。いろいろな憶測や、疑問があったと思うが、今回受けた命令で、一応それに終止符が打てると思う」

一呼吸置いた倉本は、一片の通信用箋を田村に渡すと言った。

「回覧してくれ」

昭和二〇年七月二〇日
宛　伊号第五八潜水艦　艦長
発　第六艦隊司令長官
一、貴艦はレイテ・グアム海上交通線に七月二六日までに進出すべし。
一、貴艦は同交通線において七月二六日から八月五日までの期間、通過を試みる敵艦船を撃沈すべし。
一、大型艦船に注意すべし。確たる情報では、この期間、この交通線をグアムからレイテに向けて重要人物、または、重要物資が通過する予定なり。

真っ先に口を開いたのは田村だった。

「この作戦の参加艦艇は我々以外にあるのですか？」

「多聞隊は、我々以外五隻。四七、五三はそれぞれ別の海上交通線遮断任務に向かっている。三六三、三六六、三六七の三隻は泊地攻撃に向かった。間接的に関係があるのは五三で、グアム・沖縄交通線で遮断任務を行うから、うまくいけば我々の任務の陽動作戦になる」
四七、五三は丙型および丙型改の潜水艦である。三六三、三六六、三六七の三隻は丁型であり、これらはもともと輸送潜水艦だったものを改造したため魚雷が積めない。したがって特攻兵器『回天』しか攻撃手段を持たない。

「他の艦の交通線遮断任務というのは、我々の受けた命令とは関連がないのですか？」

田村が突っ込んだ。しかし、倉本はきっぱりと言った。

「ない」

中津が驚いたように顔を上げた。

「我々だけですか？」

「そうだ」

「我々だけで、航路を封鎖するのですか？」

「何が言いたい？」

倉本はややいらだって質した。

「それは不可能だ」

中津が同意を求めるように士官たちを見回した。潜水艦一隻で制圧できる海面はさほど広くない。探知能力も最も高性能の二号一型電探（対水上艦艇レーダー）ですら、大型艦で三五キロ、小型艦ともなると一七キロが限度である。仮に戦艦や空母級の艦艇を発見したとしても、三五キロ先では、速力の遅い潜水艦では追いつくこともできない。

「一つの航路を一隻の潜水艦で封鎖するなんて……」

倉本は中津の言葉を制して言った。

「グアムのアプラ港に張りつく」

「え……？」

驚く顔を見て、倉本はさらに繰り返し言った。

「アプラ港に張りつく」

「……では、今までと同じように、湾内に停泊する艦船を回天でやるのですか？」

田村が驚いたように尋ねた。

「状況判断による」

倉本がきっぱりと言った。回天搭乗員の伴中尉と水井少尉から安堵の声が漏れる。

納得しなかったのは中津だった。

「でも、目標の敵艦をどのように特定します？　手当たり次第ですか？」

沈黙が走った。それは士官たちの胸に共通して去来した疑問だった。

「そこだよ、問題は」

倉本は呟くように言った。

「……何か手があるはずだ。きっと何か……。アプラ港までに考えるしかない」

前部発射管室では相澤二等水兵が考え込んでいた。背後から覗き込んでいた島田上等兵曹が声をかけた。

「どうだ、相澤。わかるか？」

「正直言って、さっぱりです。自分が水雷学校で習ったのは、九六式魚雷だったので、九五式一型酸素魚雷ははじめてです」

相澤は解体した魚雷の機関部を覗きながら言った。

「いいか、相澤。九六式も九五式一型も同じ内燃焼機関が動力源だ。基本的構造は同じだと思っていい。違うのは発動機の発火点の調整だけだ。装置の配置や構造は違うが、同じように気室に装気された気体と燃料を混合させて燃焼する。九五式一型は純粋酸素を使用しているから扱い方が微妙だが間違わなければ、それほど難しい構造ではない」

九六式の気室に充填されているのは空気で、九五式一型は純粋酸素である。したがって発動機の発火点の調整は異なる。しかも九五式一型は横型二気筒、九六式は星型八気筒と装置の配置や構造も違っていた。

「しかし、上等兵曹殿。なぜこの艦には九六式魚雷を搭載していないのですか？」

相澤は九五式一型の整備にいささか嫌気が差していた。島田は笑って答えた。

「この戦争も三年半続いて、兵も兵器も粗製濫造になったから、貴様に分からんのは無理もない。だがな相澤。これだけは覚えておけ。魚雷は槍だ。長い方が有利だ。九六式なんかで闘えるわけがない」

九五式一型も九六式も同じ魚雷だが、射程が全く違う。九五式一型は四九ノットで発射すれば九、〇〇〇メートル、四五ノットならば一二、〇〇〇メートル駛走する。だが、九六式は四五ノットで発射した場合五、〇〇〇メートル、三五ノットでも九、〇〇〇メートルしか走らない。しかも九五式一型は航跡を残さないが、九六式はくっきりと白い航跡を引く。

「でも、九五式一型なんて、呉の弾薬庫でも見かけたことがありません。どうして本艦に積むことができたのですか？」

相澤は怪訝そうに尋ねた。

「ちょっと待て、そこをいじる前に気室のコックを閉じろ！　酸素爆発で艦ごと沈んじまうぞ。いいか相澤、魚雷の整備は女の扱いと同じだ。優しく順序を間違えないで触れてやるんだ。そうすれば思い通りに働いてくれる。……何の話だっけな……ああ、どうして九五式一型がここにあるかだったな。簡単なことさ。艦では艦長が絶対権限を持っているが、軍では上等兵曹が一番顔が利くということさ」

島田はにやりと笑ってスパナを握り、相澤にそこを退けと身振りで示した。

「私は海軍少佐、倉本孝行です。本艦伊五八の艦長です」

数時間後、眠りから覚めた永井の前に倉本は立ち、敬礼した。永井の視力は笹原軍医長の言った通り、少しずつ回復し始めていた。倉本の姿はまだやや歪んで見えたが、彼に威儀を正そうと永井は軍医の手を振り解き、顔を歪めながら起き上がりかけた。

「いけません！　起き上がっては」

「構うな！」

驚く笹原の声を制して永井は寝台の上に正座し呼吸を整えると、第三種軍装の前ボタンを止め、静かな口調に戻って尋ねた。

「黒竜丸はどうした？」

「商船のことですか？」

倉本は反問した。

「そうだ」

「沈みました」

「生存者は？」

伊五八は彼を収容した後、捜索を打ち切って潜航した。敵の反攻を恐れたためである。それに生存者がいたとしても、あの海域ではもはや望みはない。倉本が口ごもっていると、代わって笹原が答えた。

「少将お一人です。少将は運良く……」

永井は一瞬、大きく目を瞠くとうつむいて瞑目した。

戦争に於いて死は日常茶飯であり、軍人の死に驚きや悲しみはない。だが、民間人の死は格別だった。まして彼らの死の責任は、船団司令としての永井自身にあった。

「申告する。海軍予備役少将永井稔、乗艦許可を願う」

「許可します」

倉本は答えた。

「少将殿は、なぜ商船にお乗りになっていたのですか？」

「ヒ八八K船団の船団司令としてだ。アモイから門司に向かっていた……」

察するに余りあると、倉本は思った。南方からの輸送船団は、余りの被害の大きさに今年の三月限りで中止になったと聞いている。久々の船団に、米軍も本腰を入れて攻撃したのだろう。

「本当にお疲れ様でした。閣下は最後まで勇戦されました。武装もない商船で……」

倉本の声は詰まった。

倉本は笹原を永井のもとに残すと発令所に戻った。勝てるはずのない戦いだったとはいえ、敗軍の将と目を交わすのは忍びなかった。

七月二四日（火曜日）
ウェーク島西方二五〇海里
米重巡洋艦インディアナポリス

副長のフリン中佐は、戦闘情報管制室《CIC》の対勢表示盤を見ながら鋭く命令を下した。

「最大戦速。取舵一〇度」

窓一つない閉ざされたＣＩＣでも、急速に艦の速力が上がるのが、振動で感じられた。

「ソナーより報告！　敵潜水艦、方位三五四、距離五五〇メートル、深度八〇メートル」

「舵中央！」

「ソナーより報告！　敵潜、探知不能！　最終探知目標、方位〇〇〇《ゼロゼロゼロ》。距離三二〇メートル。深度八〇メートル変わらず」

「爆雷投射始め！　上空のＯＳ２Ｕに連絡。右舷一、五〇〇メートルを通過し、敵潜水艦を捜索せよ」

「観測機、了解しました」

伝令の声と共にマックベイがフリンの肩を叩く。

「よし、演習終了。各班は演習評価にかかれ。報告書は一五〇〇時に副長の元に提出。フリン中佐。艦長室まで来てくれ」

艦長室はオレンジ色の薄暗い電球に照らされている。マックベイはデスクで書類を読みながらフリンを待っていた。フリンが入室するとすぐに書類挟みを閉じ、前の椅子を促した。

「君の作戦には二つ穴がある」

マックベイはいきなり先刻の演習評価を開始した。

「一つは爆雷の調定深度だ。君は八〇メートルでセットさせたが、これは目標の深度と同じだ。潜水艦は我々が背後から同航していることから、当然攻撃を予測している。直撃を避けるため、コースの変更と同時に、深度の変更も行うだろう。したがって、調定深度八〇メートルでは効果がない」

マックベイは手振りを混えて説明した。

「浅くするか深くするかだ。私なら……深くする」

「何故ですか？」

「潜水艦が急速に深度を変える時は、潜横舵の上舵下舵操作だけではない。バラスト・タンクの注排水を行う。当然、艦のバランスが狂っている。しかも深く潜っている時ははるか上で爆雷が爆発する。爆発力の特性はもっぱら上に向かって働くし、爆発深度と艦の間にある厚い海水の層がダンパーの役割を果たすことで破砕効果が薄い。しかし、逆に浅く潜っていて真下で爆発すれば、爆発力は上に向かって働くから艦が跳ね上げられる。うまくいけばバランスを崩し、海面に飛び出して来る」

フリンは納得して頷いた。マックベイの指導は兵学校や水雷学校では教えてくれないことばかりだ。この大戦の大西洋での戦いは、アメリカ海軍にとって対潜水艦戦闘の多くの教訓の場であった。マックベイの戦闘知識は恐らく最新のものだろうとフリンは推測した。

「もう一つ肝心なのは、対潜哨戒機の使い方だよ。右舷を警戒させるか左舷を警戒させるかはフィフティ・フィフティだ。哨戒機で探知できなければわれわれは反対側を捜索すればいい。問題はタイミングだ。爆雷攻撃前に哨戒機を展開させていないと、旋回半径の小さな潜水艦の動きを見失ってしまう」

マックベイは、太平洋の海溝を思わせる青い深い瞳をフリンに向けた。

「わかりました……。しかし……」

「しかし何だ？　言ってみろ。君と俺の仲だ。遠慮することはない」

二人は、マックベイがインディアナポリスの艦長に就任する遥か以前からの親しい間柄だった。マックベイと八歳違いのフリンは、独身時代、よくマックベイ宅を訪れ、夫人の手料理を楽しんだものだ。

「本当に出て来るんでしょうか。日本の潜水艦が？」

「日本軍が出てくるとしたら、潜水艦以外考えられん」

マックベイはつと言葉を途切らせると、長い脚を組み直し、おもむろに口を開いた。

「遭遇する可能性は？」

「これまで、私が迷信や勘を信じたことがないことは知っているな。だがな、フリン。今回ばかりは胸騒ぎがする。話は変わるが君は覚えているか？　一九二八年を？」

「一九二八年というと、私が軽巡ミルウォーキーの水雷科士官でサンフランシスコのプレシディオ水雷戦学校へ出向を命じられた頃ですね。そしてそこで艦長と初めて会った。艦長は当時、魚雷戦基本理論の教官をなさっていた……」

「そうだ。君は優秀な学生だった。だからこの艦を任されることになって、副長が君だとわかったとき、私は敢えてスタッフの人事をいじらなかったのだ。まあ、それはともかくとして、君は水雷戦学校時代、日本の駐在武官の一人が表敬訪問したことを覚えているか？」

「覚えていますよ！　態度は控え目で、物腰は穏やかなのに、水雷戦理論の記念講演を始めたら、いきなりアメリカ海軍の理論をひっくり返そうとした……」

フリンはマックベイが何を言い出そうとしているのか怪しんだが、構わず続けた。

「そして小癪なことに講演の後の図上演習で、彼の理論は見事に実証された。我々の戦術は完全に通用しなかった。彼の名前は……確かメイジャー（少佐）・ミノル……」

「ナガイ少佐……。今頃は少将か中将に昇進している筈だ」

「彼がどうしたのですか？」

「この戦争が始まってから、私は彼のことが気になっていた。奴だけは敵に廻したくない」

「手強いからですか？」

マックベイは首を横に振った。

「敵として対峙するならば、彼は最も手強い相手になるだろう。軍人としては、彼と戦ってみたいとも思う。実戦でその実力を試してみたい。だが戦いたくないと言うのは、そのことではない」

フリンは訝しげにマックベイを覗き込んだ。

「妻のことだ」

とマックベイは一息ついて、言った。

「彼がプレシディオを去る日の夕方だった。ツイン・ピークス山の道を運転していた妻の車が、飛び出してきた鹿を避けて急ハンドルを切った。彼女の車はスピンし、ガードレールに衝突した。そこに通りかかったのが彼の乗る車だった。米国内ではその頃から、日本人の移動・旅行には制限があって、決められた時間に決められた交通機関を使わなければ、国際問題になりかねない。が、彼は運転する海兵隊伍長の制止を無視し、車を止めさせると、純白の礼装軍服が血で汚れるのも構わず妻を助け出し、自分の乗る車で病院へ向かった。

「その時、ナガイは艦長の奥さんだと知っていたのですか？」

「知らなかった。伍長も知らなかったのだ。彼は妻を病院まで運ぶと、そこでは名も告げずにヘイワード空港に向かった。そのために、国務省ではちょっとした問題になった。調査が行われ、伍長の証言と病院の記録が一致して、初めて事態が判明したという訳だ」

「ナガイは弁明しなかったのですか？」

「しなかった。事態が判明してすぐに日本大使館に問い合わせたところ、一足先に帰国していた。些細なことでアメリカ政府の感情を害したくないという大使館の配慮だった」

「では、その後、お会いになってはいないのですか？」

「一度だけ、手紙のやり取りをした。こちらから、日本の海軍省気付で礼状を出した。

それに返事が来ただけだ」

フリンは膝を乗り出した。

「何て来ました？」

「礼には及ばぬ……と」

フリンはにやりと笑った。

「奴らしい愛想のなさだ」

「だが、気になってな。主な戦闘がある度に、情報部の資料を見て敵の指揮官・艦長クラスの名前をチェックしてきた。しかしこれまで彼の名前が出てきたことはない。なぜかはわからない。あの一件が問題になって左遷されたということはないはずだ。事態は判明したのだから……」

「海軍省あたりでデスクワークをしているのではないですか？」

フリンの答えは一瞬マックベイを当惑させた。そして吐き捨てるような言葉が口を突いた。

「かも知れん……。だが、そうだとしたら馬鹿げている」

フリンは椅子に深く座り直した。

「そのナガイと、潜水艦との関連がわからないのですが？」

マックベイは再び首を横に振った。

「関連はない。だが、この三年七カ月の間、戦闘に参加する度、不思議と彼に会うことなどないと思ってきた。確信に近いものがあった。しかし、今度だけはそうはいかない気がするのだよ。このインディアナポリスが、西に向かって進めは進むほど、彼と遭遇する予感が強くなるんだ。日本軍には外洋作戦能力が残されていないと自分に言い聞かせても、ナガイが敵として立ちはだかって来る。そんな思いがなぜか払いのけられないのだよ」

フリンは不思議そうな面持ちでマックベイを見やった。

「特殊任務で、少しお疲れなんではないですか？　軍医にいって睡眠薬を処方してもらうように計らいましょう」

マックベイはしばらく遠くを見るような目つきをしていたが、思い直したようにフリンを見返した。

「しかしフリン。これだけは言っておく。ナガイはしぶとく手強い。この三年七カ月の間、空襲なんかで死ぬようなやわな奴じゃない。トウキョウでヒロヒトが手を上げるまで、奴も軍人だということは、いつかは出会うこともある。そのときは命と命をぶつけ合うしかないのだ。油断するな」

フリンは強く頷いた。

「わかりました。肝に銘じます」

「よし。下がってよし」

そう言ってマックベイは机の上の書類挟みを再び開いた。

七月二六日（木曜日）
グアム島アプラ湾外
伊号第五八潜水艦

倉本は、夜間潜望鏡の倍率を上げた。時計の秒針が異様に大きく、耳障りな音を立てている。時刻は二〇時ちょうどを指している。

「アプラ湾だな。予定通りだ。両舷停止」

倉本は満足げに言った。

「両舷停止。自動懸垂」

先任将校の田村が応じて、下令した。

「航海長！　位置を測定する。先任！　潜望鏡の方位角と距離を読み上げろ」

倉本は、先任の田村が潜望鏡の反対側に取りつくのを横目で見ると、目標となるオロテ岬とカプラス島の西端の二箇所を探した。

田村がそれぞれの目標の潜望鏡数値を読んでいる。

ハンドルを畳み、潜望鏡を下げさせた。沈黙と緊張感が発令所を支配する。どこかで水の落ちる音が響いた。艦の内殻が冷えて空気を冷やし、パイプに付着した湿気が水滴となって落ちたのだが、特別無音潜航が下令されている艦内ではそれが異常に大きく感じられた。

潜望鏡よりやや艦尾寄りの右舷内殻に、お情け程度に張り出した小さな木製の机がある。海図台である。座る椅子はない。航海長の中津は立ったままで、海図に最後の線を引いた。

「湾の入り口までの距離は？」

倉本の質問に、中津はにやりと笑って答えた。

「どんぴしゃです艦長。湾口まで八、三四〇メートル。ここまでほとんど天測できませんでしたが、艦の現在位置誤差は二〇〇メートル以内です」

倉本は発令所に入ってきた永井少将にちらりと目を走らせた。

「どうしますか？」

田村が潜望鏡に寄りかかったまま尋ねた。顔色は逆光で読めないが緊張していることは確かである。声が震えている。倉本は小声で応じた。

「海上は月夜で明るい。波も穏やかだ。警戒の駆逐艦も駆潜艇も見えない。……やってみよう」

倉本はもう一度、発令所を見渡してから言った。

「総員戦闘配置！　回天戦用意！　魚雷戦用意！　回天一号艇、二号艇、発進準備！

回天搭乗員は発令所へ！」

瞬間、倉本は永井の顔にもの言いたげな色が走ったのを見たが、すぐにそれを脳裡から追い出した。

前部兵員室から、二人の若者が永井の肩を押し退けるように入って来た。共に飛行服に身を包み、額には日の丸を描いた鉢巻きをしめ、腰には拳銃、左手に軍刀を握っている。

「回天一号艇搭乗員、伴正一中尉。出頭しました」

「回天二号艇搭乗員、小森敏則一飛曹。出頭しました」

「よろしい。二人とも海図を見てくれ」

倉本は二人を海図台に促した。

「本艦は、グアム島アプラ湾北西方沖約八、三〇〇メートルにある。本艦の任務は、本日より八月五日までの間、レイテへ向かう艦船を攻撃せよというものである。わが方が摑んでいる情報は、この間に敵の重要任務を帯びた艦船が通過するというものだ」

伴中尉と小森一飛曹は見るからに無垢の青年で、勝利を信じ、国に殉じることを誇りに感じている気配が、全身から匂い立っている。倉本は一呼吸置いて語り始めた。

「本艦はこの四八時間、敵の艦船、航空機に発見されていない。また、こちらにも発見目標がない。過去三回の回天攻撃時に比べ、敵の警戒が厳重だとは思えない。むしろ手薄である。アプラ湾に目標の敵艦が入泊しているかは不明であるが、米軍にとっての太平洋戦域でのグアム島の重要性を考慮すると、重要艦船が停泊していることは間違いない。そこで本艦は、回天による索敵攻撃を実施する」

——なっとらん！

永井は心の中で吐き捨てるように言った。敵艦船の存在も確かめず、索敵とはいえ攻撃を、それも貴重な命を代償とする特攻攻撃を敢行するとは何という愚かさだ。航続距離が短く、帰投することができない回天で、索敵攻撃を行うなど論外である。目標が発見できなかったら犬死である。倉本は人の命を何だと思っているのか。声にしなかったのは、海軍の教育の賜物であった。

現在、伊五八の艦内で、最上級士官は予備役とは言え少将の永井である。しかし、指揮官は艦長の倉本少佐で、永井は倉本から意見を求められた場合にのみ作戦に対して発言できる。正式に指揮権の委譲がなされていないのに、相反する命令を出せば、戦闘中の艦内は混乱し、統制が取れなくなる。攻撃のチャンスを逃すだけでなく、士気の弱体化を招き通常の航海すら危うくなる。

むろん海軍の統帥から言えば、永井が指揮を執れないわけではない。海軍は開戦前、作戦実施にあたっての体系を定めるために、軍令部令として『海軍作戦要項』を発令した。

そこに指導要項として『作戦行動中の部隊に於いては、最上級者が指揮権を掌握するものとする』という一項がある。だがしかし、そのためには、事前に倉本から指揮権を譲渡させておかねばならなかった。いまは指を啣《くわ》えて見ているしか方法はない。

伴中尉と小森一飛曹の瞳は、晴れ晴れとした少年の輝きを湛えていた。

「したがって諸君は、湾内に潜入を果たしたら、最も大きな敵艦船に対して『攻撃』をかけて貰いたい。質問は？」

倉本は海図から顔を上げ二人の顔を見上げた。

「湾口までの海流はどうなっていますか？」

伴中尉は士官らしい冷静さを見せようと、以前から考えていた質問をした。

「それについては私から答えよう」

航海長の中津が代わって説明を始めた。倉本は、再び潜望鏡を上げさせ、アイピースに眼を当てた。潜望鏡がゆっくりと旋回し、後方に指向した瞬間だった。

「いかん……。潜望鏡下げ！　急速潜航！　急げ！」

突如、倉本の声が発令所に響いた。

「深さ五〇。急げ！」

呆気にとられる発令所員を倉本は叱咤する。

「前進強速、下げ舵一杯！　一番から三番までベント開放！」

倉本に応じて下令した田村の声は襲いかかる爆雷音に掻き消された。

同日
グアム島アプラ湾外
米護衛駆逐艦オスターハウス

デービット・H・アベル少佐は、速度指示器《テレメーター》に片手を置きながら思案していた。一六発の爆雷は、確実に敵潜水艦を仕留めたはずだった。ところがソナーには相変わらず敵潜の空気噴射音が続いている。

——すでに三時間半か……。

アベル少佐は心中で呟いた。

ここに至る状況はそもそも至ってシンプルだった。彼が指揮する護衛駆逐艦オスターハウスが、機関の調整試験のため単艦でグアム島アプラ湾を出港したのは三日前である。様々な状況設定での運転試験を繰り返し、明らかになったのは二番ボイラーのスチームパイプに問題があることだった。このまま何もなければ二時間後にはオスターハウスは駆逐艦母艦ディクシーに横づけできる予定だった。そして今晩はこのまま艦に留まる。明日金曜日を一日補給品のリスト作成と修理に費やして、夕方には上陸。週末の休暇をビーチで満喫するつもりだった。

だがアプラ湾が視野に入った時、彼の甘い計画は夢とついえた。忌々《いまいま》しい敵潜水艦が潜望鏡を上げてうろついていたのだ。

それがすべての始まりだった。

アベルには実戦経験がない。敵艦との遭遇は初めてだった。いうまでもなくそれは、彼の軍人魂を奮い立たせた。が、アベルは自らに落ち着けと言い聞かせた。

波は穏やかで無風、天候は雲一つない晴天。敵が単艦であることを確認してから、アベルは奇襲戦術を選択した。オスターハウスはゆっくりと敵艦の艦尾方向から接近した。長い忍耐の時間が過ぎ、敵潜水艦が二度目の潜望鏡を上げたときには距離は一八〇メートルを切っていた。

アベルは戦術が成功したことを確信し、前進全速を命じるとともに一六発の爆雷を連続投射した。海水は沸騰したように沸き上がり、黒い海面は白く立ち上がった。あの海中で生物が生存し続けることはとても不可能だ、とアベルは思った。アベルの実戦経験のなさが生存率を過小評価させたのだった。

三隻の駆潜艇が戦闘に加わったのはグアムのマリアナ戦域司令部に状況報告と増援の要請を打電してから三時間も経ったのちだった。

――なんとしても撃沈してやる！

アベルは嘆息をつき心の中で吐き捨てた。増援の遅延が、実戦経験のないアベルの報告を司令部が信用しなかったために起きたことは明白だった。

――ここで撃沈できなければ、司令部で何を言われるかわからない。いや、部下の信頼すら失ってしまう。

アベルは焦っていた。しかし、戦況は間違いなくアベルに有利だった。敵潜水艦は何故か空気噴射と注水を繰り返すばかりで、移動する気配がない。思うに推進機か電気系統に損傷を与えたに違いない。爆雷はこれまで八〇発を消費したが、まだ六〇発残されている。それに現在は三隻の駆潜艇が指揮下にある。攻撃主力を三隻の駆潜艇に置き、オスターハウスは監視と指揮に専念する。まず二時間で片が付くだろう。

「PC五八一よりオスターハウス。各艇配置完了。指示を請う」

アベルの右脇にあるTBS（超短波トランシーバー）が冷やかな声を伝えた。

駆潜艇の艇長達も俺を信じていない……。それが一人よがりな劣等感でしかないことにアベルは気づいていなかった。

「オスターハウスよりPC五八一、SC七七三、SC七七六。敵潜水艦は本艦を基準の方位〇八五、距離七〇〇メートルの海中に潜んでいる。深度は現在三〇メートル付近。アクティブ・ソナーで捜索せよ」

アベルはできるだけ冷静に命令を下した。まあ、ソナーで捕捉すれば彼等も敵潜の存在を信じざるを得ないだろう。捕捉したら速やかに攻撃に移る。いままでのように単艦攻撃ではないから深度の変更だけでは逃げ切れないだろう。アベルは密かにほくそ笑んだ。

同日
グアム島アプラ湾外
伊号第五八潜水艦

まさに教科書通りの奇襲だった。増速しながら頭上を通過するスクリュー音が生で聴こえた途端、一六発の爆雷が次々と炸裂した。耳を聾する爆発音と、鉄の鞭で叩かれたような衝撃が立て続けに伊五八を襲った。乗員は四つん這いになったまま、立ち上がることもできなかった。艦内の随所でビスの周囲に錆《さび》が噴出し、電灯が消えた。配電盤が管制盤室から闇の中で届いた報告も最悪だった。火災が発生したのである。配電盤がショートし可燃物に引火したのだった。

有毒ガスを含んだ煙は一気に通風隔壁弁を通過し、薄く艦内に充満した。乗員が激しく咳込む中で倉本は通風隔壁弁の速やかな閉鎖を怠ったことを悔いた。

火災は程なく鎮火したが、損害は大きく一次電源、二次電源、応急電源がすべてやられ、動力も止まっていた。艦内の空気が薄くなった。伊五八は糸の切れた凧のように平衡を失い、艦首を海底に向けたまま静かに落下を開始した。行き足のついたまま海底に突っ込めば大損傷は免れない。艦首には魚雷の発射管や聴音器など、重要設備がある。

「メイン・タンク、ブロー！」

倉本は意を決して下令した。

「浮上戦闘ですか、艦長？」

田村が不安げな目を向けた。伊五八の水上戦闘兵器は二五ミリ連装対空機銃一基しかない。

「いいからブローしろ。急げ！」

倉本は食い入るように深度計を見つつ、叫んだ。深度五五。いまは敵前に浮上する危険よりも直面する急場を脱するのが先決である。数秒の遅れが取り返しのつかない結果を招く。空気噴射の音が甲高く耳に届く。沈降惰力はやや鈍くなったが、降下は止まらない。

「一杯ブローせよ！」

倉本は無駄かと思いながらも叫ばずにはいられなかった。

「一杯です」

操気員が答える。深度計は容赦なく目盛りを刻む。六〇、六五……、六七。

と、その時、深度計の針が止まった。

いったん海中に静止した伊五八は、今度はおもむろに浮上を始めた。

「先任、注水だ。海中で静止しろ」

動力がない以上、艦の制御調整はタンクの注水だけになる。困難で根気のいる作業だった。

「一番補助五〇〇注水」

浮上の惰力はそれでも止まらなかった。

「一トン注水！」

「三トン注水！」

田村は矢継ぎ早に下令したが、いったん浮力のついた行き足は簡単には収まらない。

田村は暗闇の中で倉本を見詰めた。

「ベント開け！」

空気が出て、こちらの所在を暴露してしまうことはわかっている。しかし、敵の待ち構える海面に浮上するよりはましだと、倉本は決意した。

「沈下始めました」

報告が飛ぶ。

「メイン・タンク、チョイブロー。電源はまだか？」

電源が復旧するまでメイン・タンクの注排水を繰り返すしか方法はない。いまは操艦が精一杯で、敵の攻撃に対しては無防備である。このままではいけないと思いつつも、倉本にはもはや他に思いつく手立てはなかった。

三時間が経った。電力は応急照明以外まだ回復しない。この間、爆雷攻撃は四回。深度が安定せず、上昇と下降を繰り返すことが功を奏して、大きな損害には至らなかった。しかし、配電盤復旧の大きな妨げとなっていた。電気長の辻岡上等兵曹の報告では、爆雷攻撃が猛烈で修理した側から破損してしまうという。

永井は身動《じろ》ぎもせず、昇降塔の垂直ラッタルに腕を絡めながら倉本を目で追っていた。四度目の爆雷攻撃時に胸を打ち、苦悶の声を洩らした以外、彼は一言も発しなかった。

「メイン・タンク、チョイブロー」

空気は益々薄くなり、倉本の声も喘ぎ勝ちだった。

「ようそろ」

「気蓄器の残量は？」

倉本が尋ねる。呼吸を楽にするため、艦内に空気を入れたいのだが、空気の残量が気になったのだ。

「圧力計、一八キロ」

声にかぶって音がする。スクリュー音だ。

「くそ！　また来やがった」

誰かが罵る。

「違う。音が甲高い。駆潜艇だろう。敵の増援が来たんだ」

倉本の肩が心持ち落ちたように見えた。もはや空気はブロー一回分しか残っていない。駆逐艦一隻でも手に余るのに、さらに駆潜艇となれば脱出はますます難しくなる。

――いよいよ浮上決戦か……。

倉本は昏迷を抑え切れそうにない自分に狼狽していた。

誰かが背後から肩を叩いた。永井だった。

「艦長、貰うぞ」

指揮権を取ると言うことである。赤い応急灯の明りの下で、発令所内に小さなどよめきが走った。潜水艦は水上艦艇とは異なり、操艦指揮に特殊な技術と知識が求められる。階級の差だけでできる交替ではない。若い乗組員たちは永井の水雷戦における経験の有無を知らなかった。

「ベント開け。着底する」

永井は構わず下令した。

「しかし、空気残量はブロー一回分しかありません」

田村が素早く反論した。

「空気はある。心配するな。ベント開け」

永井は自信に満ちた声で言った。

「海底に衝突しないようゆっくりやれ」

倉本は永井の自信に疑問を抱きながらも、彼の命令を補足した。

タンクに海水が流入する音の中で敵艦艇のスクリュー音が高くなった。鐘を打ち鳴らすような敵探信儀の音が響き始める。

「音を立てるな」

永井の声も小さくなった。

「無音潜航」

命令は順送りに伝達され、配電盤の修理も中断した。スクリュー音が真上に迫る頃、伊五八は傾いた海底に艦体を横たえた。

「着底。深度八四」

「ベント閉鎖」

「閉鎖よし」

潜航科員の声を聞きながら、永井は頭上を見上げた。スクリュー音が甲高く響いている。

「爆雷戦防御」

思わず倉本が下令する。だが、何事もなくスクリュー音は遠ざかった。

時はそのまま永遠に続くかのように思われた。

「どうやら、見失ったようですな」

倉本は顎から滴り落ちる汗を手ぬぐいで拭いながら言った。

「まだ早い。それよりも各部の損傷を調べ、復旧を急げ」

永井はにこりともせず告げた。

「艦長。操気員と水雷科員で協力して、回天から酸素を気蓄器に転送してくれ。とりあえず一号艇と二号艇を使おう。一部は艦内に放出する」

　顔色を変えたのは倉本ではなかった。回天搭乗員の伴中尉と小森一飛曹である。伴は火のついたように叫んだ。

「少将。幾らなんでも回天の酸素を抜くとは何事ですか！　この危機を脱出するためと言うのなら我々を出してください。我々が活路を開いてみせます！」

「君らがあの駆逐艦や駆潜艇を片づけると言うのだな」

　永井は静かに問い返した。

「そうです。必ずや、仕留めてみせます！」

　小森一飛曹が顔を真っ赤にして答えた。

　永井は平静だった。

「うむ。その意気込みは良くわかる。しかしな中尉、一飛曹。現在、敵の勢力は不明である。位置もわからん。ここで君達を出せば、我々が無事に潜んでいることが露呈してしまう」

　二人を見ながら永井はゆっくりと続けた。

「艦長。この艦が受けている命令を教えてくれ」

「本艦の任務は七月二六日から八月五日まで、グアム・レイテ海上交通線を通過する重要艦船を撃沈せよというものです」

「ありがとう、艦長。さて諸君、我々を襲っている駆逐艦や駆潜艇は断るまでもなく命令のいう重要艦船ではない。仮に君らが撃沈したとしても、そのことで米軍が警戒し、肝心の重要艦船が航海予定を変更したらどうなる。もっと穿った言い方をすれば、君らが失敗したり、敵が三隻以上だったらどうだ。さらにアプラ湾からの増援があったらどうなる」

永井の烈々たる声音に伴や小森は勿論、発令所内には寂として声がなかった。

「私の考えは単純だ。この艦が受けた任務を遂行するためには、我々は手段を選んではならないということだ。たとえ、スクリューを手で廻しても命令の重要艦船を撃沈しなくてはならない。そしていま我々ができる最良の方法は死んだ振りである。そのためには酸素がいる。方法は二つ。魚雷から取るか、回天から取るか。魚雷は潜水艦の主要兵器で、航行中の艦船攻撃には、回天より有効である。したがって君らには不本意かもしれないが君らの艇の酸素を使用する」

口調は穏やかだが、言葉は厳しかった。

永井は小森に向かってもう一度口を開いた。

「私が乗っている限り、回天搭乗員でも伊五八乗組員でも、あたら無駄に命は捨てさせない。いいか小森君、帰ればまた来られる」

永井は、直立不動のまま頬を濡らす小森一飛曹をじっと見詰めた。

作業は慎重に進められた。純粋酸素は高性能爆薬に匹敵する破壊力を持ち、小さな火花でも引火する。ゆっくりと時間を掛け気蓄器に移し終わると、二基の回天は微かに残った酸素を利用し静かに海中に遺棄された。

同日
テニアン島沖
米重巡洋艦インディアナポリス

サンフランシスコのゴールデン・ゲート・ブリッジから西に約八、〇〇〇キロメートル。テニアン島は、西太平洋マリアナ諸島サイパンの南七・五キロに位置する小さな島である。

一九四四年七月二四日、この小島に米第四海兵師団一〇、〇〇〇名が突如上陸を開始した。二日後には、第二海兵師団一〇、〇〇〇名が増派され戦闘に参加。猛烈な攻勢をかけた。

一方この島を守備していたのは、一九四二年一〇月の南太平洋海戦（サンタクルーズ海戦）で日本軍を勝利に導いた海軍航空部隊のエキスパート、角田覚治中将とその指揮下の混成部隊九、〇〇〇名である。

戦いは熾烈を極めた。もともと角田が率いていたのは、航空機六八四機を擁する第一航空艦隊である。しかし、その大航空部隊も、マリアナ沖海戦の前哨戦ですべて失われ、島には建設中を含め四本の滑走路が空しく常夏の太陽に照らされているだけだった。マリアナ沖海戦の敗北と、続くサイパン島の陥落で、力を失いつつあった連合艦隊には現地司令部を救出する余力もなく、テニアンは味方にも見捨てられた形となった。

航空兵力を失った角田部隊の抵抗は凄惨で、八月一日には角田中将自決。日本軍の組織的抵抗は終了し、米軍は占領を宣言した。

それからほぼ一年。日本軍が建設、または建設途中だった滑走路四本は米軍の手で再整備され、二つのB29用飛行場が作られている。二、六〇〇メートルの滑走路六本に、網の目のような誘導路を持つ、当時世界最大の空軍出撃基地で、日本本土空襲の一大拠点でもあった。

一方、テニアン島には港が一つしかない。しかも、その規模は小さく水深は浅い。

マックベイは海が穏やかなことと、補給の予定もないことから接岸せず、沖合一、〇〇〇メートルにインディアナポリスの錨《アンカー》を落とした。

ブリッジのウイングから眺める早朝のテニアンは、海面を反射する光に輝く黄土色の土埃に覆われた平らな島だった。

味気ない島だ。そして暑い。マックベイは独りごちた。

アンカー投入を合図に、港から様々な舟艇がインディアナポリス目指して群がって来る。この優雅な重巡洋艦は舷梯を降ろし、これらの来客を待った。すでに後甲板では、第四分隊がデベルナルジ一等兵曹の指揮で、例の大きな貨物を航空機吊り上げ用クレーンで持ち上げる作業を始めていた。サンフランシスコ出港時に後甲板にネットに包まれ固縛された三つの大きな貨物のうち二つが、結束ワイヤーを外されクレーンに吊り上げられると、接舷した艀にゆっくりと慎重に降ろされた。

マックベイは、ウイングからこれらの風景にじっと目をこらした。非直の乗組員の多くも、後甲板の作業に注目していた。

当直水兵が声をかけた。

「艦長。パーネル海軍少将、ルメイ陸軍中将、グローブス陸軍少将がお見えです」

水兵は滑稽なほど緊張していた。

「ご苦労、艦長」

ウイングに出て声をかけてきたのはパーネル海軍少将だった。サンフランシスコで会った時より肌がピンク色に焼け、痛々しく見える。背後から顔を出したグローブス陸軍少将はやや浮かぬ顔だった。

――舷門まで迎えに行かなかったことが気に障ったかな……。

マックベイは少し気に病んだが、あえて気にしない振りをした。

「それが私の任務ですから」

マックベイの言葉に応えるように、パーネル海軍少将が進み出た。

「マックベイ艦長。我々は二つの本体と二つのシリンダーを受取りに来た。ファーマン少佐とノーラン大尉もここで上陸することになる。二人はどこにいる?」

「後任参謀室でシリンダー搬出の準備を行っているはずです。ご案内しましょう」

いったん三人は艦橋に戻ると、マックベイの案内で艦内を歩き始めた。


一人の提督と二人の将軍の訪問は極めて短かった。三人は後甲板の二つの貨物が降ろされ艀に乗せられるのを確かめ、続いて二つのシリンダーがクレーンで運搬船に移されるのを見届けると、二人の輸送監督官を伴って連絡用のランチに移乗した。いずれも言葉少なでマックベイにも積極的に声をかけようとはしなかった。舷門を渡るパーネル少将にマックベイは質問した。

「これからは輸送監督官はなしですか?」

「そうだ。問題はないはずだ。レイテでは現地に専門家が待機している。輸送は今まで通りやって貰えればいい」

パーネルは、言葉を残して舷梯を降りていった。


逃げるようにそそくさと退艦する軍幹部を眺めながら、マックベイは腑に落ちない何かを感じていた。彼は艦長室には向かわずブリッジに戻った。海図台のチャートを虚ろに眺め、疑問点を整理しようと努めてみた。具体的な何かはない。サンフランシスコで会ったときに比べ、提督や将軍の態度がよそよそしいと言っても、別段不思議ではない。

提督や将軍はもともと尊大でよそよそしいものだ。ましてあの一発で大都市を破壊する威力を持つ危険極まりない貨物を受け取るのである。それも二発だ……。

「艦長。無電です」

纏まりかかった疑問点が、一瞬にして靄の中に消えていった。副長のフリンが電報綴りの紙挟みを差し出している。

「どこからだ？」

小さく聞いて、マックベイはそれを受け取った。

「発信はグアムの太平洋艦隊司令部で、発信人は、ワシントンの海軍作戦部長キング提督です」

「キング……？」

マックベイは狐のような彼の面差しを思い浮かべながら、通信内容を読み始めた。

「グアムへ寄港の上、レイテに行き訓練を受けよ。訓練が終了し次第、第九五機動部隊指揮官、ジェス・B・オルデンドルフ中将の指揮下に入れ……。一体何なのだ、これは？」

マックベイの脳裡についさっき浮かんだばかりの形にならない疑問がもう一度膨れ上がった。通常、太平洋艦隊所属の艦艇は、すべて太平洋艦隊司令長官ニミッツ大将の命令を受けることになっている。それがキング作戦部長とは。しかも第九五機動部隊はマッカーサーの指揮下ではないか。

「命令を再確認しましょう。きっと何かの間違いです」

フリンはそう言って踵を返した。

「待て！」

マックベイはフリンを呼び止めた。

「命令の再送信には早くて半日、遅ければ二日はかかる。グアムまでは八五ないし八六海里。一二ノットでも七時間ほどだ。夜には出港できるように準備してくれ。ここで命令を待つよりは、グアムの司令部で問い質した方が早い。」

「アイ、アイ、サー」

と、答えたフリンの言葉にも、何かを許しがる響きがあった。

七月二七日（金曜日）
グアム島西方一五海里
伊号第五八潜水艦

「お見事でした」

倉本は艦長室に入るなり背後から永井に感嘆の言葉を述べた。

あれから伊五八はひたすら損害の復旧に努め、密かに敵の動向を探った。着底から四時間ほどは敵も探信儀による活発な捜索を展開していた。回復した電力により使用可能になった聴音の報告では、敵の勢力は駆逐艦一隻、駆潜艇三隻。永井の読み通り、浮上決戦でも、回天戦でもどうにもならない状況だった。伊五八が音を立てぬため、敵の焦りは高まり、威嚇の爆雷攻撃まで行った。それを黙殺し、敵艦艇がアプラ湾に引き上げてもなお、伊五八はひたすら忍んだ。永井は発令所で仁王立ちのまま待ち続けた。倉本は永井の忍耐力に舌を巻かざるを得なかった。敵の動きが絶えて五時間目、永井はようやく西への移動を下令した。速度二ノットでの忍び足の脱出だった。

先に艦長室に入った永井は、軍帽を脱ぐと胡麻塩頭を手ぬぐいで拭きながら木製の回転椅子に腰を下ろした。

「潜水艦が初めてとはとても思えませんでした」

倉本は言葉を継いだ。

「初めてではない」

永井は言った。

「えっ……」

倉本の驚いた声に振り返って永井は呟くように言った。

「潜水艦には痛い目にばかり会わされてきたからな」

倉本は思わず表情を崩した。が永井は小さなデスクに肘を突き、にこりともしない。

「いかがでしょう。今後呉に帰投するまで作戦指揮をお願いできませんか？」

本心だった。永井がいなければ、倉本は浮上決戦を行っていただろう、回天も出していただろう。そして伊五八は撃沈され、作戦が失敗していたことは火を見るよりも明らかである。重要任務を前に倉本は自分の面子は捨てるべきだと考えた。

「駄目だな、それは」

永井は簡単に答えた。

「なぜですか？」

倉本は顔色を変えた。

「簡単なことだ。さっきも言ったように私は潜水艦は初めてではない。だが、それは潜水艦に痛い目にあわされたという経験だけである。君の言う通り私は潜水艦を知らない。潜水艦はその特性も技術的な問題も水上艦艇とは大きく異なる。私にはその知識がないのだよ」

永井は優しく言った。

「しかし技術と作戦は別です。技術は我々伊五八乗組員が補佐します。閣下の作戦は到底私の及ぶ所ではありません。お願いします」

倉本はしつこく食い下がった。永井は憂いを浮かべると、教え諭すように言葉を足した。

「いいか倉本君。仮に作戦指揮を私が執ったとしよう。そして幸運にも作戦が成功し呉に帰投したとする。その後、君が艦長として、再びこの艦を指揮する。当然危機に直面するだろう。その時乗員はどう思う？」

「不安に思います」

「君は新米艦長に逆戻りすることになる……。それが怖い」

永井の言葉に倉本は唇を嚙んだ。

沈黙が艦長室を満たしていた。永井が温和な微笑みとともに再び口を開いたのは、ややあってからのことだった。

「わかった。ではこうしよう倉本君。戦闘中は適時補佐しよう。ただし君は艦長として、技術的に私を補佐してくれなくては困るよ」

「ありがとうございます、提督」

倉本が喜悦を満面に浮かべて答えた時、入り口のカーテンの向こうから中津航海長の声がした。

「艦長、もうすぐ二二〇〇時です」

伊五八は潜航状態のまま、潜舵の利きがかろうじて保たれる最微速の二ノットを維持し、グアム西方海域を遊弋《ゆうよく》していた。艦内では照明をはじめ様々な装置が、電力消費を抑えるために止められていた。扇風機も止められているので、空気の循環は悪く、気温は上昇し、じっとしていても汗ばんでくる。それでも一八時間の連続潜航で、バッテリーは上がりかかっている。

　赤色の非常灯だけが点された発令所に永井を伴って入った倉本は、当直士官の黒木中尉から報告を聞いた。黒木の当直中、新たな聴音器による探知目標はないという。

「深度一九。潜望鏡深度へ」

　倉本はそう下令すると永井に向かって説明した。

「潜望鏡で海上を確認した後、浮上します。危険がないと判断したら、士官全員を集合させ、提督の事を伝えましょう」

　艦は、艦首を上に七度ほど傾斜した。耐圧隔壁が、海中からの圧力の減少にゆっくりと膨脹し、鈍く軋む。

「総員、浮上用意！　戦闘配置に付け！　二直哨兵待機せよ！」

　倉本の命令は速やかに伝達された。その一〇分後、伊五八は静かなグアム西方の海上に黒い艦体を現した。

　探知されることを恐れ電探は使用しなかったが、有視界による見張りも、逆探による敵電探の捜索でもこれといった発見はなく、とりあえずの危険はないようだった。

　海面はこうこうと月光に照らされ、艦体には薄ぼんやりと青白い燐光を放つ夜光虫が群がっていたが、倉本はなぜかその光景に震えるような緊張を覚えた。

同日
グアム島アプラ湾
米重巡洋艦インディアナポリス

雲一つない快晴だった。

インディアナポリスは夜間のうちにマリアナ諸島を島づたいに南下して、早朝にはアプラ湾に入港した。

「ここ数日、一滴も雨がないんです」

と、司令部専用車のジープを運転している三等兵曹がマックベイにぼやいた。入港するとすぐ、マックベイはフリンに、燃料、弾薬、食料の積み込みを指示し、一人、太平洋艦隊司令部を訪ねるため、ジープに乗ったのだった。ジープはうっすら埃の舞う未舗装道路をうねりながら、港の背後に横たわる小さな丘を登った。マックベイとインディアナポリスは、一年前のグアム島奪回作戦にも参加し、この島に来ている。あの時から比べると港は整備され、基地にはカマボコ型の兵舎や施設が建ち並び、凄惨だった上陸作戦を思い起こさせるものは何一つ残っていない。

「着きました。司令部です」

と、三等兵曹の声に促されて、マックベイは、司令部棟の参謀副長兼作戦参謀のジェームス・B・カーター代将の部屋を探した。彼は空路、インディアナポリスに先行してハワイからここグアムに到着しているはずである。

事実、二一日の夕方には、カーター代将はグアムの飛行場に降り立っていた。そしてこの五日間、山積した仕事を片づけるために、この司令部棟を一歩も出ていなかった。

「CA三五、インディアナポリス、本日着到致しました」

と、マックベイが申告した時も、カーター代将は日本占領計画の修正案に熱心に目を通していた。

「ご苦労だったな、マックベイ君」

カーター代将はにこやかに立ち上がると、執務机を迂回して、入り口までマックベイを出迎えた。

「さあ、座り給えマックベイ。航海はどうだった？」

マックベイは、背中を押されて応接セットのソファーに座った。

「まあまあでした。これといった問題もありませんでしたし、いつになく海が穏やかでした」

カーター代将も向かいの椅子に座って言った。

「それは良かった。ところで何かな？　無電があったが……」

「これです」

マックベイは昨日受け取った命令の受信綴りをカーター代将に渡した。カーター代将は一読するとそれをマックベイに返した。一瞬、カーターの表情が変わったのをマックベイは見逃さなかった。

「君も知っての通り、訓練のことは以前はここの司令部でやっていたが、今では、レイテに任せている。この命令の内容は私ではわからんな」

と、カーターは言った。

マックベイは質問を変えた。

「わかりました。では、一つ教えてください。私は三カ月も戦場を離れていたので、最近の軍の情勢がさっぱりわかりません。どこへ行って尋ねたらいいでしょう？」

カーター代将は話題が変わったことを歓迎したようだった。彼はにこやかに答えた。

「航路のことは運航司令部の航路担当士官がやっている。そっちで聞くといい。私個人としては、君が例の貨物を無事に届けて、レイテで再訓練を済ませ、第五艦隊司令部が早く君の艦に乗れるよう準備をしてくれることを望むよ」

「ありがとうございます。では、燃料、弾薬、食料の積み込みが終わり次第レイテに向かいます」

マックベイは心中舌打ちしながらも、丁重に敬礼をして部屋を出た。

インディアナポリスでは、フリン副長が先任将校のスタントン中佐と手分けをして、作業に汗を流していた。

「送油管の接続が終わった。燃料の積み込みが始まるよ」

ブリッジに上がったスタントンは、左舷のウイングの張り出しまで来て軍帽を脱ぐと手の甲で汗を拭きながら言った。

「ありがとう。こちらも食料の手配は終わった。もう間もなくトラックで運んで来る。燃料積み込みを行っている第二分隊以外の船匠分隊が総出で積み込むことになっている。弾薬の方は進んでいるかな?」

「弾薬庫は港から遠いですからね。戻ってくるのにまだかかるでしょう。親父は何時頃帰って来るんですか?」

スタントンは帽子を被り直して尋ねた。フリンは脱いだ帽子で風を送りながら答えた。

「夜になると言っていた。何時かはわからんがな」

スタントンはほっとしたといわんばかりに大げさに肩を落として見せた。

「よかった。ちんたらやっても、どやされないで済む」

「そうもいかんぞ。積載品が多い。ゆっくりやっていては埒が明かない。艦内が散らかっていることで、親父はおかんむりだからな。そこに積み荷が山積みになったら恐ろしいことになる。早いところやってしまおう。燃料積載が終わったら、第二分隊を弾薬運搬のほうに回してくれ」

「きっと第二分隊の連中は、ぶうぶう言いますよ」

スタントンの言葉に、フリンはにやりと笑った。

　午後、マックベイ艦長は車で丘を下り、港に面した運航司令部に赴いた。中部太平洋に散開する多数の艦艇、並びに船団の往来を統括する運航司令部は、数百名からの大所帯となっていた。

「グアム・レイテ間の運航を担当するワルドロン大尉です。こちらは部下のノースオーバー大尉とレンス少尉です」

　三人の将校が威儀を正して挨拶した。大きな運航司令部の小さな会議室は冷房が利かず、全員の額に汗が浮かんでいる。

「お暑いでしょう。できるだけ手短かに済ませます。さっそくですが出港はいつにされますか？　速力はどれくらいをお望みですか？」

　ノースオーバー大尉がマックベイに尋ねた。

「いや、そんな事を聞かれても困るな。我々は、もう三カ月も戦場を離れているので、この辺の情況はよくわからんのだ。一六ノットのスピード制限はまだあるのかね？」

　当時、米太平洋艦隊は戦時急造の艦艇によって膨大な数に膨れ上がり、燃料消費だけでも気が遠くなる量だった。多少なりと節約するため特に緊急の場合を除いて、どんな艦も一六ノット以上出してはならぬ定まりになっていた。

「もしないのなら、できるだけ早くレイテに向かい、任務を終わらせたい。そうすれば早く訓練に入れるからな」

レンス少尉が気の毒そうに答えた。

「すみません大佐。一六ノットのスピード制限は現在も実施中です」

マックベイは極秘任務の件をよほど口にしようかと思ったが喉元で止めた。インディアナポリスの任務は、彼等には単に貨物の運搬としか知らされていないし、極秘事項を口にすることは仮にそれがほんの断片であっても慎まなければならない。

「すると、最短時間で行くにはどうすればいいかな？」

今度は、ノースオーバー大尉が答えた。

「ペティ航路をお取りになることを勧めます。航走距離一一七一マイルです。明日九時に出港されれば一五・七ノットで火曜日の一一時にはレイテ湾に到着します」

「敵情はどうか」

マックベイは最も気になることを尋ねた。

ワルドロン大尉が、持参した書類をマックベイに渡した。

「この数カ月、敵の目立った動きはありません。ただ、御覧の通り、三ページ目に記されていますが、七月二二日と二五日、二六日に、敵潜水艦に関する報告があります。二五日は油槽船による潜望鏡発見の報告です。二六日は駆逐艦の報告です」

「気になるな」

マックベイは不機嫌そうに言った。

「なにせわれわれは単独行動だからな」

ワルドロン大尉は机の上の電話を取り、ダイヤルを廻しながら言った。

「ちょっと待ってください。護衛の駆逐艦がないかマリアナ戦域司令部に問い合わせてみましょう」

しかし、結果は散々だった。電話に出たのはマリアナ戦域指揮官ジョージ・D・ムレイ中将で、返って来た答えは「護衛はいらん」の一言だった。それでも食い下がったワルドロン大尉にムレイは怒りを露わにして怒鳴った。

「君は手すきの護衛艦などないことを、よく承知しているはずではないか！」

向かい側にすわっているマックベイにもその声は聞こえた。電話を切り肩を竦めるワルドロン大尉にマックベイは慰めるように言った。

「すまんな。お偉方は気紛れなものだよ。気にするな。こっちは単独でなんとかやってみるよ」

マックベイは書類を手に席を立った。いつもは慎重でできるだけ護衛艦をつけるようにうるさく言うマリアナ戦域指揮官が、今日に限ってどうしたのかと、ワルドロン大尉は訝しく思った。

やはり何かある……。運航司令部を後にしたマックベイもまたつい前日から抱き始めた小さなトゲのような疑問がしだいに大きくふくらんでくるのを感じていた。

しかし、マックベイは気に病むことをやめた。

「生き残ってやる！」

マックベイは夕闇が迫る空を仰いで呟いた。

翌朝、七月二八日土曜日、午前九時一〇分、インディアナポリスは錨を上げた。マックベイはブリッジの艦長席に座ると、レイテまで断じてこの場を動かない決意をした。

第三章　会敵

七月二八日（土曜日）一〇一五時
グアム島西南西方一五海里
伊号第五八潜水艦

この海域に着いて三日目。これまでのところ、敵の動きはまったく見られない。前日と同じように、伊五八は夜間浮上し補気と充電を行い、夜明けと共に潜航、潜望鏡深度で遊弋していた。可能な限り電力を温存するため、照明も最小限に抑えられ、電気釜も使用禁止となった。食事は薄暗い中で乾パンを齧る。また、酸素を節約するため換気は制限され、圧搾空気を必要とする便所は水を流すことが禁じられた。円筒形の艦内は蒸し暑く、汗の臭いと重油の臭い、アンモニアの臭いが交じりあっていた。

永井は発令所の中で潜航状態を示す様々な計器をチェックしながら、昨日未明、倉本艦長が士官全員に、永井が戦闘指揮に加わることを伝えた時のことを思い出していた。

「私は永井少将に指揮を補佐していただくようお願いした。細かな操艦指揮、艦の運営は私が執るが、作戦実施にあたり、戦術決定は少将と私が行うことになる」

倉本は言った。

「質問があります」

と、口を開いたのは田村大尉だった。田村は明らかに不満げだった。

「潜水艦戦について、少将はご経験が乏しいと聞き及んでいます……」

「田村大尉！　無礼だぞ！」

すかさず倉本が割って入ったが、永井は微笑みながら倉本に言った。

「いや、構わん。潜水艦では上下の関係が打ち解けていると聞いている。それにここは戦闘海域で、我々は作戦行動中だ。できるだけ不安や疑問は解消しておきたい」

「わかりました」

と、答えてから倉本は皆の顔を見渡して言った。

「そこを補佐するのが我々の役目だ。私も潜水艦の特性、水上艦艇と異なる点はその都度細かく訂正するし、君達にもそうしてもらわなくては困る。この潜水艦には司令部設備はないが、司令が座乗していると考えればいい」

次の質問者は中津大尉だった。

「少将が指揮を執られるにあたって、作戦実施等に何か新たな方針はありますか？」

倉本が永井を見た。中津はがちがちの国粋主義者だと倉本が言っていたことを思い出して永井は慎重に答えた。

「戦って勝つこと。それだけだよ」

永井の返答が余りにも摑み所がなかったせいか、それ以上の質問は出なかった。


「聴音より発令所！　目標を探知！　方位〇九八。距離、進路、速力とも不明。感五」

永井の想念を中断する水測員の報告がスピーカーを通じて伝わった。

士官室で休んでいた倉本も弾かれたように発令所に飛んで来た。

「戦闘配置！　総員戦闘配置！」

当直士官の中津の声が響く。

永井は自らの背に士官たちの視線が痛いほど突き刺さるのを感じた。構わず永井は倉本に質問した。

「敵艦はまだかなり遠いようだな？」

倉本は軍衣の前を止めながら答えた。

「感五ということはそのようです」

「南に向かおう。敵に近づけるはずだ。速力を四ノットに上げて一〇分間移動する」

永井の命令に倉本は驚いたように言った。

「ちょっと待って下さい。もし敵が真西か北西に移動していたら敵から離れてしまいます。それに五の感度で速力を上げますと、聴音が難しくなります」

永井はにやりと笑った。

「命令では、レイテに向かう艦船を撃沈せよと言うことだったな？　もし真西か北西に移動する艦船ならば、我々が命令を受けた相手ではない。目標なら西南西に針路を取るはずだ。余裕があれば他の艦船も攻撃するが、そのために目標を見失ってはならない。もし目標ならば、できるだけ早く接近し、射点に到達しなくては後落する恐れがある。したがって、測敵のための針路は一八〇だ」

なるほどと、倉本は納得した。これが一介の船団司令だった人の判断だろうか。老練な狐のようだ。船団に何があったのだと、倉本は思った。

「取り舵一杯！　新針路一八〇。速力四ノット！」

増速によって起きるモーターの振動と、急速な転舵による傾斜で、発令所に緊張が走った。

「目標、見失いました」

水測員が報告した。

永井も倉本も同時に同じことを思った。
――一〇分後には結果が出る。

同日一〇二〇時
グアム島西南西方一四海里
米重巡洋艦インディアナポリス

左舷にオロテ岬を見ながらアプラ湾を出ると、マックベイは直ちに第二哨戒配備を命じた。戦闘配備でも構わないが、レイテまでは三日。不眠不休ではとても水兵の集中力がもたない。第二哨戒配備ならば通常業務の整備や補修は行えないし、満足な食事というわけにはいかないが、最低限の休息と食事、排便が行え、かつ緊張感を維持することができる。

それでも、先任将校である水雷長のスタントン中佐からは抗議が出た。レイテ着後、すぐ訓練に入るのに、これでは到着までに水兵が疲れ切ってしまうというのだ。彼はたぶん抗議を文書にして提出するだろう。

マックベイが続いて出した命令は艦載機の発進だった。インディアナポリスは、三機の水上観測機を搭載している。巡洋艦は、大戦前まではいわゆる艦隊決戦思想に組み込まれていた。軍艦が大砲を撃ち合う戦いを想定していたのである。そして巡洋艦の艦載機は着弾の状況を上空から観測し、味方の照準の修正を行うためにあった。だが、軍用機とレーダーの発達によってそうした戦い方はとうに廃れた。代わって登場したのが巡洋艦艦載機からの潜水艦攻撃である。

もともとインディアナポリスに搭載された水上観測機は、『ボート　OS2U　キングフィッシャー』と呼ばれ、一四七キロ爆雷を二発搭載できた。マックベイはメーア・アイランド工廠にドック入りした時、対潜装備を強化せよとの命令を受け、このOS2Uに『MAD』(磁気探知システム)を追加搭載させた。『MAD』があれば左右二〇〇メートルの幅で、潜航中の潜水艦を探知することができる。また、航空機はレーダーの電波到達範囲外を哨戒飛行することができ、前路索敵に最適だとマックベイは考えた。テストの結果では、『MAD』の追加搭載で重量が増加した分、航続時間が若干短くなったが、それでも六時間の飛行が可能だった。マックベイは昼間の一八時間、三機を交替で飛行させ、前路索敵を実施させることにした。

航行にあたってもマックベイは詳細な指示を与えた。基準針路を二六二度に設定しジグザグ航行を実施した。ボイラーは前部缶室の一番二番、後部缶室の七番八番ボイラーだけを使用し半分を休ませた。機関音はだいぶ小さくなり音響探知はそれで多少なりとも防げるはずだ。スクリューの回転数も外側寄りの二軸を毎分一六七回転、内側寄りの二軸を毎分一五七回転に設定した。これで平均一六二回転となり、一五・七ノットを出すことができる。それに、こうすると敵潜水艦のパッシブ・ソナーははっきりとした回転数を把めず、速力の判定が困難になる。

「艦長。よろしいですか？」

と、ブリッジを訪れたフリン中佐が声をかけた。艦載機の発進や第二哨戒配備の実施で混乱していた艦内がようやく落ち着いたのを見計らってのことだった。

「一体何事です？」

マックベイは眼にあてていた双眼鏡を下ろして振り返った。

「何がかね？」

「この騒ぎです。まるで戦闘に向かうみたいですが……」

マックベイは笑って答えた。

「『軍艦は出港したら日々戦場にあると思え』とは、アナポリス海軍兵学校の教官の口癖ではなかったか？」

フリンはマックベイが何か問題を抱え込んでいることを確信した。マックベイはトラブルに巻き込まれると周りの者に無用の気遣いをさせまいとあたりを煙に巻く癖がある。フリンの視線がマックベイに突き刺さる。マックベイの眼からも笑いが消えた。

「まだ指揮官としては半人前だな、俺も……。いいだろう。海図室に来い」

マックベイは先に立ってブリッジの後ろにある海図室に入った。人払いをするとおもむろにフリンに向き直って言った。

「この三日のうちに、必ず敵の来襲がある。必ずだ」

フリンは一瞬呆然としたが、慌てずに口を開いた。

「しかし……。もはや日本軍にはこの海域で作戦行動を取れる余裕はないはずですが？」

「航空機や、水上艦艇ではな」

「潜水艦……？」

「そうだ。多分潜水艦だろう」

マックベイは確信を持って言った。フリンはひどく驚いた様子で質問した。

「しかしなぜそう思うんですか？ また、そう思うのだったら、護衛の駆逐艦を要請したらいいではありませんか？」

「断られた」

「えっ……」

フリンの顔色が変わるのが良くわかった。

「断られたんだ。ムレイ中将にな。この航海が始まってから、どうも司令部の様子がおかしい。何か腫れ物に触るような様子だ。最初はあの貨物のせいだと思った。だが、キングの命令が気にかかる。まるで日本軍を呼び寄せようとでもするかのようだ。たぶん俺の思い過ごしだと思うのだが、用心に越したことはない」

フリンは親指の爪を噛んで考えた。そして尋ねた。

「しかし、アメリカ海軍がよりによって日本軍と手を結ぶなんてとても考えられません。理由はなんだと思うのですか？」

「あの貨物だ」

マックベイは吐き捨てるように言った。

「何ですか、あれは」

マックベイは一瞬躊躇した。だが、ここまで来たら話さないわけにはいかない。

「一発で都市を一つ吹っ飛ばすことができる新型爆弾だ」

「そんな物があるんですか？」

「ある。もうテスト済みだ」

「それがなぜ？」

「マッカーサーに届けるのが我々の任務だ。だが、上層部が彼に渡したくないとしたらどうだ？」

「だったら最初から運ばなければ」

「マッカーサーが自ら要求していた。彼の傍若無人さは、君も良く知っているだろう？運んでいる最中に沈んだら、彼も文句は言えん」

「それでもわれわれを日本軍に売るということが納得できません。いったいどうやって」

「故意による情報の漏洩があったとしたらどうだ。わざと漏らしたとしたら」

口を開けたきり声が出なくなったフリンを見詰めながら、マックベイはもう一度繰り返した。

「たぶん思い過ごしだとは思う。いくら俺がキング作戦部長に嫌われているからと言って、正直そこまでされるとは思えない。ただ、万一を考えて、対策だけは講じておきたいんだ。わかるかね？」

スピーカーが慌ただしく叫び声を上げたのはその時だった。

「艦長、ＣＩＣへ！　艦長、ＣＩＣへ！」

二人は瞬間顔を見合わせた。コンバット・インフォメーション・センターに呼ばれるということは、少なくとも未確認の何かを発見したということだ。不安を押し隠してＣＩＣに駆け込むと、待っていたスタントンが最悪の報告をもたらした。

「艦長。艦載のＯＳ２Ｕ一番機が潜航中の潜水艦を前路で発見。現在追尾中です。どうしますか？」

マックベイは色を失った。まさか今言ったことがもう現実になろうとは。

「どうしますかだと？　戦闘配備に決まっているだろう！　対潜戦闘配備！」

「しかし、敵味方確認がまだですが」

スタントンが反問する。

「ふざけるな！　こんな海域で味方の潜水艦が潜航しているわけがない。フリン、ブリッジで操艦指揮を執ってくれ！」

けたたましいベルが鳴り、スピーカーがわめいた。

「対潜戦闘配備に付け！　繰り返す。対潜戦闘配備に付け！　コンディション・ワン！」

マックベイは艦内放送を聞きながら忙しく頭脳を回転させた。

――さてどうする。どう戦う。

対勢表示盤に近づいてマックベイは呟いた。

「まずは状況把握だ」

同日一〇二五時
グアム島西南西方一五海里
伊号第五八潜水艦

敵艦の方位が急速に変わり、聴音の報告だけでは正確な位置は掴めなくなっていた。田村や中津の表情には焦りの色が濃い。永井はそれを知ってか知らずか動かない。その永井の首筋にぽつんと滴があたった。見上げると、円筒形の内殻に溜まった湿気が、落ちてきたようだった。人いきれが水滴となったのだ。時計の秒針がゆっくりと動く。長い長い一〇分間が終わろうとしていた。

「減速！　速力二ノット」

倉本が小声で命じた。発令所の速度指示器《テレメーター》が廻され、ベルが小さく鳴ると、すぐに速力が落ちてきた。たちまち速度表示盤の針が二ノットで動かなくなった。モーターの唸りが徐々に消え、非常灯の明りで赤くほの暗い発令所に静寂が訪れた。

――射点を逃したくない。

倉本は堪え切れず、小声で永井に言った。

「潜望鏡を上げましょうか？」

耐圧内殻を見詰めたまま、永井は身動《じろ》ぎもしない。時計の秒針の音だけが響いている。海図台に取りついていた中津が目で倉本に訴えた。永井の目が中津に向けて鋭く光った。発令所を沈黙と畏怖が支配した。

「探知！　目標を探知！　方位〇九四、距離三、五〇〇」

古参水測員の浜田兵曹長が探信儀室から告げた。永井はすかさず自ら探信儀室に無電池電話で尋ねた。

「速力と針路は？」

「まだ不明です。敵艦はジグザグ航行をしていて、しかもスクリューの回転数を読ませないように変則運転しています。ただ、軸数は二軸以上。たぶん四軸です」

「大型艦だな……」

呟くと、永井は受話器を持ち直して聞いた。

「後続は？」

「ありません」

「頼むぞ。君の耳にかかっている」

永井が受話器を置いて発令所中央に戻ると、潜望鏡脇で倉本が耳打ちした。

「聴音器はさほど正確なものではありません。潜望鏡観測を行うべきでは？」

妥当な意見具申だった。しかし永井は、首を振った。

「攻撃直前でいい」

目の見える者が視界を失うことほど人間にとって恐ろしい事態はない。潜航中の潜水艦は、まさに盲目である。敵艦の針路、速度、艦種がわからなくては魚雷を発射するための諸元が揃わない。このような状況下では攻撃もできない。しかも水上艦艇のスピードは、潜水艦のそれを遥かに上回る。加えて潜水艦が魚雷攻撃を行うポジションは限られている。うかうかしていると射点を失い、水上艦艇から置いてけぼりをくってしまうのだ。艦長が潜望鏡で海上の様子を確認したくなるのは当然だった。

永井には、潜望鏡の使い方について、独特の理論があった。だが今は、説明の時ではない。

「摑めました」

再び、スピーカーから浜田の声が響いた。永井は無電池電話に飛びついた。

「速度は一六ノット。基準針路は二六〇から二六五の間。ほぼ二六二と思われます」

「現在の敵艦の位置は？」

永井はテキパキと尋ねた。

「方位〇九二、距離二、四五〇、基準針路二六二、敵速一六ノット！」

「観測を続けよ」

永井は海図台を振り返った。

「航海！　敵艦の三分後の位置に対する交差針路は？」

「一二二、距離五五〇！」

デバイダーと分度器で海図に敵艦の位置と針路を書き込み終わっていた中津が興奮気味に答えた。

「新針路一二二！　一番から四番、魚雷発射用意！」

命令が各科に伝達される僅かな間に、中津は永井に向かって言った。

「提督、回天の準備は？」

「いらん」

ぶっきら棒に答えると向き直って田村に言った。

「潜望鏡上げ！　田村君、発射管制盤はいいか？」

中津が不服げに倉本を見たが、倉本は目をそらし、発射管制盤の田村に素早く視線を走らせた。頷く田村に応えて下士官が潜望鏡を上げる。油圧を掛ける独特の音が発令所に響いた。

——いよいよだ……。

だれもがそう思った。

同日一〇二五時
グアム島西南西方一五海里
米重巡洋艦インディアナポリス

水上観測機OS2Uは移動する目標を捕捉するため、ゆっくりと旋回を繰り返していた。OS2Uから入る情報は作戦士官の手で整理され、対勢表示盤に示される。敵潜を示す黒点はスピードを上げ南に移動している。

ある程度移動したら速度を落とすだろう。マックベイはもう一度頭の中を整理しろと自分に言い聞かせた。並の潜水艦艦長だったら速度を落とした途端、魚雷発射に必要な諸元を出すために潜望鏡を上げる。老練で聡明な艦長なら、速度を落としてもすぐには潜望鏡は上げず、パッシブ・ソナーで観測して我々の動きを摑み、最適の攻撃位置に艦を持って行こうとするだろう。潜望鏡観測は最後の最後だ。前者ならさして恐くはないが後者なら潜望鏡を上げた次の瞬間がインディアナポリス最大の危機となる……。

「敵艦、減速します！」

近距離無線に付いて受話器を握っている兵学校出たてのホヤホヤの若い作戦士官が報告した。スタントンはブリッジに通じる電話に手をかけ、速度と針路の変更を待っている。

彼はもっと慎重になるべきだとマックベイは思った。ここで針路変更などしたらどうなるか。こちらが敵に気づいていることを暴露するようなものではないか。

そしてこのことは考課評定に響くだろうと考えながら近距離無線の受話器を若い作戦士官から受け取った。

「マザーカントリーCICより一番機。聞こえるか？」

OS2Uのパイロット、『ビッグマン』サイクス少尉がすぐに答えた。

「一番機『ビッグマン』。感度良好」

「敵潜水艦は必ず潜望鏡を上げる。それを目標に攻撃せよ。いいな。攻撃せよ。白い航跡を引くからすぐわかる。見逃すな」

「了解、CIC。潜望鏡を発見し、攻撃します」

身長が五フィート五インチ（一六六センチ）しかないために付いた渾名が『ビッグマ

ン』。サイクス少尉は気に入らなかったが、そのままコードネームとなっている。少尉は伝声管を取ると前席のパイロット、マロン中尉に命令を伝えた。

「ああ。聞こえた」

マロンの応答にサイクスは感情を込めて言った。

「残念ですよ。潜水艦のシルエットが海面から透けて見えるのに」

「しかたがない。積んである爆雷は二発しかないし浅深度調定だからな。親父は敵が潜望鏡深度になるのを確かめてから、確実に仕留めろと言いたいんだろう。ゆっくり旋回を続けよう。敵の動きを観察してくれサイクス」

マロンは操縦桿を左に倒し、再び旋回運動に入った。

同日一〇二六時
グアム島西南西方一五海里
伊号第五八潜水艦

油圧音は断続的に狭い発令所内に響き渡った。配置についた男達の額には玉のような汗が浮き出ては流れ、顎から滴り落ちている。潜望鏡がゆっくり上がってくると、永井は身を屈めた。ハンドルを開きアイピースに取りつき、潜望鏡の動きに合わせる。

倉本は黙って永井の反対側に立ち、レンズの開口角を対空視界にセットした。どんな時でも航空機に対する警戒を怠ってはならない……それが大東亜戦争三年七カ月の戦訓だった。永井も心得てか、横目でちらりと眼を走らせ、納得の表情を倉本に投げた。

潜望鏡はすぐに海上に露頂し、白い航跡を引き始めた。永井は潜望鏡の上部レンズから滴が流れ落ちるのをほんの二呼吸ほど待ってから、時計回りに動き始めた。背中に戦慄が走ったのは、その四分の三を廻った時である。

永井はアイピースから眼を離して叫んだ。

「急速潜航！　深度一〇〇！　前進強速！　急げ！」

途端、命令を伝える怒鳴り声が発令所を渦巻いた。

「全ベント開け！」

「潜舵下げ舵一杯！」

「前進強速！」

反応は早かった。潜航長の松岡上等兵曹は潜望鏡観測を始める以前からすでにベント・バルブに手を掛けていた。幾つもあるバルブを素早く開放操作する。汗止めの白鉢巻きをしめた潜横舵操舵員も一気に舵輪を回す。

「手空き総員、艦首へ！　急げ！」

怒号と靴音、そしてバルブや配管に人のぶつかる音が、狭い伊五八の円筒内に広がる。

しかし、水中で三、六八八トンもある伊号の浮力は大きい。すぐには艦が反応しない。珍しく永井がいらつきの色を見せた。

「倉本！　レンズを水平に！」

素早く操作して倉本が答える。

「ようそろ！」

潜望鏡の頭は徐々に波を被り始めた。その合間に、永井は黒く大きなシルエットを見つけた。

「方位！」

「〇九四！」

倉本が答えた。そのシルエットを眼に焼きつけてから、永井はハンドルを畳むと再び下令した。

「潜望鏡下げ！　潜航急げ！　各部対爆雷戦防御！」

潜望鏡の下がる甲高い油圧音と共に下士官が叫ぶ。

「各部隔壁閉鎖！　通風隔壁弁閉鎖！」

必死に艦の浮力をマイナスにしようと様々な操作を繰り返す兵員を視野に入れながら、倉本も叫ぶ。

「潜航急げ！　急げ！　急げ！」

それに答えるように潜航科員が深度の読み上げを始めた。

「深度二五……。三〇……。四〇」

同日一〇二七時
グアム島西南西方一五海里
米重巡洋艦インディアナポリス

「艦長。ジグザグ航行の第三ターンまであと一分です。どうします？」

副長のフリンがブリッジから無電池電話で尋ねてきた。

——さて……。

マックベイは対勢表示盤を見詰めながら、転舵すべきか否か判断がつきかねた。敵潜に艦首を向ければインディアナポリスは攻撃兵器となる。しかも目標としては最小になり、魚雷を喰らう危険性が減少する。

半面、ここでの敵潜と勝負に出ればレイテへの到着を大幅に遅らせることになる。この航海は時間がかかればかかるほど危険は増す。敵はこの潜水艦だけとは限らない。

——どうするマックベイ……。

彼は自問した。

——戦果が目的ではない……。無事にレイテに着けばいい。

軍人である以上、戦闘は本能である。状況が圧倒的に有利なだけにその気持ちは強かった。しかし、本艦の任務は例の貨物をレイテに無事届けることである。たとえ、上層部がどんな策略を考えていようと、命令は厳正である。それにマックベイはこの艦の艦長だった。一、一五〇名の乗員の生命を預かっている。

「変更なしだ、フリン。取り舵八九度」

マックベイが答えたのとほぼ同時に、無線コンソールの士官が振り返って叫んだ。

「艦長！　ＯＳ２Ｕからです」

明るいエメラルド・グリーンの海面に、短い白い航跡を引いて潜望鏡の頭が光ったのは機が失速寸前の低速のまま、ゆったりとした大回りの左旋回に入った途端だった。

——くそ！

マロンは歯嚙みして操縦桿を戻し、スロットルを全速に入れた。低速での旋回運動中に無理な運動を試みると失速しコントロールを失う。しかも今日は一四七キロ爆雷を二発搭載して、機体が重い。敵潜水艦はいま、ＯＳ２Ｕの尾翼の延長線上にいた。

マロン中尉は操縦桿を握りながら舌打ちした。

「サイクス。本艦に知らせたか？」

「いま、知らせました。本艦からの命令は攻撃許可です、中尉。自由戦闘です」

『ビッグマン』サイクスはそう答えると、後部座席の安全ベルトを外し、立ち上がって後方を振り返った。

「潜望鏡を下ろした。繰り返す、敵潜水艦は潜望鏡を下ろした。敵潜水艦は我々に気がついたようだ」

サイクスはシートに座り直すと、インディアナポリスとマロンに聞こえるように無線を操作した。無線からはすぐに不機嫌そうな声が返ってきた。

「マザーカントリーより『ビッグマン』。攻撃を続行せよ！」

艦長の声だ。

「了解」

と、サイクスが答えると、前席からマロンが言った。

「ボスはおかんむりだ。早いとこやっつけよう」

速度を増した機体は再び左に傾きながら高度を少しずつ落とし始めた。潜水艦の後方に回り込むまで機上の二人は自分たちの不運を呪った。しかし潜水艦のシルエットはまだ肉眼で捉えられている。完全な追尾態勢に入るのに七〇秒ほどもかかったろうか。

「さあいくぞ。信管をホットにしろ」

「了解。安全装置解除」

機体が伊五八のシルエットに覆い被さる。

「今だ、サイクス！」

「投下！」

叫ぶとサイクスは投下索を一杯に引いた。深度五〇メートルに調定された爆雷が二つ同時に機体を離れると、軽くなった二人の愛機はふわりと上昇した。マロンはそのまま右旋回し海面を見詰めた。

やがて静かな海面に真っ白な円が広がり、そこから巨大な海水の円柱が立ち上がった。爆風は衝撃波となってＯＳ２Ｕの風防《キャノピー》を震わせた。

同日一〇二八時
グアム島西南西方一五海里
伊号第五八潜水艦

発令所の兵員のすべての関心は、深度計とそれを読み上げる田村大尉に注がれていた。

「三八、三九、四〇……」

倉本が潜航長の松岡を振り返って尋ねた。

「ベントは？」

「すべて開放です」

松岡が素早く答える。

永井は田村に尋ねた。

「降下角は？」

「降下角七度！　深度五〇！」

艦内はすでに何かに摑まらないと足元が危なかった。急速潜航の潜航角としてはさほどではないが、潮流や潜航装置の無理な操作で艦は不安定に動揺している。

「速度は？」

「現在五・五ノット上昇中」

——もはやできることは何もない。

ただ待つのみだった。

倉本だけでなく永井にもそのことは理解できた。それにしても時間の流れが遅い。

「突発音！　艦首海面に、突発音！　爆雷が来ます！」

静寂を破るように、無電池電話が聴音室の水測員の声を伝えた。その言葉が終わらぬうちに永井は下令した。

「面舵一杯！」

「面舵一杯。ようそろ」

縦舵操舵員が復唱応答した時、艦首に巨大なハンマーを打ち下ろされたような衝撃が来た。音というよりも両耳を同時に平手打ちされたような感覚だった。艦首が下がるのと同時に艦尾が跳ね上がり左に傾斜した。乗員のほとんどが装備や装置に叩きつけられ、照明は消えた。

——やられた……。

と思った途端、永井の意識は遠のいた。それはどこか甘美で美しい世界にも感じられた。どれほどその世界に酔っていたのか。肩を摑まれ揺り起こされた。

「少将。永井少将」

声の主は倉本のようだった。薄目を開けてもぼんやりとしか顔は見えない。艦は大きく傾斜し、一人では起き上がれない。永井は小さな海図台に手を伸ばし、一方の手で帽子の飛んだ頭を押さえた。軽い頭痛がする。

「大丈夫ですか？」

倉本が覗き込むように言ったが、その表情は暗くてよくわからない。ただ、酷く艦が傾いている。艦首左舷を下に三〇度ほどか。発令所を見渡すと一〇人ほどの兵員がまだ床に転がっている。どうやらそれほど長く気を失っていたわけではなかったようだ。永井は白髪の交じる頭を押さえながら頷いた。

「大丈夫だ。他の者を助けてやってくれ」

倉本はそっと手を放すと手近の者を抱き起こしながら命令した。

「早く皆を持ち場に就かせろ。そして損害報告だ。非常灯を点けろ」

真っ先に届いたのは電気長の報告だった。

「配電盤ショート！　一次電源、二次電源とも損傷！」

続いて伝令員が報告した。

「前部兵員室、ハッチが損傷！　浸水しています」

「損害修理班、前部兵員室に急げ！　手動ポンプによる排水急げ！」

倉本が怒鳴った。

「潜航士官！　深度は？」

永井の声に、田村ははっとして深度計に懐中電灯の明りを当てた。

「深度一二五！……一三〇！　なおも沈降中！」

闇の中で発令所内の全員の顔色が変わるのが気配で察しられた。

動力がなくては艦のコントロールはできない。沈没・圧壊を防ぐのに、方法は一つしかない。

「ブローしますか？」

田村が訊いた。声が震えている。倉本は永井を見た。永井は倉本に問うた。

「倉本君。安全深度は何メートルだ？」

「一〇〇メートルです」

「ブローしますか？」

田村が割り込んだ。

「ブロー待て！」

永井がやや声を荒らげた。永井自身、これは初めての経験だった。気を静めて永井は聞いた。

「これまで、最高で何メートルまで潜航したことがある？」

「一六〇メートルです」

倉本は素早く答えた。しかし、永井はその答えを待たず考えていた。通常、潜水艦の安全深度は潜航可能深度の半分とされているはずである。先刻、倉本は安全深度を一〇〇と答えていた。

――二〇〇メートルまではいける。

「一三五」

田村の声が無情に響く中、金属の軋む音が断続的に始まった。耐圧内殻が、深深度の作り出す膨大な圧力に抗しているのである。不気味なその音は、死神の歯ぎしりを思わせた。

「動力はまだか？」

倉本の声は、開け放たれた防水扉を抜け、艦の後部に響いた。

「少し時間をください！」

電気長の辻岡上等兵曹の声が返って来た。同時に艦が大きく動揺し、前につんのめる形で左舷艦首方向に大きく傾斜した。誰の目にも、艦首兵員室の浸水で艦の沈降速度が増したことは明らかである。

「横舵、上げ舵五度！」

倉本が直ちに事態に応じ始めた。こうなると潜水艦操作に疎い永井は倉本にすべてを託すほかはない。

「操舵、面舵一杯！　田村、左舷艦首二番釣合タンク、チョイブロー！」

「横舵、ようそろ」

「縦舵、ようそろ」

「左舷艦首二番釣合タンク、チョイブロー、ようそろ」

懐中電灯の光が交錯する中で、たまさか当たる発令所員の顔色は青い。田村の復唱も震え勝ちだ。それも蒸気機関車が間近を通り過ぎるような釣合タンクへの空気噴射の音に掻き消された。その騒音の凄まじさに、永井は驚かされた。

「効果ありません！」

田村が悲痛な声で報告した。

「左舷艦首二番釣合タンク、ブロー！」

再び騒音が響く。しかし、伊五八の行き足は止まらない。艦の姿勢にも変化はない。

「効果ありません！」

今度は潜航科下士官が答えた。

「一六〇……。一六五」

「左右両舷一番から三番、釣合タンク、ブロー！　手動ポンプ、排水急げ！」

倉本が続けざまに命令を下す。

「一番から三番、釣合タンク、ブロー！　ようそろ」

前にもまして、大きな空気噴射の音が轟いた。ぐらりと艦体が揺らぎ、一瞬艦の沈下が止まったかのように思われた。錯覚だった。伊五八は艦首を持ち上げたのみで、今度は艦首を約八度上にして、左に傾斜したまま、沈下を続けている。ただ沈下の速度だけがやや鈍ったようだった。

「一七〇」

倉本は永井に顔を向けた。倉本の表情には万策尽きた諦めがあった。海図台に寄りかかる永井にゆっくりと歩み寄り、倉本が何かを言おうとした時、大きく金属の軋む音がした。同時に破裂音が響いて発令所の前方で海水が勢いよく吹き出した。

「浸水！　発令所で浸水！」

誰かの叫ぶ声が海水の吹き出し音に掻き消される。倉本が浸水箇所に駆け寄る。水兵たちが三、四人、海水の吹き出すパイプの繋ぎ目を押さえようと群がっている。放射状に吹き出す水は勢いが強く、押さえ切れる様子ではない。倉本が叫んだ。

「レンチを持って来い！　スパナもだ！　道具箱はどこだ！　早くしろ！」

水兵たちはそれぞれ何かを叫びながら右往左往した。懐中電灯の光が交錯し、道具箱を求める声で発令所は騒然とした。やがて艦首魚雷発射管室からも艦尾の機関室からも、浸水の報告が届いた。叫喚に似た空気はもはや艦全体を包んでいた。

その騒然とした空気の中に、永井はわずかながらまだ統制が残っていることを見て取っていた。永井は防水作業を看視している田村大尉のもとに歩み寄った。

「深度は？」

田村ははっとして深度計を振り返った。

「一八五。……すみません」

「よし！」

と、永井は場違いなほど大きな声を出した。

——今はそれが必要な時だ。とにかく皆はよく耐えている。それが今は何より大事な時なのだ。

永井はそう思った。私が意気消沈していてどうするか。再び破裂音がした。今度は永井の頭上だった。同時に暗闇でもはっきりわかるほど真っ黒な液体が永井と田村の顔に吹きかかった。

「くそっ。燃料だ。送油管損傷！　重油が噴出しています！」

「バルブを閉鎖しろ！」

倉本が永井に駆け寄った。

「お怪我はありませんか！」

永井は重油が入ったのか俯いて眼を押さえている。倉本はポケットから豆絞りの手ぬぐいを出して永井に渡した。

「倉本君、深度は？」

「一九五、尚も沈降中！」

「ありがとう」

と、眼を拭った手ぬぐいを返し、永井は尋ねた。

「配電盤は？」

「まだかかりそうです」

「よし。浮上しよう」

倉本は驚いて言った。

「しかし、敵が……。待ち構えているかも知れません」

永井は自信に満ちた声で答えた。

「その心配はないだろう？」

「なぜですか？」

「敵がいるなら爆雷攻撃を続行するはずだ。あとは運だな」

「わかりました」

倉本は発令所の全員に聞こえるように大声で下令した。

「浮上！　メイン・タンク、ブロー」

同日一〇四二時
グアム島西南西方一八海里
米重巡洋艦インディアナポリス

マックベイは壁の時計に目をやった。すでに一二分が経過している。

――いや、やっと一二分かな。

インディアナポリスにとってこの一二分は最も危険な一二分だった。この間インディアナポリスはジグザグ航行を中止し直進している。潜水艦との位置関係で言えば、側面をさらけ出した形である。敵潜が明らかに行動不能状態で、しかも上空で艦載機が監視していなければできない行動であった。今でも潜水艦の存在は不気味だが、敵はもはや射点として有効な位置に立っているとは言い難い。仮に魚雷を発射したとしても、回避は容易のはずだった。

「艦長」

先任のスタントンが声をかけた。

「艦尾の爆雷準備も完了し配置に就いています。ＯＳ２Ｕ二番機も爆雷を搭載し発艦準備を完了しています。攻撃可能です」

スタントンの言わんとするところは明白である。『攻撃は反復せよ』とはアナポリス海軍兵学校でも教えている戦場のＡＢＣだ。往々にして凡愚な指揮官は自らの損害を恐れる余り、敵に打撃を与えながら止めを刺さず、戦場を離脱してしまう。それがこれまでの実戦でどれだけ後々に大きな悔いを残してきたことか。スタントンが二次、三次の攻撃を進言したのはその意味で適切だった。

だが、この場合は違うと、マックベイは確信していた。今なすべきは戦闘ではない。無事レイテに到着することだ。

潜水艦は、いったん爆雷攻撃を受けると、そう簡単に、攻撃可能な潜望鏡深度まで浮上できない。海上の様子を知る手段はパッシブ・ソナーしかなく、それ自体完全なものとは言い難い。海水の音響伝達は均一ではなく、酷くムラの多いものなのだ。攻撃を受けた潜水艦が安全を確認するのには相当の時間がかかる。しかも現在の位置関係、すなわち敵潜がインディアナポリスの後方に位置することからして、有効な魚雷攻撃はまず不可能である。敵が攻撃するためには、いったん我々を追い越して、艦の横腹を狙える地点で待ち伏せるしかない。しかしあの奇襲攻撃の混乱の中で、我々の針路を正確に摑むのは至難の業だろう。なにせ我々はこの広い太平洋をジグザグ航行していたのである。

マックベイは通信機器のパイロットランプの赤い蛍点に見入りながら考えを纏めた。

「戦闘配備解除。第二哨戒配備に戻せ」

マックベイの命令は直ぐに復唱され、艦内にアナウンスされた。

「しかし艦長！」

スタントンが異を唱えかけた。

マックベイはそれを制した。

「OS2U一番機に連絡しろ。現地点より方位二六二の一五海里先で回収する。一時間後に合流せよ。回収まで前路索敵に専念せよだ」

スタントンは、

「アイ、アイ、キャプ」

と、答えると、敬礼をしてその場を去った。

フリンは戦闘配備が解除になった時、ブリッジにいて艦長席に座ったまま一五倍双眼鏡で前方海面を監視していた。

太陽は左舷上方に輝き、鋭く海面を照りつけている。身を乗り出すと吸い込まれそうな蒼い海面と、微風とうねりが作り出す白い波頭が眩しく光を反射し、ブリッジ内を耿々と照らしている。フリンは眩しさに堪え、監視を続けながらも、心は不安感に支配されていた。

沖縄戦以降、古参乗員の多くは転出を命じられ退艦した。代わって補充されたのはたった五週間の速成訓練しか受けていない新兵ばかりである。実戦を経験した者は無論なく、インディアナポリスでの慣熟訓練も充分とは言い難い。それよりも問題なのはこの五月のドイツの降伏による悪影響が乗員の間に出始めているということだった。乗員すべての関心は、もはや日本にいかに勝つかではなく、乗員たちの賭の対象になっているのはいつ日本が降伏するかだった。それもクリスマスまでかかるというのは、一二対一の大穴である。

——心が浮き立っている。この緊張感の薄さが凶と出ない保証はない。レイテでの訓練でそれがどこまで改善できるのか。

フリンはそんなことを思いながら従兵を呼んだ。

「コーヒーを頼む。ポットでな。カップは二つだ。一つは艦長の分だ。まもなくお出でになるだろう」

マックベイがブリッジへ上がって来たのは従兵が戻るより早かった。

「異常は？」

マックベイはいつものように尋ねた。フリンは艦長席を譲ると答えた。

「ありません」

「約一時間後に艦載機を収容する。それまではこのままの針路を維持しよう。収容したらジグザグ航行を再開する」

マックベイは艦長席に深く腰をかけ直すとおもむろに双眼鏡を手に取った。

同日一〇四三時
グアム島西南西方一五海里
伊号第五八潜水艦

浮上には思いの外、時間がかかった。釣合タンクが損傷し、外殻に浸水があるのだろうと倉本は思った。メイン・バラスト・タンクの排水調節しだいでは艦は簡単にバランスを崩し、横転してしまう。横転すれば常時開口している艦底のフラッド・ホールから圧搾空気が漏れて沈没する。バルブ操作には慎重な上にも慎重な操作が要求された。それでもほぼ浮上できるとわかったときの乗員の喜びようは一通りではなかった。

倉本は異常な緊張感にさいなまれながらバルブ操作員の作業を見詰めていた。

「二五」

田村が報告した。

「潜望鏡深度で静止できるか？」

倉本が尋ねた。しかし、田村は暗闇の中で向き直り、済まなさそうに答えた。

「無理です。動力がない上、浸水のためか、艦が安定しません……」

倉本は唇を噛んだ。それを見た永井がニッコリ笑って下令した。

「潜望鏡上げ！　対空戦闘準備！　戦闘要員待機せよ！」

とは言っても、水上戦闘用の武装は二五ミリ連装機銃が司令塔後方に一基あるだけである。大した戦力ではない。だが戦闘要員、弾薬運搬係に見張り員も含めると一〇名になる。艦橋要員はにわかに活気づき狭い発令所は身動きできないくらい混み合った。

「潜望鏡はまだか？」

永井は尋ねた。

「油圧モーターが使用不能です。いま手動で油圧をかけています」

部屋の隅で二人の水兵が小さな円筒形の手押しポンプを必死に操作している。自転車の空気入れのようだなと永井は思った。

「二〇メートル」

「潜望鏡上がります」

田村に続いて水兵が報告した。永井は潜望鏡に付くように倉本に合図した。

「対空警戒を厳にせよ」

「了解」

心得たとばかりに、倉本は素早く潜望鏡の上部レンズを上向きに変えてアイピースに眼を押しつけた。

潜望鏡が一回転し、倉本の身体がそれを追いかける。元の位置に戻ると倉本は倍率を変えてまた一回転する。さらに角度を水平に戻し潜望鏡をもう一回転させた。

発令所内の目は倉本と永井に集中していた。潜水艦が敵地で浮上するのは命と引き替えである。まして白昼、敵航空機と敵艦が待ち構えている海面である。安全なわけがない。

「潜望鏡下げ！」

倉本が今度は永井に向かって言った。

「いません」

「一〇メートル」

田村の報告が後を追った。

「そうだろうな……」

永井の満足げな呟きに倉本が怪訝そうな表情を見せた。

「五メートル」

「さあ浮上するぞ、艦長」

永井はにこやかに倉本の背中を叩いた。

「……四。……三。……二。……一。艦体浮上します。……浮上！」

真っ先に艦橋に上がったのは倉本だった。続いて四名の見張り員が昇降塔を駆け上がり、その後を二五ミリ連装機銃員が追った。永井が予想した通り、二五ミリ機銃の銃声は響かなかった。

「永井だ。上るぞ！」

「どうぞ」

艦橋で倉本が答える。真っ暗闇の艦内に慣れていた永井の眼に、ミクロネシアの陽光は強烈だった。太陽はどうやら艦首方向にあるらしい。刺すような痛みが眼球を襲う。思わず手で覆いたくなるのを堪えて、最後のラッタルを昇り、艦橋の床に膝を突いた。倉本が手を貸した。彼は立ち上がる永井に真っすぐ目を向けて尋ねた。

「どうしてですか？」

様々な疑問がこの一言に込められていた。永井はニコリとして反問した。

「いないか？」

「右舷に煙があるだけです」

と、倉本は答えた。

「距離と方位は？」

「距離、六、八〇〇。方位一二〇です。遠ざかりつつあります」

今度は見張り員が答えた。敵の主砲の射程内ではあるが、敵の行動はもはや無害に近かった。浮上している潜水艦に対し、距離六、八〇〇メートルで射撃しても、さほどの効果は期待できない。潜水艦の上部構造物は小さく、命中弾を得るためにはかなりの量の射撃を繰り返さなければならないのだ。それに損傷したとはいえ、伊五八も黙って射撃の的になるわけではない。

「まだ、機関は始動できないか？」

倉本は伝声管の蓋を開け尋ねた。

「いま始動します。蓄電池を直結し終わったところです」

桑田機関大尉の冷静な声が返るのとほぼ同時に後甲板の側面の排気管が黒い煙を吹き上げた。

「さっきの話だがな、艦長」

永井の声に振り返ると、倉本は姿勢を正した。

「どうしてという疑問に答えよう」

永井の表情はあくまで穏やかだった。

「敵は航空機で我々の動きを摑んでいた。潜望鏡を上げる前、恐らく襲撃コースに入った辺りから艦載機が追尾していたと思われる。なのに、敵艦はジグザグ航行をしながらも基準コースを変えなかった。自らが攻撃するにしても、応援を呼んで攻撃させるにしても、あのコースを維持するのは危険が多すぎる。艦の側面をさらけ出すことになるからだ。コースを維持するにはそれ以外の理由があるはずだ」

はっとしたように倉本が息を吞んだ。

「あっ……」

「そうだ。あの敵艦は目的地があって、しかも急いでいる。恐らくあれが目標の輸送艦だろう。その証拠に我々が浮上するのを待ち構えていなかった。損傷したのは海面に上がってくる泡でわかっていたはずなのに、止めを刺そうとはしなかった」

「いつ、気づいたのですか？」

「爆雷の二次攻撃がなかった」

倉本にしてもそれがわからないほど無能ではない。しかし、どんな勇者にも戦闘中は否応なく恐怖心が襲いかかる。そしてそれが大事な判断力を少しずつ殺いで行く。潜水艦の勤務は厳しく、艦長は若くなければ務まらない。だが若さは時として、極限状況での冷静な判断を困難にさせる。物事に執着が多いからだ。仕方がないことだと永井は思った。

「艦長！」

下の発令所から昇降塔を見上げ、田村が声をかけた。

「上がります」

「許可する」

倉本の言葉に、田村が上がって来た。

「報告します。配電盤ならびに前部兵員室昇降塔ハッチの修理完了しました。一次電源、二次電源とも使用可能。左舷二番釣合いタンクの修理も完了です」

「ご苦労。釣合いタンクはどこが損傷していたのだ？」

倉本は尋ねた。

「弁が三基損傷していました」

「道理でいくら移水しても軽くはならないはずだ」

倉本は納得した面持ちで、永井に言った。

「さて、提督。損傷は復旧しましたが、あの敵艦に置いて行かれました。どうしますか?」

永井はにやりと笑った。

「うむ。そのことについては考えがある。下に降りよう」

倉本は頷いた。

「いいでしょう。田村、ここを頼む」

倉本は双眼鏡を田村に手渡した。

同日一一四五時
グアム島西南西方三四海里
米重巡洋艦インディアナポリス

機関を停止したインディアナポリスの艦内は静まり返っていた。その静寂の中で艦体は不規則に揺れている。

マックベイはステーキ・サンドの最初の一切れを口に入れた。レタスとオニオン・スライスに挟まれた柔らかい肉は分厚く、かなり食べ応えがある。海図台に置かれた銀のトレイには、付け合わせのフライド・ポテトとピクルス、オレンジ・ジュースのグラスとコーヒー・ポット、カップが載っている。

だが、戦闘配備を解除したのは無論食事がしたかったせいではない。一、一五〇名の乗員の生命と積載された貨物、一隻の重巡洋艦を預かる艦長としての責任からであった。マックベイはしばらく前から自分の胃袋が単純な胸焼けや消化不良では片づけられない情況になっていることに気づいていた。

しかもこの航海を始めてから、煙草とコーヒーの量はいとも簡単に倍になった。それらはマックベイの胃壁を容赦なく痛めつけ、明らかに大きな爛れか潰瘍を作っていた。ステーキ・サンドの一口はいつも、飲み下した直後刺すような痛みを伴った。それに堪えているのが責任感からかそれとも虚栄心からか、彼自身にもわからなかった。

艦長職は椅子取りゲームのようなもので、代わりに座りたがっている者は幾らでもいる。まして戦争も長期にわたると将校は溢れ、有能な上級士官でも適切な役職に就けずにいる。ここで病気が露呈しては、艦長職を追われかねない……。

「どうかしましたか、艦長」

操舵手との打合せを終えて戻ってきたフリンが気づかわしげに尋ねた。痛みを堪えて海図台に片手を突いていたマックベイは、急いでその場を取り繕った。

「何でもない。それよりも艦載機の収容にはどれぐらいかかりそうだ？」

マックベイは話を逸らした。

「あと五分ぐらいでしょう。波が穏やかですので、それほど問題はないでしょう。船匠第二分隊が作業に当たっています」

第二分隊は航空機の収容作業に習熟している。問題ないだろうとマックベイも思った。とにかく胃のことは後回しにして、いまは航海に神経を集中しなくてはならない。

「フリン。艦載機収容と同時に予定の行動に戻ろう。基準コース二六二。ジグザグ航法のパターンDだ。OS2Uの二番機の現在位置は？」

「本艦を中心に半径六海里で周辺警戒を実施しています。捜索パターンはクローバー・リーフです」

フリンは先刻の艦長の様子に若干不安を残しながらも明快に答えた。

「艦載機収容後、OS2U二番機は捜索パターンをレイジー・エイトに変更し、前路索敵を実施するよう下令してくれ」

マックベイは腹痛を堪え、無表情な指揮官の顔に戻っていた。その眼光には、新たな闘志が沸き立っていた。

「フリン。あの潜水艦はまた現れるぞ。私にはそんな気がする……」

フリンは怪訝そうにマックベイを覗き込んだ。

「……」

「あれには奴が乗っている。間違いない」

「奴？　ナガイですか？　なにを根拠に……？」

「あの行動だよ」

マックベイは遠くを見る目つきをした。

「一番機のあの攻撃は、状況から察すると完全な奇襲になったと思われる。奇襲を受けた敵潜が、取り得る行動は二つに一つ。より安全な左に転舵するか、われわれが待ち構える右に転舵するか、だ。左に転舵して安全水域に出れば、敵潜は射点を失ってしまう。右に転舵すれば射点は失わない代わりに、インディアナポリスからの攻撃を受ける可能性が高い。あいつは信じられないことに右を選んだ」

フリンはその言葉に思わず点頭した。

「あのプレシディオの図上演習の……」

「そうだ。あの遭遇戦だ。あの時、我々の奇襲は一瞬成功した。敵の運動は退避しかないと思った。だが、奴はわれわれの予想に反してよりハイ・リスクな作戦を選択した」

「そして彼は……ナガイは、自分の艦隊の半分を失った。しかし我々はその時点で全ての艦を失っていた」

フリンは感嘆の声と共にあの時の悔しさを蘇らせた。マックベイは、中部太平洋の輝くうねりに目を移して言った。

「奴は危険だ。危険この上ない。そしていまとうとうわれわれの前に戻って来たのだ」

マックベイは唇を嚙み締めた。

同日一二一五時
グアム島西南西方三八海里
伊号第五八潜水艦

排水も終わり艦内は日常の業務に戻っていた。戦闘配置は第二哨戒直に変更されて、兵員の半分は休息できるはずだった。しかし、この束の間の平穏を利用して、永井は乗員にあえて切迫していない個別の整備まで下令した。乗組員に休む暇はなかった。

艦は一六ノットの全速航行を続けている。機関部では艦本式二二号一〇型ディーゼル二基が、唸りをあげていた。命令ではこの全力運転は六時間続けられるという。誰の目にも無茶であり、それを承知の連続運転に、機関長の桑田大尉以下機関科員は機械油に塗れながら、エンジン調整にかかりっきりだった。

——ここが正念場だ。

永井は胸の内で呟いた。目標の敵艦は発見した。しかし率直に言って初戦は敗北だった。それも不意打ちによる痛手である。乗員にとってこの恐怖は拭い難い。恐らく次の戦闘にも悪影響が及ぶだろう。それを忘れさせるには忙しさしかない。

永井は倉本と航海長の中津との三人による作戦会議を終えた後、手の空いている士官を士官室に招集した。

「主計。何かないか？」

桑田と中津を除く全員が顔を揃えると、倉本が士官室付きの主計兵に声をかけた。

「鰻缶があります」

主計兵が答えた。士官たちの顔に笑みが広がった。

「皆に行き渡るか？」

倉本の後ろから永井が訊いた。

「大丈夫です」

「飯をどんどん炊いて、全員に配ってくれ。皆それだけのことをやってくれた」

言い終わって永井は改めて士官たちの顔を見渡した。

「さて、諸君」

できるだけ効果的に指示が沁みわたるよう、永井は言葉を切った。

「本艦は先ほどの敵艦を再攻撃する」

驚きはどよめきに変わった。永井はそれを無視するかのように続けた。

「潜望鏡観測では、ノーザンプトン級か、インディアナポリス級重巡洋艦と思われる。戦前の情報では対潜装備はない事になっているが、先ほどの戦闘で受けた感触では対潜攻撃が可能になっているようである」

「しかし、攻撃してきたのは、航空機でした」

黒木中尉が反問した。

「そうだ。あの艦載機は我々の位置を正確に摑む、恐らくは磁気探知器のようなものを持っていた。そして艦載機すらあのような装置を搭載しているのなら、母艦が持っていないと考えるほうが無理だ。聴音器、水中探信儀ぐらいは持っていると考えた方がいいだろう」

「対潜戦闘能力を持った敵艦と航空機に対して、制海権、制空権を持たない我々が勝てるでしょうか？」

気の早い田村大尉が尋ねた。

――若い……。

と、永井は思った。恐怖に負けて判断力を失っている。若いということはそれを失った永井にだけわかる優れた部分と悪しき部分を内包している。優れた部分とは体力であり、勇気であり、柔軟性であり、感受性の豊かさであろう。悪しき部分とは、経験の乏しさ、判断力の欠如、思い込みであろう。いまの田村には、負けたという事実だけが重くのしかかり、恐怖に打ち勝つなにかを失っている。それを与えるのが自分の役目だと、改めて永井は思った。そして永井は質問した。

「先任士官。回天一型は自走できるか？」

「もともとは九三式酸素魚雷ですから、工作すれば可能ですが……」

「ならば勝てる。確実に勝てる」

永井は言った。その言葉には自信が溢れていた。

「さあ、飯にしよう。鰻はまだか、主計？　腹一杯食って、敵の土手腹にも鰻を食わしてやろう」

倉本が主計を促した。


「昼から鰻とは豪勢だなあ……」

薄暗い後部兵員室でまだ幼な顔の残る非直兵員の半田二水が同期の大川二水に笑いかけた。平時なら机を出して食事とするのであるが、合戦準備のため机などは取り払われている。兵たちは、通称蚕棚と呼ばれる兵員用ベッドの下段に鈴生りになり、通路に足を投げ出してアルマイトの食器を抱えていた。

「内地じゃあ、久しく御目にかからん鰻だからな。親父も気張ったな」

大川二水はにこにこして答えた。

「しかし、潜水艦で鰻が食えるとは思わなかったな」

「海軍は飯が良いと言うがほんとだな。これはやめられん」

大川は満面に笑みをたたえて言った。

「おい、そこの新兵達！」

向かいに座って二人の会話を聞いていたヒゲ面の堂本上等兵曹が鋭く声をかけた。

「おまえら何も知らんのだな。いいか、昔からドン亀では戦果が上がった時の祝勝会で鰻缶が出ることになっている。今回、戦果が上がったか？」

半田と大川は顔を見合わせた。

「上がっとりません」

大川が大声で答えた。

「ならばなぜ鰻がある？」

辻岡上等兵曹が、身を乗り出した。狭い通路で、辻岡の顔が二人の鼻先にくっついた。

「わかりません」

半田は頰張った飯を飲み下すこともできず鯱《しやちほこ》張って答えた。

「死んだら鰻が食えんからだ」

辻岡は二人の真青な顔を眺め、仰《の》け反って笑った。

「いいか、うちの親父も途中で拾ったあの偉いさんも、このドン亀をぶつけてでも敵を沈める気になっていると言うことだよ。だから、この鰻は心して食わにゃあいかんということさ」

兵員室はにわかに静まり返り、床下のスクリュー・シャフトの音だけがやけに大きく響いていた。

艦橋から眺める海面は、あくまでも蒼く、吸い込まれるようなエメラルド・グリーンに輝いて無数のうねりを作っていた。そのうねりを艦首が音もなく切り裂いてゆく。その姿は、まるで、鋭利な刃物を思わせた。

風は順風。艦の速力との合成で、風速は一〇メートルを越えている。

ここに立つと南海の熱波も涼しい。中津大尉は、風に飛ばされないように戦闘帽の顎紐を掛け、艦橋最先頭に立って前方を凝視していた。切れ切れに浮かぶ入道雲の断雲は、低く棚引き、手を伸ばせば摑み取れそうな錯覚に陥る。

「対空見張りを厳にせよ！」

中津は振り返って声を張り上げた。広い空には航空機が隠れるのにほどよい雲が浮かんでいる。間近な雲から急降下されれば、銃撃であっても爆撃であっても、潜航はもちろん転舵で躱すことすら難しい。現在位置が露呈することを恐れて、電探を使用していない今、この艦橋直任務は、即、艦の安全に関わる。

わかっていても、中津は、つい他のことに心を奪われていた。士官室での会議についてである。このところ中津と回天搭乗員の意見は続けざまに圧殺されている。艦長も以前から回天攻撃に疑問を抱いていた様子だが、永井という少将を拾ってからこの方、他の士官にまでその軟弱な風潮が蔓延しつつあるように思われた。永井の言うように魚雷で攻撃可能な時は魚雷で攻撃せよというのは一見正論に聞こえる。しかし、現在の戦局は明らかにそれを許していない。現に、先刻の攻撃は失敗だったではないか。先の攻撃だけでなく、昨今、日本海軍の通常戦力による攻撃が戦果を挙げたという話は聞いたことがない。戦果はすべて特攻によるものである……。

——もともと通常戦闘で足りるなら、軍令部や大本営が率先して特攻作戦を立案するわけがない。

中津は声には出さず罵った。

「航海長！」

昇降塔の下から声をかけたのは軍医の笹原だった。

「上がってもいいかな？」

「いいですよ」

中津は快活に答えた。笹原がラッタルをゆっくり上がってくる。

「やっぱり、外の空気は旨いな。兵が『空気の刺身』と言うのが良くわかる。ほんとに鮮度が違う」

右舷前方の彼方を見詰め、大きく伸びをしながら笹原が感嘆した。

「軍医長は今回が初めてでしたな、潜水艦は？」

中津は出港直後の会議のこともあり、敬意を払って尋ねた。階級こそ中津の方が上だが、年齢は確か笹原の方が五つほど上のはずである。

「いかがです？　乗り心地は……」

中津は笹原の不満を半ば期待しながら質問した。

「気に入りましたよ。聞くと見るとは大違いだ」

「気に入ったですって！　こいつのどこが？」

中津は驚いて、思い切り剽《ひょう》げた声を上げた。

「生きている喜びがある。この空気の旨さ。太陽の眩しさ。そしてなによりも乗組員が一つの家族のようだ……。すばらしい」

「軍医長は、詩人なんですな」

「とんでもない。私は単なる大阪帝大の医局員にすぎません。しかも皆が不安がるからここだけの話にして欲しいが専門は外科ではない」

「何です？」

「産婦人科さ」

中津はさすがに腹を抱えた。

「産婦人科とはよかった。恐ろしく場違いですね、軍医長」

「その通りさ。私にまで赤紙を出すほど、今の日本は切迫しているということなんだろうな」

笹原は海面を見下ろしながら、溜め息混じりに言った。

笹原と会話するうち、中津はなぜか自分の心の内をぶつけてみたくなっていた。

「軍医長。ひとつご意見を伺いたいのですが、その切迫している日本の潜水艦が、回天を搭載しているにも拘らず、それを使おうとしない。これをどう思います？」

笹原は不意打ちをくらったように中津を見つめ、やや口ごもりつつ答えた。

「困りましたね。中尉なんて階級はついていても私は、医学バカで、用兵のことはさっぱりですからねえ……」

「では聞き方を変えます。回天攻撃は軍令部から海軍総隊を通じ、第六艦隊に下令されています。これに反することはすなわち抗命ではないでしょうか？」

中津は詰め寄った。憤懣の持って行き場がそこにしかなかったからだ。

笹原は柔らかな笑みで中津の激情を包みこむようにして言った。

「それは少し言い過ぎてはいないかな？　作戦とか難しいことはわからんが、『抗命』とは穏やかでない。艦長だって、真珠湾以来の勇者でしょう。筋金入りの軍人です。何か考えがあってのことだと私は思いますよ……」

笹原は、承服し難い様子の中津を宥めながら、内心、艦橋に上がってきたことを後悔したが、その思いは、当直員が張り上げた「敵機発見」の声にたちまち掻き消された。

•

同日一五三四時
グアム・レイテ線上
米重巡洋艦インディアナポリス

OS2U三番機はゆっくりと何度目かの左旋回に入っていた。縦に間延びした8の字を描くようにゆっくりとした左ターンと右ターンをもう何回繰り返しただろうか。機の速度は長時間の哨戒に耐えられるよう、巡航速度を維持し続けている。見渡す限りの海と空。後席偵察員のロウ准尉は、この任務に完全に飽き、足下の航空雑嚢に手を伸ばすと、操縦席のパーク機長に声をかけた。

「少尉。後ろを向いてください」

ロウは、雑嚢の中に忍ばせてあったハッセルブラッドのシャッターを切った。

「カメラか？」

パークは苦笑して後席に振り向いた。

「えへへ」

と、ロウは野卑な薄笑いを浮かべた。

「そんな物どうしたんだ？」

ロウはギャンブル好きで、給料は貰った日に使ってしまう。パークは、もしや悪い手クセを出したのではと危惧した。

「陸軍にいる弟がドイツに行きましてね、手に入れたんです。そんで敬愛する兄に送ってくれたんですよ」

——なにが敬愛する兄だ。

と、パークは思った。

——ロウがギャンブル狂なら、弟もどうせロクデナシに決まっている。軍からくすねた食料を、すずめの涙ほど渡し、飢えた人たちから交換で手に入れたに違いない。

「そんなものを機内に持ち込んでどうするんだ」

航空規定に反することを暗に指摘してパークは責めた。しかし、ロウは一向に意に介さなかった。

「一番機の『ビッグマン』達が、今朝、派手な立回りを演じたって言うじゃありませんか？ こっちもそんなことになったら、写真を撮って『ライフ』に売り込んでやろうと思いましてね。どうです。いい考えでしょう？」

『ライフ』なんか見たこともない癖によく言えたもんだと、パークは思った。

「それよりも偵察用カメラは持っているんだろうな？」

「もちろん。膝の上にありますぜ」

「だったら、右下をよく見てみろ！」

ロウは翼の下を覗き込んだ。

「潜水艦だあ……。攻撃しますか？」

ロウの声は完全に上ずっていた。

「落ち着け！ 俺たちは爆雷しか積んでいない。今は攻撃のしようがない。それに奴からはこっちが見えていない。雲を掠めているからな。まず報告しろ。その間に高度を下げる。それから写真だ」

パークは冷静に一言一言を区切るように指示を出した。

「新手の潜水艦ですかね？」

対勢表示盤担当士官を務める新任のモーア少尉が、所見を述べた。

——馬鹿を言え。

と、フリンは思った。

——日本の海軍がこんな海域でウルフ・パック（ドイツが行った潜水艦作戦。潜水艦が敵の艦船を一隻でも見つけると、周辺に展開する潜水艦に指示し組織的に攻撃する）を行うわけがない。艦長の言うとおり、先刻の敵潜が追って来た。奴は沈まなかったのだ。

苦い顔で、「報告が先だ。艦長を呼べ」と督促すると、モーア少尉は自分の失態に気づいて身を硬直させた。

「CICよりブリッジへ。目標捕捉。方位二八三。距離二五海里。目標は浮上航行中」

通信科の一等兵曹が速やかに応じた。軍の中核は下士官だと言うが、その通りだとフリンは思った。冷静に自分に与えられた職務を遂行する能力に関しては、兵学校出たてのウラナリ士官など及びもつかない。

「ブリッジよりCICへ。敵速および、敵針知らせよ」

スピーカーがなった。艦長の応答は素早い。敵の再来襲を予測していたためだろう。艦長は緊張している。少々神経質になり過ぎているほどだと、フリンは懸念した。だが、無論、慎重に越したことはない。

「ブリッジ。敵速は一六ないし一八ノット。コース〇五五」

一等兵曹の報告には抑揚もなく、何の感情もない。それでいいのだ、とフリンは思った。優れた軍人は感情を持たない。

マックベイは艦長席には座らず艦橋前面に立ち、双眼鏡で時折海面を眺める以外、身動ぎもしなかった。しかもその表情はいつになく厳しい。沖縄作戦で特攻機が味方の輪形陣に群がって突入した時ですら、これほどではなかったとブリッジ要員の誰もが感じていた。

だが、マックベイの思いは別だった。

彼の緊張は日本海軍の特攻作戦とはまったく関係がない。

――ナガイだ。

東洋の武人らしいあの男の細く鋭く光る目が、マックベイの脳裡いっぱいに蘇っている。

そもそも特攻とは水兵たちが『バカ爆弾』と呼んでいるように、正道ではむろんなく奇道ですらあり得ない。単なる愚行に他ならない。

名誉を重んじる軍人にとって、特攻による負け戦など、何ら誇りを傷つけるものではない。軍人の誇りを傷つけるのは、その死が勇気ある結果でなかった時だけだ。

――それも相手がナガイとなれば……。

マックベイの長い海軍生活の中で、ナガイは間違いなく、彼の知り得た最大のライバルの一人だった。

一七年前、プレシディオで体験した彼の凄まじいまでの戦術。それを破るのが、マックベイの宿願だった。二人が図上で戦った当時に比べれば兵器は飛躍的に進歩し基本戦術も一変した。今の状況を単純に言えば、勝機はマックベイの率いるインディアナポリスにある。ナガイほどの戦術家なら、それは、マックベイ以上に、痛みを伴って理解しているはずである。

「だのに……」

と、マックベイは双眼鏡を下ろして、ひとりごちた。

――やつは再捕捉を試みている。執念なのか、意地なのか、それとも勝算あってのことなのか……。

「伝令！」

マックベイは、ふと思いついて伝令員を呼んだ。

「イエッサー！」

まだ一八歳に満たぬ三等水兵が飛んで来た。

「ＣＩＣに伝達！　索敵機に命じて敵潜の写真撮影をさせろ。できるだけ近くで、ブリッジの士官の顔がわかるぐらいにだ。そして撮影後、速やかに帰投しろとな」

方位二八三、距離二五海里。敵速一六でコース〇五五とすると本艦と敵潜との接触は薄暮時となる。OS2Uは、性能的に夜間索敵戦闘には不適当である。奴はそこに勝機を見ているのか……。

「他愛もない!」

マックベイは吐き捨てるように言った。アメリカ海軍の対潜戦闘能力は、大戦前に比べると飛躍的に上昇している。それを知らぬナガイでもあるまいに。それとも敵はナガイではないのだろうか……。まあ、どっちでもいい。捩じ伏せてでもこの攻撃は擦り抜けてみせる。要はわれわれが無事レイテに着けばいいのだ。試合はドローでも勝負はこちらのものだ。

「パーク少尉。ボスから命令ですぜ」

ロウは、能天気に言った。

「なんだ、何と言って来た?」

「士官の顔が写るぐらい近くで写真を撮って帰れだそうです」

その声にパーク少尉は振り返った。怒っている。

「ロウ。何度言ったらわかるんだ。戦闘行動中に冗談を言うのはよせ」

「冗談なもんですかい! 超短波無線で入ってきたんです。間違いありません!」

ロウは些かむっとしたように答えた。

「だったら確認しろ!」

「確認しました。いくらあっしだって、こんな馬鹿げた命令を、はいそうですかとは聞いてませんぜ」

「呆れたな。どいつもこいつもだ。敵さんの記念写真を撮ってどうするんだ。ここはナイヤガラの滝じゃないんだぞ。大体写真を撮るからって、敵さんがチーズと言ってくれるわけじゃなし……」

「いいじゃないですか、少尉。さっさと撮って帰りましょう。熱いシャワーが待ってますぜ」

「いいか、ロウ。簡単に写真を撮れりゃ、文句は言わん。接近しなけりゃならんだろうが。盛大な歓迎パーティが待っているんだぞ。わかってんのか！」

「適当にやりましょうや」

ロウは首を竦めて言った。

「そうするしかないな。左旋回のまま螺旋降下する。適当な所でダイブするから右側にカメラを構えろ。全景とブリッジと二枚撮れ。いいな」

渋々ながらパークは言った。

「了解」

ロウの声音はあくまで陽気だった。

同日一五五五時
グアム島西南西方七六海里
伊号第五八潜水艦

倉本と永井と黒木中尉の三人は艦橋に上がっていた。当直士官は中津から黒木に交替している。

「潜航しますか？」

艦橋中央で一二センチの双眼鏡を覗いていた黒木が、倉本とも永井ともつかずに尋ねた。すでに総員戦闘配置についている。

「必要ないだろう」

永井は倉本の視線も感じながら、ぼそっと答えた。敵の哨戒機を発見したのは二〇分近く前のことである。水平線の真上に黒い点が浮かんだのを当直の見張り員は見逃さなかった。哨戒機はオレンジ色に輝く雲の群れを縫うように飛び、上空に接近すると左旋回を始めた。

攻撃する気があれば、とっくに攻撃している。あんな飛び方をするわけがない。船団司令として輸送船団を指揮し、数え切れないほどの空襲を掻潜って来た経験がそれを教えていた。加えて、呑気に旋回する姿を双眼鏡で観察すると、それはＯＳ２Ｕと呼ばれる水上偵察機で、午前中の戦いで爆雷を投下した艦載機と同型機である。あんな旋回をしているのを見ると、装備しているのは大方、爆弾ではなく爆雷に違いない。奴らにはこちらが潜航しない限り攻撃の手立てがないのだ。

「針路は？」

倉本が言った。

「このままだ」

永井は言い放った。倉本が言いたいことはわかっていた。このままの針路で、しかも浮上したまま航行を続ければ、目標艦を再攻撃するというこちらの意図を見抜かれるというのだろう。

潜水艦の有利さは確かにその秘匿性にある。しかし、この海域で発見されたからには、こちらの攻撃意図はとっくに敵の知るところとなったと考えねばならない。敵哨戒機発見後、針路を変更しなかったのは、その針路変更が悪足掻きに過ぎないからだ。

永井はむしろ薄暮のうちに敵艦の針路前方に進出することを重要視していた。潜航したり針路を変更したりして余計な時間を費消すれば、会合点に到着するのは敵艦が通過した後になる。まして再度会合点を設定し直したりしたら接触は夜になる。広い海域で夜間に、潜望鏡観測で敵艦を捕捉するのは不可能に近い。また、明朝に再捕捉を設定するとなると、潮流の強弱を観測し直すだけでも面倒さが増す。

とにかく薄暮の時間までに捕捉しなければ戦いにならぬ。

「名乗りを挙げて戦うのもいいだろう。ゲームは楽しくなくてはな」

倉本も黒木も驚嘆してまたしても永井を見詰めた。この人のこれほどの自信はどこから来るのか……。


「敵機一時の方向より突っ込んできます！」

突如、見張り員が叫んだ。見ると確かにダイブしながらこちらに機首を向けつつある。索敵機とは思えぬ動きである。

永井が銃座に向かって走った。反射的に倉本も叫んだ。

「対空射撃、用意！」

しかし伊五八の二五ミリ連装機銃は艦橋後方にある。艦首正面の敵に対しては射撃ができない。艦橋やや後方の一二センチ双眼鏡に取りついていた黒木中尉の顔色が、見る見る蒼ざめた。オレンジ色に輝く敵機のシルエットがどんどん大きくなった。

激しい爆音が響き、突如始まった射撃音と同時に赤い曳光弾が尾を曳いた。それはまるで、野球のボールを投げつけられたようにゆっくりと艦橋に向かって来る。次の瞬間、艦橋前面の波除けの窓硝子が数枚弾け飛び、鋭い金属音と共に跳弾が駆け回った。銃座員は身を竦めた。怯んだ射撃手を永井は押し退け、二五ミリ連装機銃を奪い取ると交換器のレバーを引いて銃身を後方に向けた。同時に敵機が艦橋右舷上空を通過する。

「射撃始め！」

屈み込んでいた倉本が身体を起こして叫んだ。重苦しい二五ミリの射撃音が響き、今度はこちらから曳光弾が流れて行く。逆風で硝煙が艦橋内に流れ込む。火薬のつんとした匂いが目にしみた。西陽に遮られて、敵機の姿がはっきり摑めない。船体の波による動揺で、射線が定まらない。機銃手が必死に弾道修正するが、命中弾はなかなか得られなかった。

「撃ち方、止め！」

倉本の声が銃声の中に響いた。哨戒機とはいえ、そのスピードは二五〇キロを越える。敵機はあっという間に二五ミリ連装機銃の有効射程を飛び越えた。

安全圏と見ると、敵機はゆったりと右に大きくバンクしながら、上昇を始めている。戻ってくる気配はない。

「大丈夫でしたか、提督」

ほっとした空気が艦橋を包んだ。飛び去る敵機のシルエットを眼で追い、倉本は銃座にやって来て永井に声をかけた。

「私は大丈夫だ」

「命中弾は与えられなかったようですな」

倉本は残念そうだった。

「手応えはあったのだが」

永井は小首を傾げながら答えた。

「突然銃座につかれたので驚きましたよ」

「黒竜丸に乗っていた時は双眼鏡しかなかったんだ」

永井は悔しそうに言った。

「飛んでる飛行機を船上から射撃するのは難しいですよ。まぐれでなくては当たりません」

倉本は笑いながら応じた。

「各部損害ありません。正常に機能しています」

黒木が各部の状況を纏めて報告した。

「損害は艦橋だけか。では大至急、羅針儀の修理を頼む。接敵まで余り時間がない」

倉本が言うと黒木が伝声管で応急修理班を呼んだ。

同日一六〇二時
グアム・レイテ線上
米重巡洋艦インディアナポリス

「くそ……」

パーク少尉は操縦桿を戻しながら自らの不運を呪った。幾ら呼んでも後部座席のロウは返事をしない。バック・ミラーで見る限り、ロウは風防硝子に頭を凭れて、転寝をしているように見える。多分、敵艦のブリッジをやり過ごした時、敵の機銃弾がどこかに命中したに違いない。それだけではない。右旋回に入るまでに、少なくとも五、六発、機体のどこかに命中弾があった。いずれも炸裂弾で、恐らく機体には大穴が開いているはずである。不幸中の幸いは操縦系と駆動系に損傷がないことだろう。パークはマイクを低周波・低出力の近距離無線に切り替えた。

「メイデイ、メイデイ。アルバトロスより、マザーカントリー。聞こえるか？」

アルバトロスはパーク機の、マザーカントリーはインディアナポリスのコール・サインである。

「マザーカントリーよりアルバトロス。良く聞こえる。状況を知らせよ」

パークはほっとした。無線はどうやら無事らしい。

「被弾した。後席のロウが負傷。機体にも数発の命中弾があったが、損害は不明。燃料が漏れているようだが、操縦系と駆動系には異常ない模様」

なるだけ冷静に話したつもりだが、パークは自らの声が震えていることに気づいていた。

「了解、アルバトロス。帰投できるか？」

「なんとかする」

「了解。こちらは医療班を待機させる。艦の左舷に接近せよ」

応答を終えてパークは、声だけでなく身体までが震えていることに気がついた。乗機の被弾は初めてである。まして、好きな男かどうかは別にして、パートナーが負傷したのも初めてである。彼はスロットルを全開にし低高度のまま東北東を目指した。


インディアナポリスのブリッジは、時ならぬ緊張に包まれていた。当直要員に加え、マックベイ、フリンはもちろん飛行長、飛行科の士官や下士官が詰めかけ、主だった者がすべて左舷のウイングに出てアルバトロスの帰投を待っていた。この戦闘で初めて出た負傷者、しかもその者を乗せたＯＳ２Ｕも傷ついている。うまく着水できるかどうか。

「イン・サイト！」

見張り員が叫んだ。シンクレーア三等水兵だった。

「マザーカントリーよりアルバトロス。こちらより視認した」

ウイングの飛行長がブリッジに飛び込み、近距離無線のマイクを取った。

「了解。指示を請う」

スピーカーから流れるパーク少尉の声は、だれの耳にも緊張して聞こえた。

「アルバトロス。よく聞け。本艦の上空で旋回しろ。低高度でゆっくりとだ。こちらから機体の損害をチェックする」

左ウイングでは全員が双眼鏡でパーク少尉のＯＳ２Ｕを追っている。ＯＳ２Ｕが二回、三回と旋回を繰り返すうち、ブリッジには落胆の色が広がった。

「駄目です、艦長。浮舟《フロート》がかなりやられています」

フリンが沈鬱な表情で言った。うなずくマックベイの顔も暗かった。

「私が言おう」

マックベイはブリッジに戻ると、飛行長からマイクを受け取った。

「パーク少尉、私だ、艦長だ。聞こえるか？」

「よく聞こえます」

「君の機のメイン・フロートはひどくやられている。着水は不可能だ。機を捨て、パラシュートで降下せよ。繰り返す。機を捨ててパラシュートで降下せよ」

マックベイはできるだけ穏やかに、語りかけるように言った。

「艦長、それはできません」

「なぜだ？」

「ロウ准尉は意識不明の重体です。パラシュートの紐が引けません。着水させてください。彼を助けるチャンスがある」

パーク少尉の必死の様子が窺えた。マックベイは「少し待て」と、彼に言ってから各士官に下令した。

「航海長は風向きに直角になるように艦を停止させろ。副長は士官の指揮するモーター・ランチを一艇降ろせ」

途端、艦内は命令とそれを実行する者達で騒然とした。非番の水兵達も甲板に溢れた。単調な生活を続ける彼等にとって、変化はたとえどんな事であれ渇望の対象だった。モーター・ランチが舷側を離れる時、マックベイはわざわざ甲板に赴きランチ指揮官に耳打ちした。

「乗員の救出が不可能なときは、カメラだけでも回収しろ。いいな」

パークはインディアナポリスの準備が完了するまで高度四〇〇メートルを維持しながら約一〇分間旋回した。これほど長く辛い時間をパークは経験した事がない。

「マザーカントリーよりアルバトロス。準備が完了した。そちらからモーター・ランチが見えるか？」

飛行長の声である。

「良く見えます」

「東側より進入し、モーター・ランチの六〇〇メートル手前で着水するんだ。速やかに彼等が救助に向かう。北西の風、風力三。波高は一・五メートルだ。機首を下げ過ぎて、波に突っ込まぬように注意しろ」

「了解、これよりアプローチに入る」

パークはもはや開き直っていた。穴だらけのフロートで波に突っ込まぬように着水し、救助が来るまでにロウを助けて、この海上で浮かんでいることなど不可能としか思えなかった。しかしロウの様子を慮るとこれしか手段は残っていない。パークは、スピードを殺しながら高度を下げコースをインディアナポリスに平行するラインに取った。

ブリッジから見る限り、パーク少尉のアプローチは完璧だった。エンジンをゆっくり絞りながらやや機首を引き起こし、フロートの後部から水面を掻分けるように着水する。まさに教科書通りの最高の着水だった。

しかし、フロートはあちこちの穴から海水を飲み込んだ。スピードが落ちるにしたがってフロートの喫水は徐々に深くなり、遂には完全に水没して機体は止まった。前席から飛び出したパーク少尉は右翼の上に立つと、後席の風防を開けた。ロウを引き摺り出そうというのだ。だが、翼はすでに沈みかかって海水が洗っていた。

モーター・ランチが接近し、士官が半ば強制的にパーク少尉と後席の荷物を拾い上げた。

そこまでだった。機体はロウを乗せたまま重いエンジンを下にして、逆立ちをすると音もなく海中に没した。

インディアナポリスの病室は、〇一甲板にある。

「やあ、ドク」

と、声を掛けて、マックベイは開け放した扉を潜った。消毒薬の匂いが立ち込めている。軍医のモディシャー中尉はカルテに向かっていた。

「彼の具合はどうかな？」

モディシャー軍医の顔色は曇っていた。マックベイはゆっくりと病室方向に目を遣った。

「怪我は大したことありません。後部座席の搭乗員を救うために、風防硝子で腕を切っただけです。八針縫いました。それよりも精神的なショックの方が大きいですな。まだ息のある戦友を見殺しにしたショックです」

軍医は若いがベテランらしく、淡々と語った。しかし、マックベイにはこたえた。

「いま、話ができるかな？」

マックベイは尋ねた。

「さっき、鎮静剤を投与して寝かせました。三時間は覚めないでしょう」

「無駄足だったか……」

マックベイは落胆した。

「そうでもないですよ、艦長。ちょっと待ってください」

モディシャー軍医は薬品棚から薬を二種類取り出した。

「艦長も眠ってませんね。食事もあまり摂っておられない。塩の錠剤と栄養剤です。とりあえず今すぐこれを飲んでおいてください」

軍医はそれをグラスとともに手渡すと、水差しから水を注いだ。

背後からフリンの声がした。

「ここにいらしたんですか、艦長。探しましたよ」

フリンは大汗をかいている。恐らく、艦を上から下まで探し回ったのだろう。重巡洋艦の艦内はかなり広い。

「写真です。現像が上がりました」

まだ息が荒い。

「ご苦労。少し身体が鈍ったようだな、フリン。そんな調子だとモディシャー軍医殿に病人にされてしまうぞ」

マックベイのジョークは病室の看護兵の小さな笑いを誘った。マックベイは胸のポケットから老眼鏡を探ってかけた。

「どれ、例の奴か？」

フリンがまだ乾き切っていない印画紙を二枚渡して言った。

「大型潜水艦です。モデファイBタイプ2の改良型、最新鋭と思われます」

マックベイは記憶を辿った。モデファイBタイプ2の基本仕様は、魚雷発射管が六門、一四センチ砲、連装高角砲一門ずつに、水偵一機だったはずである。艦橋や船体の特徴は確かにモデファイBタイプ2だが、この敵潜には一四インチ砲も水偵の格納筒も、カタパルトもない。代わりに後ろ甲板に『カイテン』と呼ばれる人間魚雷が四基搭載されている。

「かなり水中戦闘能力を重視した改良が成されている……。問題だな」

マックベイが感想を述べると、フリンは、マックベイが手にしたもう一枚の写真を、指さして言った。

「問題はもう一枚ですよ」

それは敵潜水艦のブリッジをアップで撮影した写真だった。ブリッジの舷窓に人影が写っている。

「これではわからんな」

マックベイは言った。

「そう思ってその部分を拡大して焼いてみました」

フリンは、手の中にあったもう一枚を渡し、言葉を継いだ。

「機銃座の男を見てください。余りはっきり写っているわけではありませんし、一七年経っていますから我々の記憶が確かとは言えません。奴もどう老け込んでいるかわかりませんが……」

「奴だ！　間違いなく奴だ！」

マックベイは写真を爪で弾いて叫んだ。その声にはどこか懐かしい旧友に会ったかのような、そんな響きがあった。

「この顔を見間違うわけがない。だいぶ老け込んだが、やっぱりナガイだ。しかし、さすがだ」

「何がです？」

「中世の騎士のようなところがだ。逃げも隠れもしていない」

「あと、三〇分です」

フリンは腕時計を見て言った。敵潜の針路と速度から割り出した会合点までの時間である。

「そろそろだな。私はＣＩＣに行く。君は後部戦闘指揮所に行ってくれ。まもなく戦闘配備だ。頑張ってくれ」

マックベイはフリンの肩を叩いた。

「艦長！」

病室を出ていこうとするマックベイを背後から声が追いかけた。

「この戦いが終わったら病室に来てください。あなたは相当胃が悪そうだ」

モディシャー軍医が微笑んでいた。

第四章　最後の戦い

同日一七三七時
グアム島西南西方八三海里
伊号第五八潜水艦

伊五八は転舵が可能な最低速力、二ノットを維持しながら南に小さく蛇行しつつ移動している。艦内は赤色灯がぼんやり点る以外は暗く、操舵も人力である。電力の使用を最小限に抑えれば、二昼夜の潜航も可能なのだった。

潜航を開始したのは二四分前。同時に特別無音潜航が下令され、以後私語はいっさい禁じられた。各種の命令ですら小声で人づてに伝えられている。

特別無音潜航は、極度の緊張を乗組員に強いることになる。音をたてる恐れがあるため身動きひとつに細心の注意が求められ、せきひとつできなくなる。戦闘配置なので人が犇《ひし》めいている。通風口は閉じられ新たな酸素の供給はない。時間が経てば空気中の炭酸ガス濃度が上って呼吸が苦しくなり気温が上昇するのは必至だった。排水ポンプが作動していないから汚水は溜まる一方で、トイレの使用も制限されている。艦内のあちこちに置いてある空き缶が代用トイレとなり、悪臭を放ち始めるのも間もなくだろう……。伊五八の乗組員はまたしてもどのぐらい続くかわからない忍耐を要求され始めていた。

「魚雷装填完了」

島田上等兵曹が、わざわざ発令所に足を運び小声で報告した。汗だくである。ただでさえ狭い艦内で、一本約一・七トンもある酸素魚雷を六本も発射管に装填する作業は、並の体力では務まらない。その点で彼は頼りになる水雷科分隊士だった。

——それだけではないな。

と、倉本は思った。この分隊士がいなければ倉本はそもそも酸素魚雷など使おうとは思わなかったろう。伊五八が搭載している九五式一型酸素魚雷は性能こそ抜群だが、整備・調整が極めて難しいデリケートな兵器だ。操作をひとつ誤れば駛走しないだけでなく、誤爆の危険性すら持っている。あまりに知識と経験と勘を要求されるため、現在の潜水艦ではほとんど使われなくなってしまった代物だった。

「ご苦労。ところで上等兵曹。再装填にはどれぐらいかかるかね？」

永井が尋ねた。

「潜水していれば二五分でしょう。水上航行中は揺れるのでなるだけやりたくないのですが、そっちなら掛け値なしで四五分というところですか」

島田は答えた。水中での再装填は通常、平均三〇分と言われているからかなり早い。それでも永井は無理を承知で言った。

「もっと早くしてもらいたい。この戦いは、魚雷の装填時間が勝負になると思う」

島田の顔に不満の色が映った。しかし彼は黙って敬礼すると防水隔壁に消えた。

「聴音より報告！　感あり！　方位二九九。距離、速力不明。感五！」

伝令が声を殺して伝達した。

「合戦用意！　取り舵一五」

倉本が即座に下令する。敵艦の速力が不明である以上、あまり急な転舵は射点の後落を招きやすい。一五度の転舵はこの場合ほぼ妥当だった。永井は海図台を覗き込みながら黙って頷いた。

「取り舵一五。ようそろ」

縦舵操舵員が復唱する。倉本は慎重に羅針盤の方位を読み上げさせている。

——忍耐だ。

永井は自分に言い聞かせた。潜航中は盲目状態となる潜水艦の戦闘は常に忍耐である。それが目視でもある程度の見込みが立つ水上艦同士の戦闘との違いだった。

「聴音より報告。方位二八九。距離、速力、依然不明。感五！」

伝令兵が告げた。潜水学校を出たばかりの一八歳の新兵である。

——こんな緊張感の中で、この新兵、冷静な報告を続けられるか……。

倉本にはそうした不安材料が数え切れないほどあった。

「聴音より報告。方位三一七。距離九、五〇〇。速力一六ノット。敵艦は、現在転舵しています。繰り返します。敵艦は針路を変更中。感三」

「よし」

今度は永井が応じた。

「提督。気づかれたのでしょうか？」

海図上に敵の動きを記入していた中津が永井を振り仰いだ。

中津の顔には、思案して魚雷を使うより、一刻も早く回天を使うべきだと書いてある。それも道理だった。魚雷は、敵との距離、針路と速度、喫水の深さを正確に摑み、その上で発射のための射角、駛走深度、速度を設定する。とは言え、攻撃され易いように真っすぐ一定の速度で航行してくれる敵などいはしない。諸元を摑ませないよう不規則に之の字運動するのが常で、敵の予想針路を遠方から把握するのは至難の業である。それに、発射後、敵が針路や速度を変更すれば、魚雷は当然ながら命中しない。そこへいくと回天は人が乗っているので、肉眼で敵の針路や速度の変更を監視し駛走針路を修正することができる。

出撃の条件はただ一つ。敵に発見される前に発進させることだった。潜水艦の水中速力は水上艦艇の速力に遠く及ばないし、回天の射程は二三、〇〇〇メートル弱、最大速力は三〇ノット。遠距離で水上艦に発見されれば軽く振り切られてしまうのだ。

永井は中津の心情を無視することにした。

中津は永井のことを、消極的と非難するだろうがそうではない。一度戦闘となれば永井は死力を尽くす、たとえ刺し違えても目的は完遂するのが信念だった。

――戦いは手段を選ばずだ。

しかし永井は回天という兵器を一目見たときから、多くの欠陥を抱えていることに気づいていた。まず乗員の生還が不可能というのが永井の主義に反している。が、それだけではない、最高速力が三〇ノットという点と、潜望鏡（特眼鏡）が短すぎる点はもっと大きな問題だった。駆逐艦以上の軍艦で、三〇ノット以上の速力を出す大型軍艦はざらにある。だとすれば、回天はいくら自走力を持っていても、敵艦に追いつくことはできない。射点はやはり限られてしまうのだ。さらに潜望鏡の短さはもっと致命的だった。内海ならともかく外洋で二メートル以上の波高は当たり前である。聴音器を持たない回天が、唯一敵艦捕捉の手段とする潜望鏡がたった三メートルでは、敵を波間で見失うのは必至である。回天は外洋では使えなかった。

「聴音より報告。敵新針路二一三。方位三一七、距離九、五〇〇、速力一六ノット、変わらず。感三」

伝令が依然抑揚のない声で伝えた。思わず倉本はほくそ笑んだ。

「気づいていませんね。通常の之の字運動のように思われます」

「多分な。だが、針路はこちらから離れている。後落しないよう速力を上げよう。聴音に差し障りない最高速だと、何ノットまで出せる？」

永井は尋ねた。

「四ノット以内なら敵の動きは確実に摑めます。それ以上になると海水の状況如何です」

倉本は小声ながら自信満々に答えた。

「では四ノットまで上げてくれ」

「針路は？」

「このままで行こう。之の字運動の規則性を正確に知りたい」

永井は倉本の顔を真正面に見据えるとキッパリと言った。

同日一七五七時
グアム・レイテ線上
米重巡洋艦インディアナポリス

陽が翳り、没しつつある日輪が西の海を紅く燃やし東の海を黒く焦がしている。

——だのに……。

安息の時はないのか、とマックベイは戦闘情報管制室《CIC》の電子機器を眺めながら思った。ナガイは中世の騎士さながらに名乗りを上げて刃向かってきた。針路も速度も告げている。あいつらしい不愉快で華美な演出だ。『ワールド・ウォー・ツー』はそんなロマンが通用するほど甘い戦いではない。それを思い知らせてやる……。

マックベイは夕闇が迫っているにも拘らずOS2U一番機を発進させた。必要ならばインディアナポリスには回収せずグアムに戻らせるつもりだ。目的は南から接近するナガイを早朝発見することである。戦闘海域に入ったらナガイは恐らく潜航して接近するだろう。そこを爆雷攻撃による奇襲で叩く。それがマックベイの作戦だった。

だがクローバー・リーフ航法で敵の予想進出海面をくまなく捜索しているはずの『ビッグマン』からは、依然、何の報告もない。

——まさか、戦闘を断念したのでは……。

いや、それは有り得なかった。もし仮にそうだとしたら索敵機を発見した時点で彼はすでに潜航していたに違いない。ナガイは虎のように獰猛でハイエナのように狡猾で蛇のように執念深い男である。逃げることなどあり得ない。

マックベイの心に焦りが黒雲のように広がった。またしてもキリキリと胃が痛んだ。

突然、襲撃管制盤の若い士官が叫んだ。

「目標捕捉！　方位一〇四。距離四、四〇〇」

マックベイは不覚にも、

「うっ……」

と、呻き声を上げた。それも無理はなかった。まず、報告した士官が艦底の聴音器室との連絡指揮官で、索敵機の飛行長でなかったということは、ナガイが索敵機の目をかすめ、とうに戦闘海域に入っていたことを意味している。それに本艦は取り舵で転舵を行ったばかりだが、発見方位一〇四と言えばすなわち、敵艦に側面をさらけ出す位置である。そして三つ目の衝撃は、ナガイが予想していた南からではなく北西、つまりインディアナポリスの針路の北側に現れたことだった。

「何て狡猾な奴だ！」

マックベイは天を仰いだ。が、うろたえている暇はなかった。マックベイは直ちに自らの気持ちを立て直した。

「航海。命令後ただちに応じられるよう全速および転舵に備えよ。聴音。魚雷攻撃に対し警戒を厳にせよ。飛行長。『ビッグマン』を本艦の方位一〇四、距離四、四〇〇に誘導し速やかに敵潜水艦を迎撃せよ。火器管制士官。爆雷戦用意。調定深度七五メートル」

薄暗いCICの中は一挙に騒然となった。マックベイの命令が各部に伝達されている。

「聴音よりCIC。敵艦のコース一六五。速力四ノット。深度、浅深度。方位一〇四。距離四、四〇〇変わらず」

聴音からの第二報は、マックベイをさらに震撼させた。ナガイはジグザグ航行することちらの針路と速力を見極め、慎重に接敵しつつある。攻撃針路としてはベストではないがかなり有効な針路だった。しかも浅深度となればナガイはまさに攻撃準備態勢に入っていると言っていい。マックベイは直接、襲撃管制盤の電話を取った。

「聴音。艦長だ。感度は？」

「不良です」

聴音器担当の古参下士官が、済まなそうに答えた。

この様子では魚雷発射の機械音も射出音も聴き取ることは危うい。

「高速スクリュー音を聴き逃すな。いいか。頼むぞ」

マックベイはことさら静かに受話器を置いて、太い毛むくじゃらの腕を組んだ。もう基準針路をレイテへの二六二に固執するのは危険である。ジグザグ航行のパターンも敵に読まれているだろう。だが、いま艦を大回頭させたり、速度変更するわけにはいかない。ちょうど今の状況は、行き先も目的も知られた上、斜め後ろから脇腹にショットガンを突きつけられている哀れな人質と同断である。こんな時、人はとかく恐怖に駆られて振り返り、反撃を試みる。結果、振り向く前に大抵は撃たれてしまう。まして船舶は、たとえ軍艦であっても回頭にかなりの時間を必要とする。敵から見ればその間は止まっているのと同じであり、遊園地の射的場の的のように無防備だった。

「タイミングだ」

と、マックベイは呟いた。タイミングを読み違えたらお終いである。敵の第一撃をまずはうまく躱すこと。そして大回頭。本格的な反撃はその後だ。

同日一七五七時
グアム島西南西方八三海里
伊号第五八潜水艦

上昇し始めた一番潜望鏡を見つめながら、倉本は略帽を脱ぎ、無意識のうちに手の甲で汗を拭った。ひどく暑いわけではないが、いよいよと思うと止めどもなく汗が吹き出す。口が乾き喉がかすれる。向かい合って立つ田村大尉も同様らしかった。発令所の中には時計の秒針と潜望鏡の音だけが響いていた。

アイピースが膝の辺りまで上がった時、倉本は振り返って永井を一瞥した。永井は黙って頷いた。倉本は一歩進み出ると、屈みながらアイピースに取り付いた。

──まずは対空警戒だ。

逸る心に言い聞かせ、素早く全周囲上空を観察する。

「対空異常なし。先任。仰角水平！」

ほっとした空気が発令所に漂った。先刻は航空機にしてやられた。今度も待ち構えている恐れは充分あった。

「敵艦発見！　倍率上げろ！」

倉本の声が凛と響いた。田村が応じて倍率ノブを回す。

「八倍」

「よし！」

倉本は食入るように潜望鏡を覗き込んだ。

「特徴を言う。航海長、書き留めてくれ。……排水量一万トン前後。二〇センチ三連装艦首に二基、艦尾に一基。一二センチ単装高角砲八基。中央にカタパルト二基。煙突は二本。双方とも整流器付き。一番煙突の側面に短艇。二番煙突は、三本後檣の中にある」

素早く書き留めた中津が艦型図識別早見表を繰る。

「わかりました。インディアナポリス級重巡洋艦。基準排水量九、八〇〇トン。吃水五・三メートル。蒸気タービン、四軸推進。最大速力三二・七ノット。二〇センチ三連装三基、一二センチ単装高角砲八基。搭載機数三機。同型艦一隻」

永井は若い乗員たちにチラと目を走らせた。

「提督。よろしいですか？」

倉本が振り返った。永井がゆっくりと頷くと、倉本は各部署への下令を開始した。

「発射管制盤用意いいか？」

「用意よろし」

古ぼけた普通科水雷術章を左腕につけ、粗末な木製の小さな丸椅子に座った堂本上等兵曹が答える。

「田村。諸元を読み上げろ」

「了解」

「方位！」

「三三一」

田村が潜望鏡の反対側から測敵数値を読み上げる。それに応じて堂本上等兵曹が発射管制盤に数値を入れる。

「距離！」

「四、四〇〇」

「敵速！」

「一六ノット」

「敵針！」

「二一五」

指で潜望鏡を下げるように水兵に伝えると倉本はひときわ声を張り上げて下令した。

「一番から四番まで発射雷数四。雷速四九ノット。開口角一度」

中津が慌ただしく計算尺を動かした。

「射角八度。雷走時間三分三〇秒」

堂本上等兵曹が中津の数値を発射管制盤のダイヤルに入れる。

「ようそろ！」

堂本上等兵曹が顔を上げて叫ぶ。

「発射管注水！　外扉開け！」

田村がすかさず命令する。注水で伊五八は僅かに前方に傾いた。機関長が補正のために、後部釣合いタンクへの移水を命じる。

「発射管ようそろ！　外扉ようそろ！」

永井は倉本に向かって三度頷いた。

「一番、てぇ！」

勇ましい命令とは裏腹に、伊五八は艦首で「ごとん」という不景気な音を立てて身震いした。

「聴音より報告！　一番正常に走行中」

「二番、てぇ！」

再び艦が震える。

「三番、てぇ！」

三つ目の震動だった。だが、次の報告には間があった。

「三番、スクリュー音なし」

自走していない。射出後、内燃焼機関がエンストを起こしたのだ。整備がいかに完全でも起こり得るトラブルで、誰を責めることもできない。倉本は舌打ちしたがすぐに気を取り直した。

「五番発射管用意！　四番、てぇ！」

「五番用意よし」

「五番、てぇ！」

最後の魚雷が飛び出すと発令所にはたちまち安堵の空気が漂った。

――これはいかん。

永井は即座に潜水を下令した。

「機関全速一杯！　面舵一五度！　深さ一〇〇！　急げ！」

伊五八は護衛を持たない輸送船を襲ったのではない。敵はれっきとした第一線の重巡洋艦だ。爆雷装備が有るかどうかは不明だが、艦上のカタパルト上には少なくとも二機の艦載機があるはずだった。こちらの攻撃に気づいたらたちまち襲ってくるだろう。のんびり構える余裕はなかった。

モーターの音が徐々に高まり、艦は右舷艦首を下に傾け始めた。気が急くばかりで艦の沈降速度は鈍い。

「二二、二五……三〇」

深度を読む田村の声がいつにも増して冷たく響いた。

同日一七五九時
グアム島西南西方八三海里
米重巡洋艦インディアナポリス

敵発見の第一報から既に七五秒が経過した。パッシブ・ソナーからの報告を伝えるスピーカーも「変わらず」としか言おうとしない。硝子の対勢表示盤の向こうで、記入報告を待っている水兵もどこか手持ちぶさただった。時計の秒針だけが空しく時を刻んでいる。

マックベイは焦燥感と共に、孤独感を嚙み締めていた。太平洋艦隊司令部も第五艦隊司令部も、マックベイを、いや、インディアナポリスを切り捨てた。この戦いはそれを裏づけている。その裏切りに比べれば敵対するナガイのほうがよほど親近感を感じるぐらいである。

だが、マックベイを孤独に追いやったのはそのせいばかりではなかった。片腕のフリンは、後部戦闘指揮所にいる。水雷長のスタントン中佐は艦尾の爆雷投射班にいる。砲術長のリプスキー中佐は戦闘艦橋だったし、航海長のジャニー中佐は艦橋にあった。いま、そばにいる士官は戦闘日誌をつけているムーア少佐のみである。ムーアは元は大西洋航路の貨客船の二等航海士だった男で、一九四二年、乗船が沈んだのを切っ掛けに志願した。士官養成所を経て四三年に戦艦サウス・ダコタに乗組み、今年になって転属して来たのだった。性格は明るく頭脳も明晰である。貨客船出身だけに航海術には長けているが、戦術となると速成士官の悲しさで基本的なことしか身につけていない。あのナガイを相手にする参謀としてはとうてい力不足だった。

——私がどう戦うか、それがすべてだな。

マックベイが一人ごちた時、

「高速スクリュー音探知！」

スピーカーが叫んだ。襲撃管制盤の受話器を取ったマックベイは素早く反問した。

「方位を知らせ！」

「方位一〇五。距離二、三〇〇。コース一五八。速力五〇ノット。雷数四」

——予想通り。

と、マックベイは思った。

「機関全速！　取り舵、一杯！」

下令する声にもゆとりが出た。思ったより早く魚雷を探知できた。この距離なら必ず躱せる。

「機関、前進全速、アイ」

「取り舵一杯、アイ」

それぞれの部署からキビキビと答えが返ってくる。同時に艦全体に震えが走った。増速し始めたのだ。回頭のため艦はゆっくりと左に傾く。

マックベイは対勢表示盤に眼を走らせた。『ビッグマン』も全速で敵艦の予想位置に向かっているようだ。やっとインディアナポリスも戦闘艦らしくなってきた。

「パーティはこれからだ。精一杯、楽しくやろうぜ」

マックベイは呟いた。かたわらのムーア少佐は艦長の心理を計りかねたか、不審気な視線をマックベイに送り、戦闘日誌になんて書こうか、それとも書くまいか迷った揚げ句、馬鹿馬鹿しさに気が付いてペンを置いた。

ＯＳ２Ｕ一番機のマロン中尉とサイクス少尉の心は昂っていた。ロウの仇は必ず取ってやる。ロウは確かに嫌なやつだった。あいつの盗癖はインディアナポリスに来てからずっと仲間を悩ませていた。現場を押さえられていないので見逃されてきたが、いなくなってホッとしなかったと言えば嘘になる。

だがそれとこれとは話が別だ。

「ジャップに消してくれと頼んだ覚えはない！」

仇は討たなければならない。

それなのに敵潜水艦が当初指示された南でなく、北に現れたと聞いたとたん、二人はありとあらゆる呪いの言葉を吐き散らした。

「ここら辺だぞ、サイクス」

前席のマロン中尉が機内通話で話し掛けた。サイクスが見下ろすと海は西陽で黄金色に輝き、波が眩しく反射している。

「駄目だ。目視では眩しくて発見できない。磁気探知器《MAD》でやる」

サイクスは答えた。

「了解。高度二〇メートルまで螺旋降下する。磁気探知器《MAD》の準備をしてくれ」

マロンは言い終わるや、操縦桿を乱暴に右前に倒した。機は急角度で斜めに傾いた。

マロンの腹の虫は当分収まりそうにないとサイクスは思った。彼の瞬間湯沸し器ぶりはつとに知られているし、仮にも上官だ。余計なことは言わないに限る。サイクスは諦めて磁気探知器《MAD》の電源を入れた。

「マザーカントリーよりビッグマン。聞こえるか？」

近距離無線がひどく大きな音でレシーバーに飛び込んできた。見るとマザーカントリーことインディアナポリスの巨体がすぐ眼下にある。慌ててサイクスは音量を下げた。

「こちらビッグマン。感度良好」

「艦長だ。敵潜水艦を発見次第攻撃せよ。兵器使用自由。繰り返す。兵器使用自由。ただし一回の攻撃に爆雷の使用は一発に限る」

「………」

サイクスは目を剝いた。爆雷を一回に一発だけだって？　それで沈められるわけがない。

「ビッグマン。聞こえないか？　もう一度言う。発見次第攻撃せよ。兵器使用自由。一回の攻撃には爆雷の使用は一発に限る」

機体を五〇メートルの高度で水平に戻したマロンは送話器を機内通話に切り替えて言った。

「おいおい。俺たちは脅しだけか？」

サイクスも肩を竦めた。

「そのようです。何て返事します」

「了解としか言えないだろう！　艦長に盾突く度胸がお前にあるのか！」

マロンが火の点いたように怒鳴りつけた。確かに艦長に盾突く度胸なぞある訳はない。艦長ドノがその気になればへっぽこ中尉とへっぽこ少尉の首ぐらい、簡単に人参の付合せと一緒に夕食の皿に盛れるのだ。サイクスは再び送話器を近距離無線に切り替えると答えた。

「ビッグマンよりマザーカントリー。了解」

マロンは最初の発見位置とされた地点から捕捉針路を辿り、レイジー・エイト航法で捜索を開始した。インディアナポリスは全速航行に入っている。軍艦のパッッシブ・ソナーが潜水艦を捕捉できるのはせいぜい二〇ノット航行以内である。インディアナポリスはいま二七ノットで旋回していた。速度を落とさなければパッシブは役立たない。しかもあれだけスクリューと舵で水を掻き回したら水中のノイズが静まるまで相当時間がかかるだろう。パッシブはデリケートな代物なのだ。インディアナポリスによる捕捉誘導は期待できない。独力でやるしかない。

——だのに脅しだけで済ませろとは……。

マロンの怒りは沸点に達していた。


インディアナポリスが左回頭に入って九〇秒が過ぎた。マロンの想像通り速力を上げた途端ソナーから「敵艦ロスト！」と、報告があった。不幸中の幸いは魚雷のスクリュー音だけはどうやらロストしなかったことだ。ＣＩＣのスピーカーでも、スクリューと転舵による水中ノイズに混じり、微かに魚雷の甲高いキャビテーション・ノイズが聴き取れる。

魚雷さえ把握していれば第一撃は躱すことができるし、躱したところに第二撃の可能性がないではないが、艦の速力が上がっていれば、その照準を狂わすことは容易である。

マックベイは攻撃よりもまず防御を優先したのだった。

――少し消極的かもしれぬが、相手がナガイとなれば止むを得ぬ……。

マックベイの呟きは、ムーア少佐には聞こえなかった。

「艦長！　ソナーです！」

襲撃管制盤の少尉が受話器を渡した。

「敵の一番左側の魚雷が艦尾右舷を通過します」

沈着な声だった。後で名前を聞いて彼の考課評定に書き加えてやらなければならん、とマックベイは思った。

「ほかの三本はどうだ？」

「かなり遠くを通過中です。無害です」

「よくやった。これからもしっかり頼む」

マックベイは改めて別の電話を取ると、後部戦闘指揮所を呼び出した。

「フリンか？　聞こえたか？」

「聞こえました」

「魚雷の通過は確認できたか？」

「駄目です。西陽が眩し過ぎます……」

「わかった。ありがとう」

ナガイは酸素魚雷を使っている。マックベイは確信した。あれは航跡を出さない。しかも長射程である。発見が困難で危険この上ない。

彼は、戦闘に入る前に読んだモデファイイBタイプ2潜水艦のデータを思い出した。水上速力一七・五ノット、水中速力六・五ノット。二五ミリ連装機銃一基、五三センチ魚雷発射管六門。魚雷搭載数一九本。潜航可能深度一八〇メートル。潜航航続距離、三ノットで一〇〇海里……。

計算上、奴の発射管にはまだ未発射の酸素魚雷が二本ある。

神ならぬ身のマックベイには、そのうち一本が不発だったことなど、思いもよらなかった。

同日一八〇一時
グアム島西南西方八三海里
伊号第五八潜水艦

伊五八の発射管室では、潜水艦の最も危険で最も過酷な作業の一つ、魚雷の再装塡に兵達が汗を流していた。二本の魚雷が魚雷架から引き出され、装塡軌道に吊り下げられている。

「一番と二番に装塡する。慎重にやれ」

島田上等兵曹は黙々と働く水雷科兵員達に声をかけた。すでに発射管の重く分厚い尾栓が開けられている。

九五式一型酸素魚雷……。外径五三三ミリ、全長七・一五メートルの滑りやすい金属の円筒形。しかも一本の重量が一、六六五キロもある。内部には四〇〇キロの高性能炸薬と可燃性の純粋酸素三八三リットルが収められ、著しく衝撃に弱い。万が一、一本でも誤爆すればいかなる潜水艦も沈没は免れない。

艦は右舷艦首を下にして傾斜し、海流で不規則に揺れている。発射管の入り口に魚雷の頭をぶつけずに装塡するのは神経を使う作業だった。

「ゆっくり……。ゆっくり……」

発射管の脇に立って作業を監督する森二等兵曹が魚雷頭部と発射管口を合わせる。二番発射管に、そして一番発射管に魚雷が納められる。兵達はこの気の滅入る慎重な作業を後三本分行わなくてはならないのだった。

「方位三五七」

発令所では縦舵操舵員からの報告が静かに響いた。

「縦舵、戻せ」

倉本が命ずる。

「縦舵戻しました。方位三五九……〇〇〇《マルマルマル》」

「深度は？」

潜望鏡に摑まっていた永井が田村に尋ねた。

「三七メートル。潜入角一二度」

田村は振り返った。田村にはまだこの潜入の意味がことここに至っても理解できていない。敵艦は遠く、艦載水上機は外洋での着水が困難になることから夕暮れ時に行動することはない。それが常識である。その常識が実戦では最も危険な思い込みに転化するのだが、田村はそれに気付いていなかった。

永井は机の上で分厚い艦型図識別早見表を繰っていた。一ページごとに大きな艦のシルエットと特徴、武装、速力、その他のデータ、艦長名とその略歴が記入されている。これは艦の備品で、帰港する度に、新たに入手した情報が差替え可能なように綴じられている。同じインディアナポリス級のページにもインディアナポリスとポートランドがそれぞれ一ページずつ当てられている。

永井は見比べて艦名を特定しようとした。インディアナポリスとポートランドでは電探の取り付け位置が異なっている。インディアナポリスは後檣上、ポートランドは前檣上だ。

「深度、四二」

——あいつはどちらだったか？

という永井の想念は、潜航長の松岡上等兵曹の報告で中断した。誰からも好かれる朗らかで面倒見の良い性格から、永井もすぐ名前を覚えることができた下士官の一人である。

「魚雷はまだか？」

倉本が尋ねた。

「あと、三〇秒」

田村がストップ・ウォッチを手に答える。

「敵艦回頭しています！　左に転舵！　増速中！」

突然、伝令が聴音の報告を伝える。

「くそ！　何でわかったんだ」

発令所のそこここで落胆の溜め息が漏れた。聴音器だ。それしかない。永井はそう推測した。

「まだ、行きますか？」

田村が尋ねた。もっと深く潜入するかという意味だった。

「五〇を越えると、再攻撃時、潜望鏡深度に戻すのに時間がかかりますが」

田村の声が冷徹に響く。その時、

——そうだ。後檣だった。

と、永井は閃くように記憶を引き出した。もう一度艦型図識別早見表に眼を落とす。確かにインディアナポリスだ。間違いない。視線は何度も見返したはずのデータを追った。

「ん……」

永井が何かに引っ掛かった様子に、倉本は訝って尋ねた。

「どうしました？」

「チャールズ・バトラー・マックベイ三世だ……」

——あのマックベイか……。

一七年前の記憶が鮮やかに蘇ってくる。

「深度一五〇！　潜入角そのまま！」

永井は決然として言った。一七年前は辛くも勝利をこの手に把むことができた。しかしそれはあくまでも図上演習であり、今度は実戦である。彼は手強い。それにあれ以降、世界の軍事情勢は兵器も用兵も大きく変えている。

——今度は勝てるか……。

永井は目に見えぬ敵にじっと細く光る目を据えた。

同日一八〇一時
グアム島西南西方八三海里
米重巡洋艦インディアナポリス

Z281800A　JURY
機密　THEO
発・アメリカ海軍重巡洋艦　インディアナポリス
宛・太平洋艦隊司令部
　第五艦隊司令部
　第九五機動部隊司令部
　マリアナ戦域司令部
通報・太平洋艦隊司令長官
　第五艦隊司令長官
　第九五機動部隊司令長官
　マリアナ戦域司令長官
〝ML00500〟
日本海軍　潜水艦作戦

一、七月二八日一〇二五Aごろグアム西南西方一五海里にて潜水艦らしいもの発見。航空機による爆雷攻撃を実施するも失探。
二、七月二八日一五五五Pごろグアム西南西方七六海里にて索敵機が再び浮上航行中の潜水艦を発見。銃撃するも反撃を受ける。戦果不明。損害、索敵機一機、戦死一、戦傷一。その後の評価にてモデファイBタイプ2と推定。
三、七月二八日一八〇一Pごろグアム西南西方八三海里にてソナーにより敵潜水艦を捕捉。敵の雷撃を受けるが回避。
四、援助を要請。

マックベイは自分が用意した通信文を眺めて少し思案した。恐らくこの無電を打っても援助は期待できないだろう。そう思うと、すべてに空しさが押し寄せてくる。しかし、アメリカ海軍軍人の義務としてこの海域に敵潜水艦が存在することは通告して置かなければならなかった。

彼は通信綴りを通信長のスタウト・ヒル大尉に手渡した。艦首はまだ回頭を続けている。艦首が完全に敵艦に向かうにはいま少し時間を要するが、OS2Uはすでに戦闘海域に到着している。

——現実に戻らなくては。

と、マックベイは自らを鼓舞した。

天候は下り坂だった。明らかに雲量は増えているとマロンは思った。海上の波の高さも離艦時に比べると高い。雲間にのぞく陽光は鈍く、太陽は水平線に近づいている。これらはOS2Uの戦闘行動に時間の制限があることを示していた。雨でも降り出せば全天候型ではないOS2Uは雲の上に出て晴れ間を探さなくてはならない。海上が波立てば波立つほど着水は困難になり、洋上で母艦に拾ってもらうことも難しくなる。グアムに向かうのならその分の燃料を残しておかなくてはならないが、夜間に入ってしまうと戦闘行動はもちろん、OS2Uの航法装備では真っすぐグアムに飛ぶことすら危うくなる。

——せいぜい三〇分だな、この海域に止まれるのは……。

マロンは焦りを感じながら左旋回に入った。

「中尉。前方に微弱な反応。一時の方向」

サイクスがくぐもった声で言った。捜索に入ってからは彼は『MAD』に顔を落としたままだった。

「間違いないか？」

「この辺りの水深は五〇〇か六〇〇。沈没船があっても反応はありません。浅い深度に何かいます」

「一時だな。行ってみよう。インディアナポリスに知らせろ」

マックベイは対勢表示盤を見つめながら頬をゆるめた。ＯＳ２Ｕの行動制限時間内に敵艦を再捕捉できたのは幸運としか言いようがない。しかも敵艦は南へ、すなわち交戦の継続を企図している。そうでなくてはナガイらしくない。

「探知！」

サイクスは『ＭＡＤ』の針が大きく揺れるのを見て叫んだ。

「標識《マーカー》を落とせ！　反転、攻撃する」

マロンが命じる。同時にサイクスは投下索を引いて発煙標識《マーカー》を投下した。五〇メートルの高度から落ちた標識《マーカー》は直ちに赤い煙を上げて波間を漂い始めた。

攻撃は一発ずつと決められている。よほど間近で爆発させないと効果はない。爆発深度は五〇メートルに調定され、機上での変更は不可能であった。せめて位置だけでも正確に落としたい。標識《マーカー》はそのための基準点となる。マロンは逸る心をやっとの思いで抑え、速度を失速寸前まで落とすと右旋回を開始した。対敵上それが最もコンパクトな廻り込みだった。

マロンは標識《マーカー》が目前に見える二〇メートルの高度までゆっくりと愛機を下げた。

「微弱反応あり！　方位〇〇〇《マルマルマル》！」

サイクスの声が緊張の度を高めた。報告は敵艦の予想針路と一致する。

「反応ますます強くなる……。ちょい……左。オーケー。そのまま」

マロンは言われた通り慎重に機体を操作した。直後、サイクスの見詰める『ＭＡＤ』の針が再び大きく揺れた。

「発見！　敵艦は同航（機と同方向に艦首を向けていること）。艦首に攻撃する！」

がくんという衝撃と共にＯＳ２Ｕの機首が上がった。主翼パイロンから一四七キロ航空爆雷が転げるように落下する。マロンはやや速度を上げ、失速を防ぐと再び機を右旋回の軌道に戻した。

同日一八〇三時
グアム島西南西方八三海里
伊号第五八潜水艦

爆発の轟音は遅れてやって来た。その前に衝撃が艦首に、そして艦全体を包み込んだ。敵の爆雷は前部兵員室の四メートルほど直上、やや左舷よりで爆発した。衝撃は艦を左前方に傾けた。艦内は一瞬にして停電し、随所に錆と塗装が降り注いだ。前部兵員室昇降口から海水が雪崩込んだ。

乗員のほとんどが投げ出され隔壁や備品に叩きつけられた。至る所で悲鳴と呻き声が挙がり統制は失われた。発令所で無事だったのは、辛うじて垂直ラッタルに摑まっていた倉本と、潜望鏡にしがみついていた永井だけだった。

「静かにしろ！　損害を報告するんだ！　周りに倒れている者がいたら起こして配置に付けろ！」

永井が叱咤した。とっさに倉本が、倒れている縦舵操舵手を抱え起こそうとした。意識はなく、頭部を触ると生暖いぬるっとした感触があった。

「交替の操舵手を呼べ！　非常用電源はまだか！」

「前部兵員室昇降口、損傷！　浸水！」

無電池電話が壊れているのか、水兵が士官室を走り抜けて報告に来た。

「第一配電盤、第二配電盤とも損傷！　管制盤室、火災発生！」

またか。倉本は舌打ちした。電力の回復には時間がかかる。その間、操艦はもちろん、前部兵員室の排水も不能なのだ。

「応急修理班、前部兵員室へ！　管制盤室、消火急げ！」

立ち上がった兵員たちが倉本の声に従って弾かれるように動き出した。潜航長の松岡上等兵曹をはじめ六名が若い兵員と自分の持ち場を素早く交替し、応急修理班として艦首に向かった。

前部兵員室の浸水は昇降口のハッチからであった。松岡上等兵曹は応急修理班長として損傷したハッチを診るため、懐中電灯を片手に滝のように海水が流れ落ちる昇降用垂直ラッタルを駆け上がった。そして、ものの一分も経たぬうちに飛び降りると、全身濡れ鼠のまま破れ鐘のような声を張り上げた。

「ぼろ切れと五寸角、鎖とジャッキを持って来い！」

「何とかなりそうですか？」

班の一人が尋ねると、

「大丈夫だ。浸水はひどいがパッキングがいかれただけだ。内殻の内側に五寸角の角材を嚙ませ、鎖をそれとハッチのハンドルに掛けてジャッキで引っ張れば止まるだろう。艦長にそう報告しろ」

松岡は暗闇の中で不敵に笑った。

修羅の中にあったのは管制盤室も同じだった。火災の原因は前と同じで爆雷の衝撃で配線の一部がショートし可燃物に引火したのだった。だが、火勢は前回より強く配電盤全体に広がっている。電気長の辻岡上等兵曹は一人、消火器を抱え燃え盛る火の手に立ち向かっていた。炎の勢いは強く一向に消える気配はない。逆に炎が辻岡の顔を撫でた。眉や髪に火が移り周囲の者が慌てて手ぬぐいで消す。

「通風隔壁弁を閉じろ！」

蹲った辻岡が呻くように言う。

「それには艦長の許可が……」

電気員の一人が悲痛な声を上げた。伊五八の艦内には艦首から艦尾まで、給排気用の大口径通風管が二本貫通している。辻岡はこれを閉じろというのだった。そうでないと新しい空気がどんどん供給され、火勢はいつまで経っても弱まらない。一方、これを閉じれば、この管制盤室はもちろんその下の電動機室にも後ろの後部兵員室にも、空気は供給されなくなる。艦長の許可が必要なのはそのためだった。

「報告は後でいい！　早く閉じろ！　さもないと、管制盤室は黒焦げだぞ！」

辻岡は火傷を物ともせず、新しい消火器を取ると天井にまで吹き上がる炎の壁に再度立ち向かった。


突然、艦が右舷艦首方向に大きく傾斜した。発令所ではやっと配置に付いた兵員が、またもんどり打ってひっくり返った。

「機関長！　上げ舵一杯。傾斜復旧急げ！」

倉本が堪らず叫ぶ。

「駄目です、艦長。縦舵横舵共動きません。動力が止まり油圧が掛からない模様」

傾斜は前部兵員室の浸水が原因に違いない。動力ポンプも使えない今、艦内に流入した海水は人力で排除するほかはない。だが深度は五〇メートル余。手押しポンプで排水するには水圧が高すぎる。応急修理班の修理はいつ終わるのか。応援を出しても、狭い艦内では松岡の邪魔になるだけである。

「倉本君、全ては待つしかないな」

暗闇の中、永井は潜望鏡に摑まったまま驚くほど冷静に言った。

同日一八〇六時
グアム島西南西方八三海里
米重巡洋艦インディアナポリス

マロンは立ち上がった水柱を眼の隅で捕らえながらふと、

――あの下で敵潜水艦の乗組員たちはどんな気持ちでいるのだろうか？

と思っていた。薄暗い艦内。澱んだ汚水と水垢。オイルと汗の臭い。常に去来する圧潰の恐怖。そして突然襲う爆雷の衝撃。想像しても身の毛がよだつ。

それにしてもなぜこんな時にそんな敵を思いやるような倒錯した思いに駆られたのか。

彼には自分自身の気持ちがわからなかった。

「本艦から攻撃を続行せよと言っています、中尉」

サイクスがマロンの物思いに割り込んで来た。

「わかってる。もうすぐ夜になる。言われなくてもそうするさ。それより『MAD』に注意しろ。敵さんは今の攻撃にびっくりしてコースや深度を変えるだろう」

マロンは旋回を終えると海面に眼を移し、改めて戦果を評価しようとした。しかし鈍い夕暮れの光の中で、波立つ海面には戦果を示す痕跡は何ら浮いていなかった。


マックベイはCICの中を熊のように歩き回っていた。最前までの焦燥感はすでに失せている。ナガイの考えていることがいまや手に取るようにわかると思われたからだ。日本海軍の戦術は常に一点の奇襲に賭けることにある。それは時に斬新で奇抜な発想に満ち溢れ、常識を覆す。だがそれ故に、ひとたび奇襲が失敗すると全作戦が崩壊する傾向を持つ。ナガイはいまそのパターンに陥っている、とマックベイは考えた。

彼もまた、所詮は奇襲好きの日本海軍軍人のひとりにすぎなかったのだ。プレシディオの逆転は、たぶん偶然の所産だったのだろう。戦闘は攻撃的精神だけで勝てるものではない。私はどうやらナガイを買被り過ぎていたようだ。

マックベイは、嗤いを押し隠しつつ、次の展開に思いを馳せた。

「敵艦までの距離と方位は？」

「三、二〇〇。三五七」

対勢表示盤担当士官が素早く答えた。敵は近い。言うまでもないが、OS2Uは攻撃の最終的な手段ではない。攻撃の主体はあくまでも重巡洋艦インディアナポリスである。哨戒機の爆雷攻撃はインディアナポリスが現場に到着するまでの牽制にすぎなかった。そして作戦は現段階まで着実に成功していた。次は攻撃のための減速である。減速すれば敵潜からは狙われやすくなる。それをどう回避するか。

マックベイの頭脳は目まぐるしく回転した。

「一番機は、まだ敵艦を捕捉しているか？」

マックベイは飛行長に念を押した。

「捕捉しています。これより二次攻撃に入ります」

「ベリー・グッドだ。ならばこちらもコースとスピードを変更しよう。コース三五七。二〇ノット」

復唱が各所に響いた。マックベイは続け様に命令を下した。

「アクティブ・ソナー探知始め。パッシブ・ソナー、音をＣＩＣに流せ」

途端にスピーカーからアクティブ・ソナーの発する規則的な金属音が流れ始めた。海底からの反射音はない。敵潜が下におらず、水深が深いことの証明だった。ソナーは単調で周期的な発信を繰り返した。これが戦闘中でなかったら眠気を誘われる者も居ただろう。だが、敵はもう目の前だ。

――摑まえるのに時間はかからん。

マックベイは軍帽の庇に手をやり、グイと深くかぶり直した。

同じ頃、OS2Uのサイクスは爆雷の安全装置を解除して攻撃準備を急いでいた。

『MAD』の針は繊細な反応を示している。

「攻撃準備完了。目標前方零時、コースこのまま」

「よし。行くぞ!」

マロンはその言葉とともに操縦桿を真っすぐに固定した。逆にスロットルをぐっと絞り込む。

「ターゲット捕捉! 用意! 投下!」

ガクンという衝撃に続き機体は再びふわりと浮き上がった。合わせるようにマロンはスロットルを開けると、ゆっくりと左旋回に入った。

同日一八〇八時
グアム島西南西方八三海里
伊号第五八潜水艦

「前部兵員室、浸水止まりました」

濡れそぼった髪の毛を払いながら応急修理班の松岡上等兵曹が報告した。単純だがきつい作業だったためだろう、肩で息をしている。

しかし動力はまだ回復していない。深度も維持できずじりじりと沈降して九〇メートルを越えている。

「どれぐらいまで耐えられそうだ？」

田村は手拭いを手渡しながら尋ねた。

――聞かんでもいいことを聞きおって。

と、倉本は思ったが敢えて制止はしなかった。

「パッキングが飛んでいるのでなんとも言えません。深度が増して船体が歪むとハッチ自体が弾き飛ぶかも知れません」

顔を拭いながら、松岡は古参の下士官らしく冷静に答えた。瞬間、発令所内の動きが全て止まったかのように思われた。だが永井は満足そうに頷いた。

「なあに。動力が回復すれば攻撃に転じられる。船体の歪みなど問題ではない。ここで潜っているのもそう長いことではないさ」

明るい声で倉本に語りかけると、からからと笑った。空元気なのか本気なのか、倉本は判断に迷った。

「しかし、動力が……」

呻くように言ったのは中津だった。

永井が続けた。

「艦長の弁では、この艦の乗員は皆優秀だということだ。動力などまもなく回復するさ。時間がかかったら、艦長の考課評定に響くだけだ」

発令所の中に笑いが洩れた。倉本はこの艦の乗員が皆優秀だなぞと言った覚えはなかったが、いつしか一緒に頰を緩めている自分に気がついた。


管制盤室の火災はようやく鎮火し、配電盤の復旧作業が始まろうとしていた。だが、電気員たちの疲労は極に達していた。電線を包むゴムや絶縁体が燃えて発生した有毒ガスや消火剤が立ち込め、呼吸は苦しく誰もが咳込んでいた。防毒マスクはあったが、消火活動に不便なため辻岡は敢えてその装着を許可しなかった。障害は他にもあった。火は消えたものの、電力が回復していないため、復旧作業が暗闇の中で行われなければならなくなったのだ。室内には懐中電灯が二本しか残っていなかった。

「とにかく焼けた配線を引っ剝がせ。急ぐんだ」

頼りない二条の懐中電灯の光の中、辻岡は顔を手拭いで押さえながら、部下を叱咤した。

──花火屋の倅の俺が電気長で、電気屋の息子の島田が水雷科分隊士だからこんなことになるんだ。

辻岡は思わず愚痴を零したくなった。

「まず一次電源から掛かれ。二次電源と非常用電源は後でいい。急げ……」

辻岡はそう言うと闇の中に蹲り、自らも作業に取りかかった。

発射管室では水雷科分隊士の島田以下の兵士が悪戦苦闘していた。魚雷の再装塡は部下に任せ、島田は二等水兵の相澤と二人で床に下ろした魚雷の点検にかかっていた。

「この魚雷です。間違いありません」

相澤は暗闇の中で断言した。先刻駛走しなかった魚雷と同様にこの魚雷も、先の戦闘で一旦は発射管の中に収められ、海水に漬っている。その記録は相澤が付けている。島田は頷いて魚雷の側面を叩きながら言った。

「始めよう。教えた手順だ」

島田は懐中電灯で相澤の手元を照らした。さいわい、艦は左舷艦首を下に傾けてはいるが、その姿勢で安定し均一速度で沈降している。相澤は床に膝を突くと、魚雷の解体作業を始めるべくねじ山の溝にドライバーを当てがった。

モーターが唸りを上げ、照明がまたたいた。ようやく灯った白色球の明りに発令所員の誰もが瞼を押さえた。

「速力四ノット。赤色灯に切り替えろ。排水急げ」

倉本が命じた。

「速力四ノット、ようそろ。現在、深度一〇五メートル。針路〇〇〇《マルマルマル》」

松岡が答えた。

「部下は優秀だな」

永井のふと放った言葉が、また笑みを誘った。倉本もにやりと頰を崩した。衝撃が再び艦を包んだのはその時だった。照明は消えなかったが、艦は大きくゆっくりと右に傾斜し不安定に震えた。

「爆雷！」

と叫ぶ声の中、永井の指示が鋭く響いた。

「爆雷戦防御！　機関長、傾斜復旧急げ！」

乗員の背筋にピンと芯が入ったように見えた。それにしても、前後たった二発の爆雷にこれほど乗員が動揺するのは、明らかに練度の不足だった。明確な方針なくしてこの艦の士気は維持できないなと、永井は再確認した。

「右舷三番、四番タンク、左舷三番、四番タンクに、五〇〇リットル移水」

下令後、機関長が何か言いたげに倉本を見詰めた。倉本はそれを読み取ると永井に進言した。

「提督。管制盤室に酸素の供給をして宜しいですか？」

「構わん。閉鎖も解除し負傷者の収容と手当てもしてもらいたい」

永井は管制盤室の状況に思いを馳せた。上等兵曹の辻岡が顔面に大火傷を負ったという。火傷がどれほど辛いものかは船団司令を務め何度も火災を経験した永井には良く分かっていた。辻岡は印象こそごついが廉直で男惚れのする快男児だ。起こってしまったことは仕方がない。後悔は無駄な時間の費えである。

「聴音に伝達。速やかに彼我の位置関係を知らせ！」

動力の回復はまさしく艦の運命を受動から能動へと変えた。これからは選択の一つ一つが勝者と敗者を分ける因となる。永井は海上のインディアナポリスを睨み上げるように視線を上方に向けた。

同日一八一〇時
グアム島西南西方八三海里
米重巡洋艦インディアナポリス

ＯＳ２Ｕ一番機は戦場を去りつつある。マックベイの命令によるものだった。いまや攻撃の主役は完全にバトンタッチされていた。

——わが方に死角はない……。

マックベイはほくそ笑みながら心の中で呟いた。

インディアナポリスのアクティブ・ソナーは六〇秒前から敵潜水艦を完全に捕捉している。しかもパッシブ・ソナーには敵のスクリュー音がまったく捕らえられていない。そこから得られる答えは一つ。敵艦が単発の航空爆雷攻撃で損傷したということである。万一、それが偽装であったとしても敵潜は現在、我々を攻撃することができない。深度一〇〇メートルで雷撃できる潜水艦など在るはずがなかった。しかもこちらは敵の射線に対しほぼ平行、つまり最も雷撃を受けにくい方位で接近を図っていた。

「あと六〇秒……」

今度は小さく声に出して呟いた。六〇秒後にインディアナポリスは攻撃位置に着到する。その後は楔形か、ボックス形か、ダイヤモンド形か、どれかのパターンで爆雷を投射するだけだ。爆雷による撃沈の確率は、同時爆発の数に比例する。彼は艦尾の爆雷投射班に繋がる直通電話を手にした。

「スタントンか？」

返事を待ってから言葉を継いだ。

「ダイヤモンドで行こう。それも連続投射で……。そうだ。四発同時の連続攻撃だ。一気に片づかないかもしれないが、敵さんに地獄のダイヤモンドを味わってもらおう」

マックベイはこの瞬間、完全な勝利を予測した。

「ソナーよりＣＩＣ！　ソナーよりＣＩＣ。目標よりスクリュー音！　繰り返す。目標よりスクリュー音。目標移動開始」

この報告にマックベイは一瞬狼狽《うろた》えた。偽装は予測していたものの、敵がついに動き出したのだ。

「方位、距離、針路、速力を知らせ！」

マックベイは別の受話器を取ると語気荒く言った。返事は機械的な響きを帯びていた。

「本艦よりの方位〇〇〇《マルマルマル》。距離四〇〇メートル。針路〇〇〇《マルマルマル》。速力不明」

マックベイは右手の親指の爪を噛んだ。

——近い。攻撃を手控えて様子を見るか……。いや、それはできない。それにはあまりに近すぎる。

再び爆雷投射班への直通電話を取った。

「攻撃する。調定深度一一〇」

艦尾爆雷投射班のスタントンが、投射班にマックベイの命令を伝達した。

「攻撃準備！　調定深度一一〇。第一斉射、用意！」

スタントンの悲鳴にも似た命令は、合成風力四〇メートルを越える猛烈な風と機関部が喚き出す騒音に掻き消されながらも手信号のお陰でかろうじて伝えられた。投射班員は大慌てで爆雷架にある爆雷の信管調整にかかる。スクリューで逆巻く波の飛沫を全身に浴び、四〇メートルもの風を受けると、南海と言えども歯の根が合わない。かじかむ手に息を吹きかけながら水兵たちは一つ一つ手作業で信管のダイヤルを一一〇メートルに調整する。半年前まで北大西洋でUボートを相手に対潜作戦に携っていた猛者たちにとっても、それは楽な作業とは言い難かった。

マックベイは慎重に両艦の交差針路を海図台上で見据えていた。もはや敵艦の移動による誤差は問題ではない。いや問題視したくなかったと言った方が正しいかもしれぬ。が、投げやりになったつもりはない。潜水艦の速力はせいぜい六ノット。最初の探知位置からの移動距離はこの一五秒間に五〇メートル程度。あと一五秒も経てば一〇〇メートル移動することになり、敵潜が真っすぐ同一針路を進むならインディアナポリスの真下を通過することになる。

探知能力が保持されていればの話だが、真正面から接近して来る大型艦に敵が気付かない訳はない。こうした場合、潜水艦の常套手段は、約二〇〇メートルまで接近するのを待って右か左に転舵し、爆雷の直撃を回避することだ。水上艦艇のソナーは海水の音波特性によって直下を中心に半径二〇〇メートルの円内が探知不能になっている。それを潜水艦は利用するのである。加えて右に転舵するか左に転舵するかは敵の判断次第だし、潜水艦は最高速力が遅い反面旋回半径が小さいので急角度の針路変更が可能である。その場合、爆雷の網が敵を捉える確率はかなり低くなるのが常識だった。

マックベイは、だが、敵の見せたたった一つの不自然な行動に賭けようと決意していた。第一回目の航空攻撃後、インディアナポリスが接近する間に敵の行動が止まったというあの一点である。敵は損傷を負っている。だとすれば、デリケートなソナーが真っ先に故障していても決しておかしくはない。

「ロスト！」

ソナーからの報告を伝えるラウド・スピーカーが甲高い声を上げた。半径二〇〇メートルの探知不能領域に敵潜水艦が侵入した証拠だった。

「攻撃開始！　攻撃開始！」

マックベイは電話でスタントンに下令した。これでナガイの身の回りには過酷で華麗な「地獄のダイヤモンド」が一〇回、戦慄の輝きを帯びてちりばめられるはずだった。

同日一八一一時
グアム島西南西方八三海里
伊号第五八潜水艦

照明が灯り、細かい調整作業はやりやすくなった。島田上等兵曹は解体中の魚雷を相澤に任せ、無電池電話に向かっていた。

「こちら発射管室です。艦長ですか？」

返事はすぐに返ってきた。

「今、魚雷の解体作業中です。また大きく傾斜することがありますか？」

先の右傾斜は桑田機関長の的確な処置で速やかに水平を取り戻したが最大傾斜が一四度にも達した。解体を始めたばかりの魚雷が右舷に動きだし相澤が足を挟まれかけた。見た目にはそれほどでないが魚雷一本の重量は約一・七トンもある。軽く挟まれただけで生身の足は悲鳴を上げる。しかも高性能火薬と可燃性純粋酸素が詰まっているから、衝突の衝撃で火花でも出たら、即爆発である。島田が作業にあたって艦の傾斜を気にしたのはあたり前だった。

島田は倉本から当面心配ないという保証を得ると、不安げな目を向ける相澤にグイと指を上げ、

「では始めよう」

とおどけた調子で言い、ポンと肩を叩いた。

探信儀室は発令所の後方左舷側にある。この小部屋が潜航中の潜水艦の目であり耳だった。水中聴音器と水中探信儀が装備され、担当水測員がそれぞれ一名ずつ、さらにそれを補助する兵が一名付いている。電力の回復は彼等の仕事を改めて忙しくさせた。が、それも電子機器の心臓部にあたる真空管が暖まるまでは我慢の行だった。水測長の香本上等兵曹は戦闘配置が下令される時は必ず兵まかせにせず自ら聴音器に取り付いた。彼の耳の良さには定評があった。いま、彼は聴音器の機能が回復するのをじりじりしなが

ら待っていた。

異状に気づいたのはその間である。最初は遠くからくぐもった鐘のような音がした。聴音器を通じてではない。彼はまだヘッドホンを耳に当てていない。本艦の機関音か……と、当初は思った。が、それは聴き慣れた伊五八の軸音とは明らかに違っていた。ピッチが速い。音は艦の隔壁を通して聴こえている。香本は急いで手近にあったコップを隔壁にぴたりと付けた。底に耳を当て目を瞑るとより明瞭に音が聴こえて来る。くぐもった鐘のような音、蒸気の噴射音のような音、明るい鐘のような音……。間違いなくそれは敵艦の機関音、スクリュー音、そして探信儀音だった。

発令所要員の動揺は目に見えて大きくなった。

――また爆雷か……。

そう思うと恐怖が蘇り気力が萎えて行くのを田村は感じ取っていた。

「爆雷戦防御！」

「聴音はまだか？」

永井が下問した。

「機能回復までもう少しです」

永井は内心の焦りを自ら叱りつけた。急がせても機械が相手では如何ともしようがない。だが今ぜひとも必要なのは敵艦の情報、針路と速力である。それが伊五八の生死を分けることになる。

「艦長。深度だけでも変更しよう」

数秒の思案ののち、永井は言った。

「潜入ですか？」

永井はニヤリと片頬をゆるめた。爆雷攻撃というと、どうして潜水艦乗りはすぐ潜ろうとしたがるのか。むろん深度が深くなれば爆雷の爆発力は分散し水が衝撃を緩和する。回避の時間も持ち易い。敵もそう思うだろう。ならば裏を掻くべきではないか。永井は決意した。

「いや、浮上だ。潜望鏡深度に近づきたい。この艦を受け身ではなく戦闘可能な状態にしたい。万が一にもその方が行動の自由があるからな」

「しかし危険が……」

原則主義者の中津が驚愕の色を露わにした。どうやら彼には爆雷攻撃の怖さが骨身に染みているようだった。永井はもう一度自らの考えを整理した。基本的に重巡洋艦は対潜戦闘を行わない。海軍に於ける用兵の基本では、重巡は軽巡や駆逐艦の護衛を随伴させ対潜戦闘はそれら小型艦に担当させるのが常識だった。が、いくら護衛艦がいないとはいえ、マックベイは敢えて単独で対潜攻撃に出た。マックベイは自艦の装備の優秀さを信じ切っている。そこがつけ目だと永井は思った。

船団司令としての自分の経験に照らしても、水上艦艇の指揮官は思考が空中と海上だけの二次元的空間に片寄りがちである。潜水艦のように三次元移動が可能な艦を指揮または攻撃するには、経験とともに天賦の才が求められる。潜水艦の有利さはそれだけではなかった。素早い旋回。小さな旋回半径。速度は遅くとも、この特性を最大限に利用すれば勝機はある。焦らぬことだ。この深度変更はその第一歩だ。決断に誤りはない、と永井は確信した。

「深度二〇」

「横舵。艦首上げ七、艦尾下げ五。メイン一、〇〇排水。海面に飛び出さないように注意しろ」

桑田が永井に代わって下令した。発令所内はたちまち様々な弁やレバーを操作する機械音に満たされた。続いて高圧空気噴射の掠れるような音と共に伊五八はゆっくり艦首を持ち上げ随所で艦を軋ませた。

永井は戦闘帽を脱ぐと額の汗を拭った。拭いながらふと一人笑いが浮かんできた。潜水艦の艦内は確かに空気が籠る。戦闘中は通風口も閉じられ、人いきれと炭酸ガスで気温はどんどん上がる。だが永井の汗は暑さのためだけではなかった。一〇〇メートルを越える水深から受ける圧壊の恐怖から解き放たれた安堵の汗だった。永井は長い軍歴中、常に第一線の戦闘指揮官でありたいと願い、実際は応召後、船団司令という閑職に甘んじてきた。今になって第一線戦闘艦を指揮することなど夢にも思わなかった。が、潜水艦はもう懲り懲りだった。マックベイが羨ましい。

「聴音器回復！　敵艦直上！　爆雷！」

伝令の声が艦内に響いたのと、艦が猛烈な衝撃に突き上げられたのはほぼ同時だった。「地獄のダイヤモンド」の始まりだった。正確には艦首を持ち上げていたその真下で四発の爆雷が爆発したのだった。弾き飛ばされた伊五八は完全に横倒しとなり、制御を失った。回復したばかりの電灯は瞬いて消え、艦内はまたしても闇に閉ざされた。計器に嵌め込まれた硝子のほとんどが弾け飛んだ。

乗員と、固縛されていない物すべてが上下左右、前後に振り回され投げ出された。潜望鏡の昇降索に把まっていた永井も例外ではなかった。辛うじて頭部を守ったのは本能のなせる業だった。

振動が治まる暇もなく次ぎの四発が襲来した。今度は艦中央部の発令所付近だった。天井を走る送水管の継ぎ目が一本外れ海水が闇の中で噴出した。内殻の継ぎ目にも何箇所か亀裂が入り、海水が信じられないほどの噴流となって発令所を襲った。

乗員はもちろん、永井にも倉本にももはや身を支える術はなかった。人間と機材が、人間と人間が、階級の差別もなくぶつかり合い、転げ回った。永井の耳には乗員たちが上げているはずの呻き声すら入らなかった。

伊五八が圧壊という最悪のケースを辛うじて避け得たのは、三度目の四発が海流の影響でわずかに左舷寄りに流されたせいだった。永井たちはむろん知る由もなかった。

艦首の魚雷発射管室は最初の衝撃で水雷科員全員が薙ぎ倒され床に投げ出された。あちこちのペンキが剝がれ割れた電球の硝子と一緒に降り注いだ。補修したばかりのハッチから再び海水が吹き出し予備魚雷を固定する鋼鉄のバンドが幾つか弾け飛んだ。

島田上等兵曹は四つん這いになりながらも配管の一本にしがみつき身体を支えていた。眼前では相澤が解体中の魚雷に足を挟まれて呻いている。その呻き声も、爆発の残響音や備品の転がる音、水雷科員達の阿鼻叫喚に掻き消された。

最初の振動が治まりかかると、島田は薄暗くなった通路を這って相澤に近づいた。相澤は魚雷の機関部辺りに左の踝を挟まれ、右腿に魚雷の方向舵を食い込ませていた。島田は咄嗟に相澤を挟む魚雷の尾部を持ち上げようとした。

第二波の爆雷群が艦中央部を襲ったのはその時である。島田はもんどり打って倒れた。島田の上に魚雷架を外れた魚雷の一本が落下した。魚雷は島田の頭蓋と首の骨を同時に破砕した。衝撃で始動した魚雷のツインスクリューが、即死した島田の腹を叩き、肉片と血飛沫が発射管室に飛び散った。敏感な酸素魚雷が爆発しなかったのは奇跡という以外なかった。

永井は闇の中で体中がバラバラになったような痛みに耐えながらも恐ろしく醒めている自分に気づいていた。今回の攻撃は先の航空攻撃に比べるべくもない。だが発令所内の統制は前回に比べるとなぜか遥かに保たれている。度重なる経験が兵員たちを強くしたのか、うろたえた様子はない。彼らは速やかに防水処置と操艦に復帰し、対処を始めていた。

倉本が衝撃から身を守るためか、片手を頭の上に置いたままの妙な格好で下令した。

「強速！　面舵一杯！　各部、速やかに損害を報告せよ！」

伝令が各部の報告を集約する間、永井は今回の攻撃についての考えを纏めようと試みた。マックベイの奇襲は確かに成功した。が、その原因のすべてがこちらにあったのかどうか。わが水測員は内殻を通して敵の機関音を一旦は捕捉していた。だのに直前まで攻撃に気づかなかったのはなぜなのか。マックベイは攻撃直前にエンジンの回転数を絞り、こちらの聴音を混乱させようと図ったに違いない……。

「発射管室応答ありません！」

伝令が悲痛な声を上げた。永井は思わず振り返り、思考を中断した。発射管室は水中で唯一の攻撃兵器部門である。

「艦長。私が見てこよう。操艦を頼む。敵艦は恐らくこの後、左回頭を図る。本艦はこのまま右回頭しながら襲撃深度まで浮上しろ。焦って回天を使うなよ」

永井は努めて明るい口調で釘を刺した。倉本は蒼白の顔にチラリと血の気を上らせると無言のまま頷いた。

同日一八一六時
グアム島西南西方八三海里
米重巡洋艦インディアナポリス

夕陽も照りつけない代わりに風も吹き込まないCICは噎せ返るような暑さだった。救命胴衣と鉄兜の着用が義務づけられ、逃げ場を失った体温の上昇が容赦なく体力を奪っていく。体力の衰えは集中力の減退を生む。それが些細なミスを生み、全艦の命取りになることをマックベイは知っていた。第二哨戒配備も加えると一部の者の配備は八時間を越えた。インディアナポリスには新兵が多い。艦長は乗組員の忍耐の限界をも考慮に入れなくてはならない。時間の経過と共に考えることが増えていく。

マックベイが溜め息を吐いた時、事態は新たな局面を迎えていた。

「全弾投下完了」

伝令の声とほぼ同時に艦尾から最後の斉射を終えた爆雷の爆発振動が伝わって来た。

「取り舵一杯。左舷後進一杯」

マックベイは直ちに下令した。素人は九、八〇〇トンの巨体すら震わせるあの爆雷攻撃の下で潜水艦が生き残っているとは普通考えない。しかし潜水艦の撃沈が如何に困難かはドイツを相手にした大西洋での戦いが逐一物語っている。よほどのことがない限りナガイは生きている。そしてやつはインディアナポリスがレイテに向かっていることを知っている。速度の遅い潜水艦とすればわが艦の行く手を阻むように機動しなくては二度と追いつけない。ナガイなら面舵であの爆雷を回避したはずだとマックベイは思考した。

「ソナー。状況を報告せよ」

艦底のソナー室から答えが返るまでにはやや間があった。

「現在コンタクトなし。爆雷による探知不能領域が時間と共に拡がっています。本艦の左舷に長さ七〇〇から一、〇〇〇メートルの可聴不能領域があります。その南東側は扇形に探知不能です。この扇形の方位は本艦の移動に因って徐々に東よりに変化しています」

おかしい……。マックベイは唇を嚙んだ。

「方位一八〇を中心に左右三〇度の範囲内に何か聴こえないか？」

「聴こえません。ノーコンタクト」

「よし」

——沈んだのか……？

有り得るとマックベイは思った。しかしそれはあくまでも憶測でしかない。

「攻撃中および攻撃後に何か異常音源はなかったか？」

「ありません。聴音不能でした」

ソナーマンは通常、爆雷の炸裂音から耳を守るために攻撃中はヘッドホンを外す。

「ふむ……」

マックベイは受話器を置くとさりげなく退屈げな態度を装った。指揮官はたとえ戦闘中でも乗組員を過度に刺激する態度を取ってはならない。悩んだり迷ったりしている事を気取られれば乗組員は指揮官への信頼を失い浮き足立つ。艦長は日曜の教会で説教を垂れる司祭の如く在らねばならない。それがマックベイの信念だった。

「航海。本艦の状況は？」

「針路二〇五……、二〇〇。旋回中。二〇ノット」

航海長が作図台を覗き込みながら答えた。手には定規とチョークが握られている。反対側に立つ作戦士官は図示《プロット》する目標報告が無いためか、手持ち無沙汰げに、撃沈したのではないかと問い掛ける眼差をマックベイに送った。

「新針路一八〇。減速八ノット」

マックベイは努めて静かに命令した。重油か敵艦の装具でも浮かんでこない限り撃沈したと考えるのは危険だった。

——ここは慎重に行こう。

それが常にクールな艦長の執るべき態度だ、とマックベイは思った。

同日一八一九時
グアム島西南西方八三海里
伊号第五八潜水艦

永井の前を歩んでいた従兵が重い水密扉を開けた。とたんに魚雷のものと思われる甲高いエンジン音が耳に入った。動力は止まらなかったが、照明は回復していなかった。懐中電灯に照らし出された発射管室は妙に紅く鈍く目に映った。

従兵が、

「あっ……」

という声にならない声を上げ、いったん開いた水密扉を閉めかけた。

「いいから、そのまま」

永井の声は鋭かったが冷静さを保っていた。永井は目をそむける従兵の肩に手を掛け背後に押しやると、水密隔壁をくぐり鮮血混じりの水垢で濡れる床に足を踏み出した。

水雷科員たちは例外なく物陰に身を寄せ、島田の上で轟音を立てて回転する魚雷のスクリューに眼を奪われたまま凍りついていた。

島田上等兵曹の腹部はすでに離断され肉が四散していた。発射管室が紅く見えたのは、飛び散った島田の血や肉片が壁や天井に張りついたせいだった。永井は隔壁にへばりついている水雷科員の襟首を摑むと二つ三つと拳で張り倒した。

「早く魚雷を止めろ！」

永井は魚雷のエンジン音に負けぬよう、声を張り上げた。

「でも……」

殴られた若い水雷科員が目に涙をいっぱい溜めて上擦った声を上げた。永井はまた一つ頰を張った。

「ぐずぐずするな。すぐ止めろ！」

水雷科員たちはようやく動き出した。

「先任は誰か？」

「自分であります。森二等兵曹です」

筋骨こそ隆々としているが小柄な男がようやく止まった魚雷を跨いで永井の前におずおずとやって来た。顔面は蒼白で血の気がない。

「現状を報告せよ」

「魚雷一本破損。二名戦死です。発射管の機能は正常。全発射管装塡完了。発射管内も含め魚雷残数一二」

二人目の戦死者は相澤であった。彼は二度目の爆雷で魚雷に胸部を潰されていた。

「よし。面倒だが五番六番発射管の魚雷を出して、死んだ二名の遺体と遺品、それに装具や塵芥を装塡してもらいたい」

「遺体や遺品をですか？」

森は驚いた様子で反問した。元来、潜水艦では潜航中の戦闘で個別の戦死者を出すことはほとんどない。負け戦は即沈没であり、戦死者はすなわち黒い鉄棺の中で一蓮托生が常識だったからだ。伊五八にとっても、島田と相澤は、建造以来初の戦死者であり、しかもその名誉ある英霊を魚雷なみに射出しようなど、潜水艦乗りの発想にはついぞないことだった。

「上等兵曹は自分の先輩です。できません。せめて水葬にしてやってください」

言葉こそ丁寧だが、森の語気は鋭く顔面は紅潮していた。

「命令である。速やかに履行し給え。作業が終わったら、艦尾の回天を全基調整し自走できるようにしてもらいたい。できれば八ノットで走行するように」

「正確には無理です」

「可能な限り調整するんだ。頼んだぞ」

永井は島田と相澤の遺体に手を合わせると、表情も変えず踵を返した。その背中を水雷科員たちの恨みに燃えた眼が追いかけた。

発令所では倉本以下が聴音の報告を固唾を飲んで待ち受けていた。永井が発令所を離れた後、倉本はメイン・タンクをブローにし徐々に深度を上げながら微速二ノットでの航行を命じた。艦はブローの空気音と水圧の変化で艦体を軋ませる以外、静寂を保っている。

「感なし」

伊五八の聴音は攻撃後の敵艦のスクリュー音と機械音を失探したままであった。

――これでは攻撃も防御もできない。せめて一九メートル付近まで上がれば潜望鏡観測も可能なのだが……。

倉本は深度計に目を走らせた。

――六五メートル……。

「艦長。報告したまえ」

前部隔壁を潜って戻って来た永井が声をかけた。その声にはいつもの張りがなく顔色も蒼白く見えた。

「聴音、依然感なし。本艦の深度五八、依然上昇中。針路二二〇。速度二ノット。聴音の報告では本艦の西側に、南北に伸びる一、〇〇〇メートルの細長い可聴不能領域があり、聴音を妨げています」

「よし。面舵一杯。針路二七〇になり次第両舷停止。深度一九・五。静かに持って行け」

伝令の復唱を聞きながら永井は潜望鏡に寄りかかり戦闘帽を脱いだ。蒼白い額に冷たい汗が流れる。

「大丈夫ですか？」

「ああ。発射管室では二名戦死。魚雷一本破損だ。二人の遺体は五番六番に装塡するように言った」

瞬間、発令所の中に戦慄が走ったように思われた。少将はいったい何を考えているのか。すべての眼が永井を厳しく非難していた。永井は構わず戦闘帽をグイと被り直すと、言った。

「このまま無音潜航を維持し、五番六番が準備でき次第射出する。同時に重油も流そう。燃料タンクの残量を確認し一部を放出する。航海と相談して放出タンクを決めてくれ。潜航士官は深度に注意すること」

永井は自らに気合いを入れた。

——この勝負、何としても勝たなくては……。

同日一八二一時
グアム島西南西方八三海里
米重巡洋艦インディアナポリス

対勢表示盤には相変わらずインディアナポリスの航跡と可聴不能領域の拡がりしか図《プロ》

示《ツト》されていない。インディアナポリスは減速八ノットの航行を続けている。マックベイは現在の戦況をじっくりと検討していた。撃沈という可能性はこの際考えないことにした。アクティブ・ソナーはレーダーと異なり、有効範囲内でも水中の音波伝達特性によって反射波を得られないエリアを持っている。シャドーゾーンと呼ばれるこの領域は海水の温度差や海流の状態など様々な要因に影響を受け、どこに出没するかは予測できない。ナガイがそのシャドーゾーンを利用して身を隠していることは充分考えられた。だとすれば、シャドーゾーンの幅が不明である以上、彼はこちらを発見しても方位や深度をむやみに変えることができない。安易に動けばシャドーゾーンを飛び出しこちらに察知される怖れがあるからだ。位置関係からしてもこちらが敵の射線を横切らない限り無害と言ってよかった。

インディアナポリスは現在、アクティブ系もパッシブ系もソナーの性能が最も有効な速度まで減速している。可能性としてはナガイは爆雷の水中爆発による無数の気泡が作った可聴不能領域内に隠れていると見る方が考え易い。しかしその面積は時間の経過と共に拡がり、今は一、五〇〇メートルから一、八〇〇メートルの長さに及んでいる。水中の気泡が消えるのは意外に時間がかかる。マックベイは思案した。

――攻撃後、なんらコンタクトの報告がなかったことを考えると、敵潜がインディアナポリスと同方向に退避行動を取ったとは考えにくい。

「作戦士官。可聴不能領域までの距離は？」

「近点で二、〇〇〇」

敵潜は可聴不能領域に潜みながら、少なくともこちらの動きを予測し、深度と針路の変更を行っておくことができる。となると、こちらが動くのは敵の思うツボだ。

「航海。針路変更〇九〇。針路変更後完全停止。急げ」

航海長は、再度の大変針に驚いて振り返りながらも復唱した。

「新針路〇九〇、完全停止、アイ」

「ソナー。前方に注意。敵艦が浅深度に潜む恐れあり。アクティブを中止しパッシブの音をCICに流せ」

「ソナー、アイ」

「機関。いつでも全速が出るように待機しろ。全艦に伝達。音を立てるな」

マックベイの矢継ぎ早の命令に全乗員がどよめいた。

――ナガイめ。罠にかかる俺だと思うか。なに、貴様の浅知恵など簡単に読めるわ。

マックベイは見えない敵に昂然と胸を張った。

同日一八二九時
グアム島西南西方八三海里
伊号第五八潜水艦

伊五八は島田上等兵曹と相澤二等水兵の射出に二度、艦体を震わせた。それは彼らの傷ましい葬送への震撼のようにも思われた。

「五番、六番、射出完了」

田村が重苦しい声で報告した。最も信頼された下士官と、若く素直で皆に好かれた新兵の最期だった。発令所内では全員が手を合わせ、沈鬱な空気が漂った。永井はそれを振り切るように下令した。

「燃料放出。魚雷再装塡急げ」

たちまちバルブを開放する機械音が発令所内に響いた。敵がこの遺体や塵芥、重油を発見すれば、まず状況判断に迷うだろう。沈没か、損傷か。そうでなくてもドン詰りまで我々が追い詰められたと誤信するだろう。そうあって欲しい。活路はそこから開けて来る。戦いに勝つことが島田と相澤に対する最大の供養だ、と永井は思った。

「艦長」

永井は全員に聞こえる声で倉本に話しかけた。

「いま敵の執るべき最も賢明な手段は逃走だ。敵艦に全速で逃げられたら本艦は再捕捉できない」

「その通りです」

倉本が相槌を打った。

「敵を逃がしてはならん。上等兵曹たちには済まんが、これで敵は、最悪でもあと一息で我々を沈められると判断するだろう」

倉本は、大きく目を瞠いた。島田たちの射出の意味がようやく理解できたようだった。

「音波障害がなくなったら、敵は逃げずにこちらを攻撃して来るということですね……」

「うまく行けばな……。が、この欺瞞に全く引っ掛からないかもしれない。図に当たれば、そこに魚雷を六本纏めて打ち込んでやる」

永井は蒼い顔のまま眼を光らせた。

「しかし、我々の意図を読まれていたら……」

「持久戦になる。先に動いた方が負けということだ」

永井は倉本を凝視した。倉本は驚きと不安の表情を見せた。

「提督。一つ問題があります。本艦は戦闘中ということで通風管を閉鎖し、酸素の供給を行っていません。限られた空気の中での持久戦は不利かと思います」

その通りだった。酸素の供給を停止すれば、自《おの》ずと艦内の空気は汚れ、思考は減退し、体力も失われる。

「我慢するしかない」

「わかりました。酸素を使わないためにできるだけ動かないようにしましょう。他に何かありますか」

倉本は永井の返答を予期していたようだった。

「音波障害はどれぐらい続く？」

「なんとも言えませんが、そろそろ晴れる頃かと思います」

永井はグッと顎を引くと落ちついた口調で言った。

「音波障害がなくなれば、この先の展開が見えてくる。辛い戦いになる。総員、宜しく頼む」

同日一八三〇時
グアム島西南西方八三海里
米重巡洋艦インディアナポリス

「ブリッジよりＣＩＣ！」

突如静寂を破って伝声管が震えた。聞き慣れた伝令員の声ではなく、ジャニーのうわずった声だった。マックベイは伝令員を押し退けると自ら伝声管に取り付いた。

「CICよりブリッジ」

「艦長ですか。ジャニーです。正艦首、距離二、五〇〇に油膜です」

マックベイは息を呑んだ。沈没か。

「量はどうだ？　油膜の面積は？」

「海面が暗く不明です。ちょっと待ってください……。正艦首で見張り員が何か漂流物を発見したようです」

次に聞こえたジャニーの声は更に興奮の度を高めていた。

「遺体のようです」

「幾つだ？」

「一つです。サーチライトを点灯して捜索しましょうか？」

ジャニーはもはや完全に撃沈を信じているようだった。潜水艦は欺瞞のために燃料を放出して沈没に見せかけることがあると言うが、遺体を使うとは聞いたことがない。

——だが、待てよ……。

と、マックベイは思案した。あの爆雷攻撃の後だ。俺ならどうする、俺がナガイなら……そうだ、勝つためならお袋の遺体でも使う。

「駄目だ！　絶対に駄目だ。そのまま監視を続けろ」

マックベイは伝声管を離れると、CICの中央に置かれた作図台に向かった。潜水艦との戦いの難しさは、相手の損害や撃沈を視認できないことにある。もどかしい、実にもどかしい。こうした場合、マックベイが最後に信じるのは第六感しかなかった。硝煙の中で長く戦っていると、こちらの放った砲弾が命中したか否かは、感覚的にわかる。先の爆雷攻撃にはそれがなかった。実戦での爆雷攻撃は初めてだったので確信はないが、手応えを感じなかった以上、何があっても撃沈を信ずるべきではない、とマックベイは考えた。

「アクティブ・ソナーで探っては？」

作戦士官が耳元で具申した。

「……止めておこう」

マックベイは一呼吸おいて答えた。アクティブ・ソナーは探知距離の二倍まで音波が届く。が、それは暗闇で懐中電灯を使って人を探すようなもので、敵を見つける前にこちらの位置を教えてしまう可能性が高い。使えるのは、沈めたという確信があるか、敵艦のおおよその位置がわかっている時だけだった。

――それにしても遺体とはな……。

マックベイは小さく呟いた。これが欺瞞なら、ナガイはやはりナガイだ。勇将とは勝つためにはいつでも悪魔になれる男のことである。ナガイは悪魔だ。だが少なくともこれだけは言える。奴は兵を死なせるほどの損害を蒙っている。いずれにしても切羽詰まっているということだ。

同日一九一一時
グアム島西南西方八三海里
伊号第五八潜水艦

「依然目標移動なし。波の影響による雑音多く、感五」

伝令が小声で伝えた。探知不能領域が消滅して三〇分。聴音からの報告は「目標移動なし」とほとんど感度がないことを意味する「感五」を繰り返している。把握できるのはインディアナポリスの微かな蒸気発生タービンと発電機の音だけで、スクリュー音は聴き取れない。加えて「感五」というのでは正確な諸元が得られない。こちらが動けば三角測量の要領で諸元も割り出せるが、敵にもこちらの位置と針路と速力を教える結果になる。

――これは指し直しの利かない将棋を指しているようなものだ。こちらから動くことはできない。

永井はじっと腕を組んだ。

「引っかかりませんな」

倉本が、肩で息をしながら残念そうに永井に話しかけた。放出した遺体や重油やごみはすでに海上に浮いているはずだった。

——夜になり海上が暗くて発見できないのか、それともこちらの意図を見抜かれたか……。

「待とう」

狭い海図台に寄りかかると、永井は腕組みをしたまま瞑目した。マックベイが引っかからなければ持久戦になるだけである。だが、問題は艦内の炭酸ガスの増加だった。気温は上昇し、眼は痛み頭痛が間断なく襲って来る。しかもパイプの継ぎ目から漏れる重油と便所から漂うアンモニア、そして汗の臭いが混ざり合い、艦内環境は急速に悪化しつつある。

伊五八は深度一九メートルまで浮上し、海中に静止していた。艦体は海上の波の影響で大きく動揺し、乗員は何かに摑まって、身体を支えていなければ立っていられない。物音をいっさい立てられないのも苦痛だった。このままでは乗員の体力も考慮に入れなくてはならない。

「気蓄器から少し空気を貰おうか。通風隔壁弁を開けろ。静かにやれ」

永井は倉本に声をかけた。

高圧空気の吹き出す音が沈黙の発令所に響いた。

音は立てたくないが、酸素がなければ、持久戦も絵に描いた餅だ。永井にとってこれはギリギリの選択だった。

航海長の中津が、潜望鏡に寄りかかる倉本に歩み寄ったのはその時だった。彼の表情には必死の思いが溢れていた。

「回天を使いましょう」

小声ではあったが、思い詰めた声音だった。倉本は驚いて中津を見た。発令所内にはたちまち、賛同の雰囲気が立ちこめた。

永井は中津の顔も倉本の顔も見ようとはしなかった。

魚雷には発射諸元がいるが回天は要らない。自分で潜望鏡観測をしながら肉薄できる兵器である。中津が言いたいのは双方とも動きが止まった今こそ回天攻撃の絶好の時だということだった。

「回天搭乗員は、士官室と兵員室で、常時待機中です。三分で発進できます」

中津の声は喘ぐように大きくなり、涙ぐまんばかりになった。

「いましかありません。敵は停止しています。訓練でもこんないい状況はありませんでした。今出さなければ彼等が可哀そうです……」

永井はじっと目をつむっていたが、やがてカッと目を見開くと、押し殺すような声で言った。

「静かにしろ！　俺の考えを妨げるな！」

同日一九四七時
グアム島西南西方八三海里
米重巡洋艦インディアナポリス

インディアナポリスは、海上の波浪の影響を受けピッチングとローリングを繰り返していた。外洋の波は排水量九、九五〇トンを誇る巨艦を物ともしない。空には低層雲が拡がり月や星を隠している。気圧計の水銀柱はじりじりと下降を始め明らかに天候は下り坂を示していた。

海面は墨を流したように暗く、油膜も遺体も目視では確認できない。インディアナポリスから見えるのは高く白い波頭だけである。

マックベイはＣＩＣの中央部に両足を踏んばって立ち、しきりに爪を噛んでいた。敵潜の存在を示すコンタクトはその後全くない。敵影を見失ってからすでに一時間半。午前直の配置についていた者は実に一〇時間と三七分間。持ち場から一歩も動いていない計算になる。その間満足な食事もできていない。艦を正常に航行させるために必要な作業は五〇種類以上あるが、これも全て後回しになっている。戦闘配備の時間的限界はマックベイの経験からいってもとうに過ぎていた。

——どこだ、どこに潜んでいる。マックベイは充血した眼を宙に泳がせた。

この睨み合いは先に動いた方が負けとなる。それはナガイも承知の上だろう。だが、敵は酸素の供給音さえ控えている。海が荒れ始めたことは、やつらがまた一枚、不利なカードを引いたことを意味している。こちらとしてはそのような制約はほとんどと言っていいほどない。むしろ明朝には再びOS2Uを使うことができる。敵は波が高くなればその分潜望鏡を高く上げなければならず、こちらのレーダーはそれを発見し易くなる。ならばナガイは何を待っているのか。息を殺してただ身を潜めていようというのか。そんなはずはない。ナガイは傷つきながらも果敢な攻撃を仕掛けてきたではないか。いまさら尻に帆かけるわけはない。

——なにを狙ってる……。なにに賭けようというのだ。

マックベイの思考は堂々巡りを始めていた。

どう考えても奴が本艦を攻撃するタイミングは、こちらのソナーマンの注意力が最も低下する午前四時から五時頃になるだろうが、それにはナガイは傷つきすぎている。それまで酸素補給もなしでどう持ちこたえようというのか。

「ブリッジ!」

マックベイは伝声管に重々しく声を掛けた。

「ブリッジ、アイ」

「ジャニー中佐を出してくれ」

伝令員が、慌てでジャニーを呼んでいるのが分かった。やや間があってジャニーが出た。

「戦闘配備を解除する。艦内第二哨戒配備とする。当番明けの者になにか温かいものを食べさせるよう手配してくれ」

再び第二哨戒配備に戻したなら、艦内生活は多少の不便を伴うものの、何とか食事を含む日常生活を行い、しかも乗員に適度の緊張感を与えることができる。

――今はこれしかない。

マックベイは帽子を脱ぐと、銀髪を右手で掻き上げ、さらに言葉を継いだ。

「明朝〇三三〇時、戦闘配備を命じる。そのつもりでいてくれ」

CICにほっとした空気が流れた。

――取り敢えずはこれでいい。これでインディアナポリスは明日も戦える。

マックベイは漆黒の海に遠く目を遣った。

同日二二四五時
グアム島西南西方八三海里
伊号第五八潜水艦

伊五八の後部兵員室は僅か四畳半分の広さしかない。ここには回天の搭乗口がある。

永井は酷い頭痛を覚えながら、この狭い部屋に足を運んだ。先に放出された酸素はもう薄れかけている。艦内灯も命令によって抑えられ、弱々しいオレンジ色の光しか放っていない。見上げると、回天搭乗口に改造されたダイバーズ・ロックのハッチが開放されている。その先の闇がまるで、永井には帝国日本の行先を暗示しているように思われた。

「森二等兵曹」

永井はしばらく回天搭乗口の様子を窺っていたが、やおら中にいるはずの水雷科員に声をかけた。だが聞こえるのは話し声だけで森が降りてくるまでには三分ほどかかった。森は永井から、回天を八ノットで走行できるよう調整せよと命じられていた水雷科員だった。

「状況は？」

永井は垂直ラッタルに手を掛けると森に目をやった。この一日で彼は急に五歳も年を取ったかのように見える。

「問題ありですね。外殻の損傷は浮上しないと確認できませんが少なくとも一艇は使用不能です。三号艇です」

森は肩で息をしながら言った。汗が額から滝のように流れ落ちている。

「三号か……」

永井は呟いた。伊五八の回天は一号二号がすでにアプラ湾の戦闘で遺棄され、三号から六号までが搭載されているが、三号艇は発進方向でいえば先頭に位置していた。その三号艇が故障となれば四号、五号、六号艇の発進の邪魔になる。

「切り離せるか？」

永井の問いに森は腰に挟んだ薄汚れた手ぬぐいを引き抜くと顔を拭って答えた。

「回天には多少のマイナス浮力があります。切り離せば沈降しながら海流に流されます。本艇が停止していると外部構造や四号、五号、六号艇に接触するかもしれません」

「四号、五号、六号の調整はどうか？」

永井は重ねて森に尋ねた。

「浮上して、外から直接、機関部を調整すれば簡単で正確なのですが……」

「いいから要点を言え」

「今最後の五号艇の調整を行っています。舵機とスロットルを固定しています。減速するようにもしています。ただ正確に八ノットで走行できるかどうかは発進させてみないとわかりません」

森は自信なげに答えた。

「あとどのくらいかかる？」

「小一時間といったところでしょう……」

「最善を尽くせ。いいな」

永井は念を押すとゆっくりと発令所に歩を運びながら反芻した。

――マックベイは伊五八がレイテへの針路上に現れると踏んでいるに相違ない。だが、現れるものか。私は奴を真後ろの東へ引き摺り込んでやる。回天はそのための秘密兵器だ。作戦はまず二基の回天を低速で北に撃ち出す。速度を八ノットに調整するのはそのためだ。おとりだから搭乗員は必要ない。二基の回天のスクリュー音は伊五八と同じ二軸に聞こえるはずだ。マックベイは必ずそれを追うだろう。あいつはそういう男だ。彼の弱点はその旺盛な闘争心だ。そして伊五八は潜んだままインディアナポリスがわが方に無警戒の横腹を晒して走行して来るのを待つ。奴が気づいて動かなければもともとだ。唯一つ、あってほしくないのは奴が我々にかかずらわず、一路レイテに向かうことだが、何、マックベイに限って、そんなことがあるものか。もう一つの切り札は酸素魚雷だ。こいつを奴の横腹に存分に撃ち込んでやる。

同日二三一七時
グアム島西南西方八三海里
米重巡洋艦インディアナポリス

マックベイは、暗闇に包まれたブリッジの艦長席に着こうとしていた。当直要員も第二哨戒配備への変更で三分の一に減り、ここにも夜気が漂うようになった。艦内の至る所で乗員の三分の一が休息のためベッドに、三分の一が食事と艦内作業のために配備を離れている。

椅子に座るのは何時間振りだろうか、とマックベイは考えた。腿とふくらはぎ、膝と腰の関節がひどく痛む。足は浮腫《むく》み靴を思い切り脱ぎ捨てたかった。これまで連続一二時間近く飲まず食わずで立ちっぱなしだったたことになる。汗に塗れた服は身体に張りつき皺だらけだった。「イブニング・シャドー」が顔の下半分を覆い始めている。傍目には酷く惨めな姿に違いない。

それだけじゃないな、とマックベイは苦笑まじりに一人ごちた。

メーア・アイランドにドック入りしている間に体がすっかり鈍ってしまった。以前ならこれしきのことが応えたりはしなかったのに。

とにかくキャビンに戻ってシャワーを浴び、髭を剃り、着替えたかった。その後で食事をする。ミディアム・レアの一ポンドステーキとあたたかいパン。甘い香りのコーヒーを大きなポットで……。こたえられない誘惑だった。が、それはいまや夢想にすぎない。交戦中に艦長がブリッジまたはCICを離れることなぞできはしない。靴を脱ぐことすら海軍規則に違反する。敵潜の所在を突き止め撃沈するか逃走を確認するまで、キャビンに戻ることはできない。

「当番」

マックベイは若い当番兵に声をかけた。

戦闘配備解除後も、そのままブリッジ当直についている哀れな当番兵が転がるようにやって来た。この男はサンフランシスコで乗艦してきた転属兵で、臨時でこの任務に就いている。確か何やら覚えにくい名前だった筈だ。

「サンドイッチを持って来てくれ。士官食堂のコックに言って、私用のを作ってもらってくれ。それからコーヒーをポットで。大きいほうだぞ」

「アイ、アイ、サー」

マックベイは痛む足を、庇うようにゆっくりとブリッジの床に下ろした。右舷のウイングに出ると見覚えのある水兵が見張り番《ウオッチ》についている。

「シンクレーアだな」

マックベイは彼がサンフランシスコ出港時の見張り員だったことを思い出していた。

「疲れたろう?」

マックベイは気軽に言葉を掛けた。

「いえ。大丈夫です」

シンクレーアは双眼鏡を下ろすと、にこりと笑った。あどけない笑顔には一点の曇りもない。

「その意気だ。頑張ってくれ」

マックベイは彼の肩を軽く叩くと再びブリッジに戻った。足の痛みが前よりもひどくなっていた。

同日二三四三時
グアム島西南西方八三海里
伊号第五八潜水艦

薄暗い照明の下で、沈黙が発令所を包んでいる。艦内の気温は三〇度を越え湿度も高い。発令所要員の誰もが汗と油に塗れ、疲労に顔を黒ずませていた。しかし何よりも問題なのは空気の汚れだった。笹原軍医長の測定では炭酸ガス濃度はすでに三パーセントを越えている。潜水艦ではけっして珍しくはないが、普通の大気中に比べれば一〇〇倍近い濃度である。酸素量も一八パーセントを大きく割り込んでいる。潜水艦は潜航していても通常なら四八時間は空気に問題はない。だが伊五八は酸素の節約と無音状態を保つため、新たな空気の放出を禁止されたままだった。

——富士の山頂に立っているようなものだな。

倉本は苦笑した。

中津が人目を忍んで引出しを開け、中の空気を吸っている。乗組員はピッチングとローリングを繰り返す艦内で、足を踏ん張り物に摑まり音を立てないように辛くもバランスを取っている。

倉本は彼等の体力の消耗を計っていた。ただ潜んでいるだけならまだかなりの時間頑張れるかもしれないが、今後の戦闘行動を計算に入れれば一時間か二時間が限度だろう。それ以上の酸欠は動作を緩慢にしミスを続出させる。

倉本は永井に視線を移した。彼が発令所に戻ってからそろそろ一時間になる。その間、彼は眼を閉じたまま身動《じろ》ぎもせず命令も出さない。何かを待つように腕組みをして海図台に寄りかかっている。その頭脳を何が占めているのか。だが、そろそろ意見具申の時だろうと倉本は判断した。

「提督」

倉本の声に永井が眼を開けた。

「わかっている」

疲れ切った表情の森が道具箱を手にした水雷科員を二人引き連れ、後部防水隔壁の丸扉をくぐって発令所に入って来たのはその時だった。

「報告します。回天四号艇、五号艇、六号艇準備よし」

「よし！　ご苦労。急いで配置に戻れ」

永井はにこりと笑い、森たちを慰労した。訝しげに見詰める倉本に永井は言った。

「艦長。紙と書く物はないか？」

「海軍用箋とペンで宜しいですか？」

「海軍用箋ならなお結構だ」

永井は中津が海図台の引出しから取り出した筆記用具を受け取ると、にこりともせず海図台に向かった。

「何ですか？」

倉本が尋ねると、永井は一転して表情を厳しくした。

「上級士官として命令書を書くが従うか？」

「口頭で充分ですよ」

倉本は笑って応えたが永井は厳しい表情を崩さなかった。

「呉に戻って軍法会議にかけられたときに役立つかもしれない」

永井は一気に書き上げた海軍用箋を倉本に渡すと言葉を継いだ。

「なくすな。大事にしまっておけ」

倉本は命令書を一瞥すると驚愕の目で永井を見たが、一言も発せず、畳んで軍衣の胸ポケットにしまった。

「配置よし！」

背後から発射管室の報告を田村が伝達する。

「よし。電力を正常に戻せ。艦内に空気放出」

満を持した永井の下令で艦内は一気に活気づいた。

「通風隔壁弁、開放」

田村の命令で重い隔壁弁のハンドルが廻る。空気は全乗員が今か今かと待ち望んでいたプレゼントだった。と同時に通風弁の開放は、長い待機の終りを告げていた。田村が各部署にきびきびと指示を出す。赤色灯が明るさを増し、空気を放出する気蓄器の音が艦内に響き渡る。

「魚雷戦用意。回天戦用意。搭乗員は艦内で待て」

永井の下令に中津が愕然とした目を向けた。永井はこれを手で制した。

「魚雷戦用意よし」

「回天戦用意よし。搭乗員は後部兵員室にて待機中」

呼吸が急速に楽になり、伝令の声にも張りが戻った。ほっとする反面でいよいよ始まる戦闘に思いを馳せてか、倉本の顔にも発令所要員の顔にも緊張が走る。永井はむしろ穏やかな表情に戻って命令を発した。

「回天三号艇、切り離せ」

倉本と中津が同時に口を開きかけた。

三号艇が使用不能ということは、永井が発令所に戻ってきた時点で聞いていた。だがまさか静止状態で切り離すとは。倉本と中津の思いは同じだった。静止状態で切り離せば、落下した回天が艦体に接触し、損傷を負う危険がある。が、二人はともに声を呑んだ。永井の気迫に圧倒されたかのようだった。重苦しい金属音が三回続き、艦が大きく揺れた。三号艇は接合装置から解き放たれ、ゆっくりと右舷艦側を滑り降り、海底目指して落下した。

「縦舵および推進機」

「異常なし」

伝令が機関室と無電池電話で言葉を交わす。

「回天発進用意」

続いて永井が命令を下した。

「提督。乗員は？」

中津が思わず声を上げた。それも当然だった。回天は乗員がいなければただの魚雷にすぎない。しかも測敵もせず調定もなしでは命中確度はゼロに等しい。

——それにだいいち、ここまで待った特攻隊員が可哀そうではないか。

中津は憤怒した。

が、永井はこれを黙殺した。

「用意よし」

田村の応答に永井はグッと顎を引き締めた。

「四号艇、五号艇、発進！」

一基三度ずつの金属音と共に伊五八がひときわ大きく揺れた。

「四号艇、走行しません」

聴音から、悲鳴のような叫び声が直接永井の耳に届いた。しかし永井の姿勢は崩れなかった。

「六号艇、発進」

命令と同時に伊五八搭載の最後の回天が搭乗員を乗せないまま艦体を離れた。

同日二三五六時
グアム島西南西方八三海里
米重巡洋艦インディアナポリス

当直の交替時間が迫っていた。ブリッジ要員は計一三名。いまは引継ぎのため二六名が犇めいている。束の間の休息と温かい食事が交替要員の顔にハッキリと生気を取り戻させていた。

「当直を交替します。次の当直はムーア少佐です。現在、艦首方位〇九〇で停止しています。艦内哨戒第二配備、実行未遂の命令はありません」

ジャニー中佐が、マックベイがコーヒーを飲み干すのを待って報告した。艦は警戒のため灯を落としている。その脇にムーア少佐が立っているのが闇の中で見て取れた。

「よろしい航海長。できるだけ眠っておくことだ。ムーア少佐と私が、操艦している」

「アイ、アイ、サー」

当番を呼んで空になったマグカップを手渡すとマックベイはすぐに手が寂しくなった。煙草でも吸おうかと胸ポケットのキャメルを探ったが潰れかかった箱には一本も残っていない。当番に艦長室まで取りに行かせようかと思案した時、伝令員の前で無電池電話が鳴った。

「艦長、ソナーです」

伝令が湧き立つような声を上げるか上げないうちにマックベイは足の痛みも忘れて駆け寄っていた。

「艦長だ」

「艦長、敵艦、動きました！　移動を始めましたっ」

若いソナー室電話員の声だった。興奮がストレートに伝わってくる。マックベイは苛立った。それだけでは何もわからない。

「ちゃんと報告しろ。もう一度！」

「すみません。断続的な金属音の後、スクリュー音を探知。二軸推進。速力八ノットから一〇ノット。距離三、三〇〇。方位急速に変わります。現在〇八二、〇八〇、〇七九」

マックベイは面食らいながら質問を重ねた。

「どういう事だ？　北に向かって移動を始めたのか？」

若い電話員に代わり、ソナーマンのエリスが直接電話に出た。

「そのようです。海面波で感度はやや不良ですが、目標は大きく反時計回りに旋回を始めたようです。アクティブ・ソナーで探ってみましょうか？」

マックベイはためらった。意図が読めない。動きだした時間帯も方位も、予測とは大きく異なっていたからである。

――北へ……。旋回……。

マックベイは自問した。北ということは本艦から遠ざかっている。しかもその方向は本艦の針路とは逆だ。艦の速度の違いからしてもこれで追いつくのは絶対不可能である。マックベイの予測は、ナガイは必ず真西に向かい、本艦の針路を断つというものだった。いずれにせよ、相手の意図が読めない以上慎重に対処するしかないが、この期に及んでナガイを逃がすことはマックベイの軍人魂を傷つけた。

「いや、止めておこう。方位と距離を逐一報告してくれ。敵針路に変化があればそれも報告するんだ」

マックベイは受話器を伝令に返すと待ち構えるムーア少佐に短く声をかけた。

「両舷前進。速力一二ノット。針路〇六〇」

針路はレイテとは逆方向だった。

「前進一二ノット。針路〇六〇、アイ。……配置はどうしますか？」

ムーアが尋ねた。インディアナポリスは第二哨戒配備によって各部の当直から最優秀要員を外している。敵の意図が戦闘再開にあるのなら、直ちに戦闘配置に戻さなければならない。だが敵はこちらに左舷背側を晒し、あたかも逃走を計っているかに見える。マックベイの脳裡に兵士たちの疲れた表情がチラとよぎった。

「方位〇七五。距離三、三〇〇」

伝令の報告が闇に響いた。

「このままでいい」

マックベイを乗せたインディアナポリスは取り止めのないピッチングとローリングから解き放たれ、頼もしい機関部の唸りを再び奏で始めた。

七月二九日（日曜日）〇〇〇一時
グアム島西南西方八三海里
伊号第五八潜水艦

「目標を探知！」

水測長が声を押し殺して報告した。発令所に緊張と歓喜が走る。待ちに待った報告だった。永井は微動だにせず、前方に目を据えている。

「方位二七三ないし二七四。距離三、〇〇〇。感二」

報告する水測長は、狭い聴音器室の小さな机に肘をつき、レシーバーに軽く右手の指を当て、左手のストップ・ウォッチを見据えたまま海中の音に神経を集中している。大粒の汗は顎を伝い汗と手垢で黒く変色した木製の机に小さな水溜まりを作っているが、その背はピクリとも動かなかった。

「敵速一二ノット」

水測長がスクリュー音から弾き出した敵艦の速度を告げる。

——まだだ。……まだまだ。

永井は自らに言い聞かせた。酸素魚雷は最後の切札である。航跡を引かないこの『悪魔の使者』に気づいた時がインディアナポリスの最後の時なのだ。そいつをいつ発射するか。次の報告を聞かなくては判断が付かない。あと三〇秒はかかるだろう。

倉本は、乗員たちの顔を見回しながら、先刻永井から聞かされた作戦を逐一思い起こしていた。

なぜ回天を無人で発射したのか。なぜ速力を八ノットに固定したのか。いまは乗員のすべてが得心していた。

——いまだかつて部下達が我々士官にこれほどの信頼感を寄せたことがあっただろうか……。

倉本はあらためて驚嘆の目で永井を見た。

「方位二七八。距離二、六〇〇から二、七〇〇。感二」

「敵針〇六〇」

伝令の伝達を受けた航海長の中津が報告する。中津もまた、憑き物が落ちたような表情をしている。

「よし」

永井が満足げに頷いた。永井を見る倉本の目は明らかに畏敬の念に変じていた。敵はいままさに少将の術中に陥ろうとしている。この作戦は帝国海軍の、いや世界の海軍の潜水艦戦闘史に新たな一頁を加えるものだ、と倉本は確信した。

「両舷前進微速。速力二ノット。面舵一杯。艦首方位を逐一報告せよ」

「両舷前進微速、二ノット。ようそろ」

「面舵一杯。ようそろ」

永井の命令に全艦が一本の糸につながったように反応した。士官から兵に至るまで、潜水艦を海中で操るために必要な作業が一点の滞りもなく流れるようにこなされて行く。兵たちに最前までの疲労の影はどこを探しても見当らなかった。モーターさえもが、少将の指揮に快調な音を響かせている。

「水雷長。報告！」

倉本が田村に命じた。

「全連管よし。速力二ノットで安定。本艦艦首方位急速に変わります。二八〇、……二九〇」

「聴音」

永井は冷静に問いを発した。最後の詰めだ。ミスはしたくない。

「方位二八三、距離二、四〇〇。速力変わらず、一二ノット」

敵艦はひたすら囮の回天を追って直進している。永井は、海図台の中津の作図を覗き込んで頷いた。

「艦首方位三〇〇。……三一〇」

「舵戻せ！　新針路三三〇」

永井の声が凜と響いた。その姿には海中から救助されたときの弱々しさはもう微塵もない。

「新針路三三〇、ようそろ。現在三二〇通過。……三二五」

「方位二九〇、距離二、一〇〇から二、二〇〇。一二ノット」

「発射雷数四、一番から四番まで用意！」

ついに酸素魚雷の出番だった。その破壊力からすると、重巡撃沈には命中本数が二本あれば足りる。発射は四本。命中率は五割。それが永井の計算だった。そして一番から六番までの発射管の内、五番六番は万一の予備に残しておく。倉本はその周到さに舌を巻きながら夜間用第二潜望鏡に取り付いた。

「針路三三〇」

「よし。両舷停止！」

永井の下令に、電気機器を操作する金属音がきしみ声を上げて答えた。

「両舷停止、ようそろ」

「方位二九八、距離二、〇〇〇から一、九〇〇。一二ノット」

「よし」

「一番から四番まで用意よし」

無表情で報告に応じていた永井が海図台から顔を上げ、倉本を振り返った。

「よし。艦長、潜望鏡観測してくれ。露頂に気をつけろ！」

「第二潜望鏡上げ！　一九メートルで止めろ。慎重に！」

倉本が手真似で下令した。油圧の作動音とともに二本並ぶ潜望鏡の後方の一本が足許からゆっくりと上がって来る。

接眼レンズが膝上まで上昇すると、倉本はしゃがみ込んで旋回ハンドルを左右に開いた。程なく接眼レンズがしゃがんだままの倉本の目の高さに達した。略帽を後ろ向きにした倉本がアイピースに目を押し当て、接眼レンズの動きに合わせて立ち上がる。レンズはまだ海中にあった。

「潜望鏡、三〇センチ上げ！」

係員が汗みずくで操作する。通常ではまずあり得ない微細な操作だった。

「三〇センチ、ようそろ」

発令所中が見守るなか、倉本は無駄を承知で対空警戒のために全周囲を素早く一望した。

「対空異常なし」

ほっとした空気が流れる。倉本は続いてレンズを水平位に戻し再び一周した。

「目標捕捉！」

倉本が甲高い声を上げ潜望鏡を離れた。

「提督」

倉本は永井を促した。

「潜望鏡をお願いします」

永井は倉本に任せるつもりだったが、ここで議論している暇はない。永井は潜望鏡に取りついた。

「うむ……」

暗い円筒形の闇の中に、ひときわくっきりと暗い影がある。

――インディアナポリスだ！

「発射管制盤？」

呻くように永井が言った。

「用意よろし」

管制盤の上等兵曹が答える。

「艦長！　諸元を」

「方位！」

「了解」

永井の声に倉本は潜望鏡の計器を見上げた。

「三〇八」

「距離！」

「一、七五〇」

「敵速！」

「一二ノット」

「敵針！」

「〇六〇」

永井が潜望鏡を離れた。合図と同時に潜望鏡が下がる。

「一番から四番まで発射雷数四。雷速四九ノット。開口角ゼロ」

「射角零度。雷走時間一分〇四秒六」

中津が計算尺から目を離して応じた。

「ようそろ！」

上等兵曹が振り返りざま応答した。

「発射管注水！　外扉開け！」

田村が伝声管で発射管室に命じる。一呼吸置いて伊五八は前傾斜し、機関長の桑田がそれを補正する指示を下す。

「発射管ようそろ！　外扉ようそろ！」

田村が最終報告を告げた。

「一番てぇ！」

間髪を容れず、永井が下令した。鈍い金属音とともに伊五八が振動する。

「二番てぇ！」

永井の命令が等間隔に続く。

「三番てぇ！」

「四番てぇ！」

同日〇〇〇五時
グアム島西南西方八三海里
米重巡洋艦インディアナポリス

ソナーのデータは、敵潜水艦の方位が急速に右舷前方から左舷前方に移動しつつあることを示していた。マックベイは疑問を感じ始めていた。

インディアナポリスの速力は一二ノット。高速ではないがスクリュー音はかなり大きい。敵は当然、本艦を捕捉しているはずである。だとすれば敵潜は攻撃に転じるにしろ逃亡を図るにしろ、その旋回運動を変化させて然るべきだった。

だが、相手はいっこうにその気配を見せない。相変わらず均一な半径と速度で旋回を続けているだけである。

――なぜだ……。敵をあくまで追尾するのなら、そろそろ本艦も変針……。

マックベイは迷っていた。その時だった。

「ソナーより、ブリッジ！」

無電池電話のスピーカーが困惑しきったエリスの声を伝えた。ムーアが速やかに受話器に取り付く。

「どうしたソナー？」

「微細なスクリュー音らしきもの探知。艦首の目標をA、新たな目標をBと類別します。方位〇三八。距離二、〇〇〇」

マックベイはムーアの持つ受話器をひったくるように奪い取ると怒鳴った。

「どうなってるんだ、ソナー？　二つに分かれたのか」

「わかりません。音源も小さいですし、海面の波によるノイズなどで感度が悪く、はっきりしたことは何も……」

「高速スクリュー音ではないんだな？」

マックベイの脳裡に「KAITEN」の六字がチラリと過った。偵察写真では敵潜の後甲板に四基の『カイテン』が撮っていた。が、だからどうだというのか。特攻兵器の回天が見当違いの方向に射ち出されるわけがないではないか。

「高速ではありません。回転数は低いようです」

「針路と速度は？」

「もう少ししないとなんとも……」

ソナー当直のエリスは自信なげに言った。マックベイは受話器をムーアに返すと、自分の椅子に向かって歩き始めた。

パッシブ・ソナーはこれまで潜水艦の低速スクリュー音に酷似した海中のノイズを探知したことが何度もある。それらはいつも海中の微生物や海流の悪戯だった。時間が経てば解消する。不安感は否めないが、その可能性はある。するとわれわれは幻の敵潜を追っていたことになるのか。いずれにせよ、この海域に敵潜が二隻いる可能性はまったくない。

「追尾目標A、方位三四三、距離三、二〇〇。新たな探知目標B、方位〇四一。距離一、八〇〇」

マックベイは艦長席に腰を下ろそうとして、何かが頭の中で弾けた気分に襲われた。

――何。いま何と言った。方位〇四一？　三四三ではないのか。すると艦首前方の敵は……。それが海中のノイズでなく敵の囮だったら！　ソナーの報告によれば速度も一定だし、コースも均一だというではないか。そんなノイズがあるわけがない！　だが、まさか……。

「ソナーより、ブリッジ！　突発音！　繰り返す、突発音！」

マックベイはムーアを振り返った。頬が強張っている。突発音とは潜水艦が魚雷発射管の外扉を開くときに生じる金属音である。

「ソナー、何事だ。詳細を知らせろ！」

ムーアの声が悲鳴のように聞こえた。

「方位〇四一、距離一、八〇〇で、突発音を探知。……高速スクリュー音を探知！　向かってきます！」

反射的にマックベイは叫びながら艦長席を飛び降りた。

「右舷前進いっぱい！　左舷後進いっぱい！　取り舵いっぱい！」

見ると、ムーアが驚愕のため立ち竦んでいる。マックベイはムーアに駆け寄ると突き飛ばし怒鳴りつけた。

「復唱しろ、少佐！」

「右舷前進いっぱい！　左舷後進いっぱい！　取り舵いっぱい！」

度を失ったムーア少佐がうわずった声で復唱した。

「右舷前進いっぱい！　左舷後進いっぱい！　取り舵いっぱい、アイ！」

操舵手は事態がわからないまま、舵輪を回した。

「ソナー。艦長だ。方位〇四一で間違いないか？」

その方位が本当なら敵の魚雷は本艦のドテッ腹に向かって疾走していることになる。

――間違いであってくれ！

マックベイは神に祈りたかった。

「間違いありません！　雷数四！　急速に接近中！」

――間に合わん！

マックベイは天を仰いだ。

「衝突警報。全艦水密隔壁閉鎖。総員衝撃に備えろ」

マックベイの声が力なく響いた。

同日〇〇七時
グアム島西南西方八三海里
伊号第五八潜水艦

「四本とも正常に走行中」

聴音の報告を伝令員が伝えた。永井の眼裏に戦死した島田と相澤の笑顔が浮かんでは消えた。だが喜ぶのは早かった。彼の頭脳は早くも次の局面に向かって回転していた。

「前進速力四ノット。針路変更、三一五。次発装塡急げ！」

倉本は永井を見た。この戦闘が始まってから永井の命令をすぐには理解できず、思わず振り返ってしまったのはもう何度目になるだろうか。潜水艦が水上戦闘艦艇を魚雷攻撃した場合は、その命中の確認をする前に退避行動に移るのが常道とされている。潜水艦の水中行動速力が『ドン亀』に例えられるほど遅く、反撃されてからでは回避の間に合わぬことが多いからだ。

だが、永井の命令はその危険を顧みず飽くまでも攻撃続行を指示している。

倉本は海図台の対勢図を覗き込んだ。彼我の位置関係はちょうど『T』の字を描き、伊五八は下の棒の外れにいる。それは確かに理想的な襲撃状況に他ならない。それだけに攻撃の続行は一見無謀と言ってもよかった。が、倉本はもう疑わなかった。

まかせておけばいい。少将のすることに間違いはない。

「目標、増速！　繰り返します。目標、増速中。転舵しているようです。雑音多い。方位三二〇。距離一、七〇〇」

「くそ。気づかれたか……」

中津がぼそっと毒づいた。発令所内に小さく落胆の色が漂った。

「敵艦、左に旋回を始めました」

聴音の報告が続く。

「なに、悪足掻きだ」

永井は誰に言うともなく言うと、この戦闘が始まって以来初めての笑みを見せた。まるで子供のような笑顔だった。

「命中まで、あと一五秒」

田村がストップ・ウォッチを見詰めたまま報告した。

「命中まで一〇秒」

田村の声が半円筒形の発令所に木霊《こだま》する。

「五、四、三、二、一……」

同日〇〇七時
グアム島西南西方八三海里
米重巡洋艦インディアナポリス

伊五八からの『悪魔の使者』を最初に発見したのは右舷ウイング見張り員のシンクレーア三等水兵だった。

「右舷六〇度に雷跡！」

航跡を引かない日本軍の酸素魚雷を眼のいい彼が見つけたのは、黒い波頭の盛り上がりからだった。

「雷跡急速に接近中！」

重巡の舵の利きは悪くない。とは言え自動車のハンドルのようにすぐに急角度の変針はできない。インディアナポリスは、徐々に艦首を左に向け始めていた。

「左舷、後進一杯！　右舷、前進一杯！」

マックベイは双眼鏡に両目を押し当てブリッジの舷窓越しに忙《せわ》しく右舷海面を見回した。しかしマックベイには何も見えない。

——頼む。早く回頭してくれ！

マックベイは心の中で叫んだ。脳裡には高らかに嗤うナガイの小面憎い顔が過《よぎ》っている。機関は唸りを上げ、艦が急激に左に傾き始める。左舷二軸の推進機の後進一杯というマックベイの命令に艦が懸命に反応しているのである。

——何本躱せるか……。

左傾斜をこらえるため、羅針盤に掴まったマックベイは考えた。敵潜水艦が何本魚雷を発射したかにもよる。発射時に設定した開口角にもよる。艦首の方位は速度を増して変わりつつある。

——うまくいけば……。

その瞬間だった。インディアナポリスの艦首は真っ赤な光体に包まれた。その光の中で揚錨機室から先の部位が千切れて数メートルも跳ね上がった。爆発の衝撃波はブリッジの舷窓を吹き飛ばし、ブリッジ要員を薙ぎ倒した。

「艦首だ！」

マックベイは叫んだ。

間髪を容れず艦首〇一砲塔下側面で、第二の爆発が起こった。炎と水柱が立ち上がり激しい振動が艦全体を包む。起き上がろうと床に這いつくばっていたブリッジ要員は、左舷方向に再度弾き飛ばされた。

続いて第三の爆発がブリッジ直前の〇二砲塔下側面で起こった。それはもはや衝撃とか振動とか言った表現を遥かに超えていた。羅針盤にしがみついていたマックベイは、目の前が真っ白になり、何かに脇腹と背中を強打した。続いて水柱がブリッジを襲い、大量の海水が雪崩れ込む。ブリッジ内の人も物も全てが海水に洗われ左舷ウイングに流されて行った。ブリッジ要員たちは翻弄され、なす術もなかった。

非直の乗員のほとんどは、早朝の戦闘配備に備えて眠りに就こうと兵員室の自分のベッドに入るか、夜食を取ろうと兵員食堂に集まっていた。第一の爆発で、寝ている者はベッドから投げ出され、食堂では食器が乱れ飛び水兵が薙ぎ倒された。第二の爆発で全艦停電となり経験の浅い水兵達が騒ぎ始めた。しかし第三の爆発が艦を襲っても、下士官や古参の水兵達には余裕があった。

「静かにしろ！　配置に急げ！」

と、緊急事態の基本行動規定に従って口々に叫んだ。異常事態が生じたことはわかっていたが、艦の下部は上部に比べ衝撃が少なく、外部の様子が分りにくい。何よりも重巡洋艦は簡単に沈まないという彼らの信仰がパニックを回避させた。乗員は皆配置に急いだ。

海水が引いたブリッジでは左ウイング出口に要員が群がっていた。マックベイは蹲り、右脇腹を押さえていた。辛うじて無事だったムーア少佐が駆け寄って抱き起こそうとすると、胸に激痛が走った。

「両舷停止だ」

マックベイは僅かに残った肺の空気を絞り出すような声で命じた。

「私はいいから、倒れているものを配置につけろ。舵を中央に戻し、ダメージ・コントロールと連絡を取れ」

耳鳴りが治まるにしたがって静けさが戻ってきた。ブリッジにはタービン音と蒸気の漏れるような音だけが聞こえていた。

「速度指示器《テレメーター》は停止にしましたが機関室からの応答がありません！」

マックベイは深い後悔にさいなまれていた。ナガイを追うべきではなかった。彼を忘れて一路レイテに向かっていれば……。が、もはや取り返しはきかない。

「舵中央！」

「ダメージ・コントロール応答しません！」

ようやく配置に戻り始めた要員達が次々と報告をもたらした。やっとの思いで艦長席に寄りかかったマックベイは唇を嚙みしめ、自らを呪った。損害の状況もわからない。防水防火作業の指揮連絡もできない。しかも艦はひたすら走行を続けている。艦首に致命的な損傷を被ったことは確かである。このまま走り続ければ浸水はさらに酷い結果を招来するだろう。

「運用兵！　号笛を吹け！」

マックベイの指示に当直運用水兵がインターホンに向かって号笛を吹いた。

「艦内通信装置、すべて故障！」

運用兵が悲痛な声を上げた。

「誰かすぐに機関室にいって艦を停止させろ。ムーア少佐、ダメージ・コントロールに行って、損害状況を把握してくれ。副直将校はだれだ？」

「私です。オーアです」

「よし、オーア大尉。人をやって遭難信号を打たせろ。『われ敵潜水艦の雷撃を受ける。航行不能。救援を求む』だ。本艦の位置を忘れるな」

「イエッサー」

オーア大尉は水兵の一人に今の電文のメモと、もはや二度と使うことのなさそうなこの海域の海図を手渡した。

ムーアは暗闇の中を記憶を頼りにダメージ・コントロールに走った。

「ムーアか、よかった。人手が足りない。手伝ってくれ」

閑散とした闇の中からフリンの声がした。

「状況は？」

「艦内通話が駄目だ。応急修理班も集まらん。浸水はどこもかしこもだ。偵察を出したが最初の報告では、一番酷いのは前部で一二番フレームから前は手が付けられない。一部で火災も起きているようだ。傾斜は、艦首が下がっているがそれほどでもない。機関は停止したか？」

「まだです。伝令が向かったはずです」

そこに懐中電灯を頼りに伝令が入ってきた。

「一二番フレームの防水隔壁が破れました。止めようがありません！」

「俺が行こう。ムーア、ブリッジに戻って艦長に報告してくれ」

フリンはそう言葉を残すと、重い足取りで防水扉を駆け抜けた。

「かなりの損傷です。前部では浸水が止まりません。副長が状況を調査するため現場に向かいましたが、肝心の応急修理班が集まりません。総員退艦させますか?」

ブリッジに戻ったムーアがマックベイに告げた。

「いや、傾斜はまだ小さい。大丈夫だろう。すまんがもう一度下に行って、現場を見てきてくれ」

体の痛みに耐えながら艦長席に座ったマックベイは苦しげに言った。インディアナポリスが不気味に振動する。急速に速力が低下し右に三度ほど傾斜した。

「オーア大尉、遭難信号が打てたかどうか報告はきたか?」

「いいえ、まだです」

オーアの童顔も歪んでいた。そこへ航海長のジャニー中佐が内階段を上がって来た。

「航海長、遭難信号が打てたかどうかわからんのだ。通信室に行ってくれないか」

ジャニーがブリッジから消えると、今度はフリンが肩で息をしながら駆け上がって来た。

「報告します。損傷はとても酷く、浸水を食い止められません。電力もなく排水ポンプも使用不能。もう駄目でしょう。総員退去させるのがベストだと思います」

マックベイは艦首の方向を凝視した。焔と煙に包まれて損害の状況は確認できなかったが、少なくとも〇二砲塔は台座から外れてしまったようだった。

致命的なのは電源が失われたことである。今必要なのはフリンのような豊富な経験と正しい判断力を持つ士官だった。そのフリンの意見には反論の余地がない。

「よし。『総員退艦』の命令を出してくれ。負傷者の救出に全力を尽くせ。乗組員には救命胴衣をつけるように伝えてくれ」

「例の積み荷はどうしますか？」

例の積み荷。言うまでもなく原爆のことだった。

「乗員を優先する。捨てていこう」

マックベイはまたしてもどこかでナガイの哄笑を聞いたような幻覚にさいなまれながら最後の指示を発した。

エピローグ

八月一八日（土曜日）
呉軍港
伊号第五八潜水艦

「取り舵一杯。……戻せ。減速。速力二ノット」

艦橋の舷窓から夏の陽を浴びて遠く呉の街が見える。倉本は双眼鏡で前方にじっと目を凝らした。長い歴史に彩られた階段の街、呉はその大半が戦火に燃え落ち、惨めな姿を晒していた。不意に倉本は万感の思いに襲われ、不覚にも双眼鏡の映し出す光景が滲んだ。海水に濡れた伊五八の灰色の吸音ゴム塗装は傷だらけとなって方々が剝がれ落ちている。艦はすでに港口のシー・ブイを通過し軍港内に入っていた。

「曳船が来ていません！」

見張り員が報告する。

「どうします。待ちますか？」

中津が尋ねた。艦の入港はすでに港務部に無電で伝えてある。曳船がいないのは通常ではあり得なかった。出港から三四日。乗員には伝えていなかったが戦争は三日前に終わっていた。その影響で軍港の機能が停止した可能性が大だった。

潜水艦とはいえ、伊五八の水上排水量は二、一四〇トンもある。行き足が大きく、指定された潜水艦桟橋に自力で接岸するには危険が伴う。突っかけたりしたら洒落にもならないが、曳船が来てくれるとは言い切れない。

「艦長。甲板員を前甲板と左舷中央甲板にもやい綱を持たせて立たせろ」

永井が倉本の背後から声をかけた。倉本は振り返るとにこりと相好を崩した。

「お任せします。こちらへどうぞ」

艦長の立つ位置を永井に譲ると、倉本は伝声管で甲板員の配置を命じた。

「減速一ノット。操舵手、舵が利かなくなったら速やかに報告せよ」

「操舵、了解」

永井は前方に迫ってくる岸壁を舷窓から見ながら潮流と風を計算した。

「取り舵一〇度」

「取り舵一〇度、ようそろ」

「戻せ！」

「ようそろ。舵中央」

「機関停止！」

「機関停止、了解」

「操舵より艦橋。舵が利かなくなりました」

岸壁の先端が右舷艦首を通過する。

「後進原速！」

伊五八は身震いしてグンと行き足を落とした。少将の接岸は見事に決まった。倉本はしかし、もう驚かなかった。

――この人にはさんざん驚かされてきたからな。

「両舷停止。甲板員桟橋へ移れ！」

永井が命じると、艦尾の海面が静まる。

「錨入れ！」

激しい金属音とともに錨が落下した。

岸壁に目を転じるとそこには第六艦隊司令長官の河田中将が数名の港務員を従えて立

っている。彼等が舷梯を渡るために動き始めた。

「艦長、後を頼むぞ」

鮮やかな操艦に見とれていた倉本を振り返って永井が言った。

「総員集合、前部甲板」

倉本は伝声管に向かって下令し、静かにその蓋を閉じた。

一〇三名の乗員と六名の回天隊員が整列し終えたのはその五分後だった。乗組員たちの髪や髭は伸び放題で、出港以来ずっと艦内で過ごした顔は蒼白い。

永井は列から離れ艦橋の陰に佇んでいた。

「艦長、訓示！」

田村が叫ぶ。

「休め！」

倉本は一歩前へ足を踏み出した。

「一昨昨一五日一九〇〇時、伊五八は停戦命令を受領した……。敗戦である」

ざわめきが全甲板に起こった。「静まれ！」の声で沈黙が戻るのを待って倉本は言葉を継いだ。

「諸般の状況から、本職の判断で今まで公表を避けていた。苦しい戦闘を闘い抜き、戦果を挙げたにも拘らず残念である。また、よく敢闘し生還できたのが、諸君の労苦の賜物であることを本職は誇りに思う。別命あるまで本艦は現状のまま待機することになるが、最後まで帝国海軍の誇りに恥じないよう頼む」

嗚咽が洩れた。総員の頰に光るものが伝っている。

「最後に！」

言葉の効果を待って倉本は言った。

「永井少将からお話がある。注聴！」

倉本は一歩下がった。

「ありがとう、艦長」

永井は真夏の午後の陽光に眩しそうに目瞬きしながら、全乗員を見渡した。

「帝国海軍は負けた」

永井は野太い声で話し始めた。

「戦争は外交の一手段である。政治家が決断することで、是非は歴史が決めることである。我々は命令に従うしかない。軍人にとっての使命は戦うことである。こちらも人間だが敵も人間である。したがって勝つ時もあれば負ける時もある。要はいかに戦うかである。諸君は死力を尽くして戦った。諸君は負けなかった。勝って生き残ったのだ。だから泣くな！　卑屈になるな！　誇りを持て！」

倉本を含む一〇四人の伊五八全乗組員と六人の回天搭乗員の眼が永井を凝視している。

「諸君は国家が諸君の運命を翻弄したと思うかもしれない。だが諸君はこれからも運命に翻弄される。人とはそういうものだ。その時、思い出して欲しい。誇りを持って戦い、知力と体力の限りを尽くし、勝ち抜いて生き残ったことを」

永井の声は海風に乗った。

「加えて言う。諸君らの功績は歴史に埋もれるかもしれない。いつの日かそれを発掘する者がいるだろう。その時、諸君が受ける称讃は、倉本艦長以下一〇四名と口惜しくも戦場に散った島田上等兵曹と相澤二水、それと華々しい特攻出撃を敢えて耐え忍んでくれた六人の回天搭乗員のものである。私はいなかった。繰り返して言う。称讃は若い人のためにある。それを心して欲しい。ここまで本当にありがとう。以上である」

永井は初年兵のように敬礼をすると、倉本に向き直った。倉本が折り畳んだ海軍用箋を差し出した。最後の決戦直前、永井が手渡した命令書であった。そこには、作戦が失敗に帰したときのため、回天を囮に使った責任はすべて永井にある旨が記されていた。しかし、長い戦いの果て、帝国日本がついに降伏したいま、それはもはや無用の長物だった。

永井はそれを黙って受け取ると、二つに破り、軍装のポケットに納めた。

永井は倉本と柔和な目を交わし合うと、威儀を正して言った。

「艦長。退艦許可願います」

倉本は声が詰まった。振り絞るように口を開くと掠れた声になった。

「退艦を許可します。戦闘指揮お見事でした。ありがとうございました」

「何の事かな、艦長？　私は救助された便乗者だよ」

永井は微笑むと舷梯に足を掛けた。万感の思いが一気に心に込み上げてきた。

――俺はあまりに多くの死を見過ぎた。

心が痛んだ。腸が捩じ切れるほど痛んだ。だが、俺は彼等に身を以て伝えることができた。

「永井少将閣下に対し、敬礼！」

倉本は頰に伝う涙を拭おうともせず下令した。だが、永井は振り返らない。事情を知らないままの河田中将の前を軽く敬礼したまま通り過ぎると潜水艦桟橋をゆっくりと大股で歩き始めた。

「総員！　帽振れ！」

伊五八乗員と回天搭乗員の一〇二個の白い第二種略帽と八つの士官用第三種略帽が真夏のきらめく陽光の中に、大きな弧を描いて舞った。

去り行く老兵はそれにも振り返らずやがて小さく建物の陰に消えた。

戦後、永井と重巡インディアナポリス艦長マックベイ大佐が再び相まみえる機会は遂に訪れなかったという――。

あとがき

一九四五年七月。アメリカ海軍の重巡洋艦インディアナポリスは、サンフランシスコからテニアンまで、広島と長崎に投下することになる原爆を輸送した後、グアムを経由してレイテに向かっていた。

また、回天六基を搭載し呉を出港した日本の伊号第五八潜水艦は、グアムで回天二基を出撃させた後、グアムとレイテを結ぶ航路上でまちぶせを行っていた。

そして一九四五年七月二九日未明、南太平洋上にてこの二隻は遭遇。インディアナポリスは、伊号第五八潜水艦によって雷撃され沈没した。

これは太平洋戦争における艦艇同士の最後の戦闘であり、日本海軍における最後の大型艦撃沈記録となった。

本書はこの戦いの記録を基に、小説化したものである。したがって、アメリカ側の登場人物については実名を、日本側の登場人物については仮名を意図的に使用した。

内容の少なくとも半分は歴史的事実であり、残りの部分のどの程度までが推測か虚構かは、読者の判断にお任せしたい。
本書執筆にあたり、無名の新人にもかかわらず、貴重な時間を費やし、指導鞭撻の労を厭わなかった新潮社の宮辺尚氏ほか編集ならびに校閲の方々にこの場を借りて感謝の意を表したい。また、軍事的知識の補填と多くの助言を与えてくれた島田景一氏と、筆者の筆となったコンピュータの知識を提供してくれた野坂良樹氏にも謝意を述べたい。そしてこの三年間、陰ながら筆者を支えてくれた父と母、そして妻にこの作品を捧げたい。

この伊号第五八潜水艦の航海で六名の回天搭乗員が帰らなかった。また、インディアナポリスの沈没とその後の漂流によって八〇〇余名の乗員の命が南太平洋に消えた。艦長のマックベイ三世は、戦後、ジグザグ航法を取っていなかったかどにより軍事法廷で有罪となり、一〇年後復権したものの悲運のまま自殺した。
最後ではあるが、彼らの冥福を祈る。

平成八年五月

池上　司

参考文献

『伊58潜帰投せり』橋本以行著（㈱朝日ソノラマ刊）
『総員退艦せよ』リチャード・F・ニューカム著・亀田正訳（㈱朝日ソノラマ刊）
『日本潜水艦史』「世界の艦船」一九九三年八月増刊（㈱海人社刊）
『第2次大戦のアメリカ軍艦』「世界の艦船」一九八四年六月増刊（㈱海人社刊）
『日本駆逐艦史』「世界の艦船」一九九二年七月増刊（㈱海人社刊）
『日本の客船1』「世界の艦船」別冊　野間恒著　山田廸生編（㈱海人社刊）
『艦船メカニズム図鑑』森恒英著（㈱グランプリ出版刊）
『続艦船メカニズム図鑑』森恒英著（㈱グランプリ出版刊）
『軍艦メカニズム図鑑　日本の駆逐艦』森恒英著（㈱グランプリ出版刊）
『丸スペシャル　日本の駆逐艦Ⅱ』（㈱潮書房刊）
『日本潜水艦の技術と戦歴』「丸」一二月別冊　戦争と人物一八（㈱潮書房刊）
『日本の軍装』中西立太著（㈱大日本絵画刊）
『第二次大戦米海軍機全集』（㈱文林堂刊）
『第二次世界大戦事典』エリザベス・アン・ホイール／ステファン・ポープ／ジェイムズ・テイラー著・石川好美／吉良忍／逆井幸江／田中邦康訳（㈱朝日ソノラマ刊）
『戦時輸送船団史』駒宮真七郎著（㈱出版協同社刊）
『第二次大戦の潜水艦』リチャード・ハンブル文・江畑謙介訳・マーク・バーギン画（㈱文林堂刊）

『船の科学』吉田文二著（㈱講談社刊）
『船の一生』吉田文二著（㈱講談社刊）
『敵潜水艦攻撃』木俣滋郎著（㈱朝日ソノラマ刊）
『あゝ伊号潜水艦』板倉光馬著（㈱光人社刊）
『深く静かに潜航せよ』E・L・ビーチ著・亀田正訳（㈱朝日ソノラマ刊）

解説

香山二三郎

最近、第二次世界大戦に日本が参戦していたのを知らない若者が少なくないらしい。十数年前、世界大戦があったことすら知らないエリート学生がアメリカで増えているという話を知って驚いた記憶があるが、日本もしっかりその後を追っているということか。

終戦から半世紀以上がたち、戦争体験のない国民が大半を占めるようになった今、あるいはそれも無理からぬことなのかもしれない。だがそうした事態を安易に許容していると、いつまた戦雲に呑み込まれるかわかったものではない。それを回避するためにも、まず過去の戦争の実態を知っておく必要があるだろう。国家という一大システムはいかなるプロセスを経て開戦へ至ったのか、はたまた兵士の育成はどのようになされたのか、武器の調達は、後方支援は、そして戦場ではいったいどんなことが起きたのか……。

幸い、〝戦争を知らない子供たち〟の中にはそれらを積極的にとらえ直そうとするアーチストも確実に存在する。彼らは戦争体験の欠落を徹底した取材力や卓抜した想像力、巧緻な表現技術でカバーしてみせる。スティーヴン・スピルバーグの「プライベート・ライアン」やテレンス・マリックの「シン・レッド・ライン」といった戦後世代の監督たち（スピルバーグは一九四七年、マリックは一九四三年生まれ）による第二次大戦映画はそうした収穫のひとつだが、日本の小説界にも戦争を知らない世代によるニューウェーヴ作品は台頭しつつある。本書はまさにそれを代表する一冊といえよう。

『雷撃深度一九・五』は一九九六年（平成八年）七月、新潮社から「新潮書下ろしエンターテインメント」の一冊として刊行された。第二次大戦末期の一九四五年（昭和二〇年）七月二九日、日本海軍第六艦隊の伊号第五八潜水艦はグアム島―レイテ島間の海域でアメリカの重巡洋艦インディアナポリスを撃沈する。本書はその「戦史に残る戦いを斬新に再構築した」迫真の海洋戦争小説である。

物語は七月一六日、倉本艦長以下一〇五人の乗員と人間魚雷回天の搭乗員六人を乗せた伊五八が広島・呉軍港を出発する場面から幕を開ける。軍港が空襲にあう寸前、伊五八は何とか出港を果たすものの、その任務はいささか不可解なものだった。フィリピンの東方海上を通過する敵艦船を攻撃せよというのだが、敗色が濃厚になったこの時期、今さら敵の通商交通路を破壊するのは意味がない。倉本は何か戦略的に重要な艦船が通過するのではないかと考えていた。いっぽうその頃、チャールズ・B・マックベイ大佐が艦長を務める重巡洋艦インディアナポリスもある貨物を運搬するためサンフランシスコを出港、テニアン島からグアムを経てレイテ島に向かっていた。日本軍の戦力低下著しく、なおかつ極秘任務であることも踏まえ、護衛艦は随伴しないことになったが、インディアナポリスの乗組員の大半は新人で爆雷攻撃の訓練も満足に出来ていなかった。損傷の激しい老朽艦は多くの不安を抱えたまま全速力で南下していくが……。

かくて冒頭から伊五八対インディアナポリスという構図に則って、それぞれの視点から交互に物語が進んでいくのだが、著者はそこにさらに中国の厦門《アモイ》から九州の門司に向けて航行する日本の輸送船団のエピソードを挿入していく。前述したように本書は戦史をベースにしているが、両艦の対決劇が繰り広げられるのはあくまでラストのクライマックス。話作りのうえでは、ただ単純にそこへ向かっていくだけでは前半で息切れしてしまいそうだ。そこで用意されたのが、すなわちこの「ヒ八八K船団」をめぐる悲劇なのである。

本書の特徴は何といっても、まずそのドキュメンタリータッチの語り口にあろう。登場人物の心理描写を抑え、事実や行動描写、会話を駆使した叙述——いわばハードボイルドなスタイルに徹しようとしていることが窺える。それによって全編リアリスティックな迫力を生成することに成功しているが、だからといって、全部が全部、事実の再構築というわけではない。たとえばB25爆撃機の爆弾で艦体を真っ二つにへし折られてしまうヒ八八K船団の駆逐艦「汐風」は実際には呉の軍港で終戦を迎えている。著者自身、初刊本のあとがきで「内容の少なくとも半分は歴史的事実であり、残りの部分のどの程度までが推測か虚構かは、読者の判断にお任せしたい」と述べているように、実はフィクショナルな設定も随所にまじえてあるのだ。

もっとも表面的には、どこからどこまでが本当で嘘なのかはわかりにくい。事実の再構築と虚構の場面演出が違和感無く、見事に溶け合っている証左だろう。読者はあたかもノンフィクションを読んでいるようなつもりでいつの間にか著者の術中にはまっているという次第で、この文体を選んだ著者の狙いもまさにそこにある。

ヒ八八K船団の悲劇はまた、凄絶な海戦活劇を堪能させてくれるいっぽうで、船団司令永井稔予備役少将をめぐる数奇な軍人ドラマをも盛り上げていく。永井は連合艦隊司令長官山本五十六との対立から艦長職を追われた悲運の人。今回は奇しくも船団の数少ない生き残りになってしまうが、運命は彼に伊五八対インディアナポリスという対決劇のいっぽうの主人公を務めさせることになる。伊五八の乗組員も実戦経験のない新人ばかりで、倉本艦長自身、「経験豊かな海軍士官とは言い難かった」。読者の中には「太平洋戦争三年七カ月を、常に水上艦艇に乗組み、戦い抜いてきた」マックベイの相手としてはいささか役不足ではないかと思われる向きもいるに違いない。著者もその辺のことをちゃんと計算したうえで、キャラクターを配しているのである。

むろんそうした演出の数々から、著者が内外の海洋冒険もの――潜水艦ものに精通しているであろうことは容易に察せられよう。ヒ八八K船団の悲劇からアリステア・マクリーンの傑作『女王陛下のユリシーズ号』（ハヤカワ文庫）を思い浮かべるファンは少なくないと思うし、海の上下で繰り広げられる虚々実々の駆け引きという点では、嫌でもD・A・レイナーの（というより、ディック・パウエル監督の映画）『眼下の敵』（創元推理文庫）を髣髴《ほうふつ》させられる。はたまた伊五八内の倉本と永井のやり取りからはTVドラマ「原子力潜水艦シービュー号」のクレイン艦長とネルソン提督のそれが思い出されるといった塩梅《あんばい》で、うるさがたの海洋冒険小説ファンも思わずニヤリとすること請け合いだ。

近年の国産軍事海洋ものというと、架空の戦況を想定したシミュレーション系がポピュラーだが、虚実一体となった著者独自の作風はそれとは一線を画した新たな戦争小説の可能性を拓いていよう。ちなみにインディアナポリス撃沈記録については、レオンス・ペイヤール『潜水艦戦争』（ハヤカワ文庫）にその一部始終が記されているので、興味がある人は参照していただきたい。その解説者、海戦史研究家の秋山信雄によれば、「太平洋戦争前から、日本海軍内では『潜水艦《ドンガメ》の連中は視野が狭い』と一方的にきめつけており、現在の海上自衛隊でもこの誤った偏見が継続していることを潜水艦乗りの一人だった解説者は身をもって体験してきた」という。本書はそうした現状への批判にもなっているといったらうがち過ぎか。

ところで昨今潜水艦といえば、思い浮かぶのは事故ばかり。日本では一九八八年、東京湾で海上自衛隊のなだしお号と大型釣り船第一富士丸の衝突事故が起きて以来、大きな事故はないが、海外ではお隣り韓国で一九九六年九月に北朝鮮潜水艦の侵入・座礁事故が発生。逃走した乗組員と韓国軍との間で銃撃戦が繰り広げられる事態にまで発展した。記憶に新しいところでは二〇〇〇年八月、バレンツ海でロシア海軍の原子力潜水艦クルスクが原因不明の沈没事故を起こしている。

何の因果か、クルスクの事故と時期を同じくして、アメリカの第二次大戦もの潜水艦映画「U－571」が話題を呼んだが、してみると、本書の文庫刊行もそうした流れに沿っているような印象を与えかねない。

むろんそれは単なる偶然に過ぎない。著者によれば、そもそも本書の執筆も「ひょんな偶然から始まったことであった」。

その当時、著者はある作家の秘書を務めていた。その作家の作品の映画化が決まり、撮影が始まるが、スタッフが時代劇になれておらず現場は混乱状態に陥った。そこでプロデューサーは原作者である作家にアドバイザーになって欲しいと頼むが、彼は執筆に追われていたため秘書である著者に代役を命じた。かくて著者は撮影現場に通うことになるが、クランクアップが迫ったある日、著者が太平洋戦争に詳しいことを知ったプロデューサーから次の企画の相談を受ける。次作は戦争映画に決まっていたが、潜水艦ものというやっかいな条件が付いていた。「何故やっかいかというと、太平洋戦争中、日本海軍は潜水艦の用法を誤り、目立った戦果が少なかったからである」。一週間で企画書を上げるよう依頼された著者は資料と格闘するものの、名案は浮かんでこない。

時間は容赦なく過ぎ、約束の一週間目の朝、ふと、開いた本にある事件の記載があった。昭和二十年七月、南西太平洋で米重巡『インディアナ・ポリス』が『伊号第五八潜水艦』に撃沈された事件である。太平洋戦争最後の大型艦撃沈記録でもある。早速脚色にかかり、約束通り夕方には企画書を渡すことができた。

しかし、事はすんなり運ばなかった。企画書は、映画会社の企画会議に上がったまではよかったが、この会議で不採用となった。

私は宙に浮いた企画を諦めきれず、一年を費やすことになる『雷撃深度一九・五』の執筆に入ったのである。

（「デビューへ、カウントダウン」／集英社刊「小説すばる」二〇〇〇年十月号所収）

偶然が偶然を呼んで、ひとりの作家を誕生させた。著者ならずとも「人生の不可思議」を感じさせるエピソードではある。

最後に著者のプロフィールを紹介しておこう。池上司は一九五九年（昭和三四年）東京生まれ。明治大学文学部卒業。広告制作会社や広告代理店でコピーライターとして勤務した後に独立、「ある作家」こと父・池宮彰一郎の秘書を務めながら作家を志し、本書でデビューを飾った。本書の後、終戦直後、北千島・占守島に上陸したソ連軍と島に配備された日本軍の文字通り最後の戦いを描いた長編第二作『八月十五日の開戦』（角川書店）を二〇〇〇年五月に刊行、さらに日本海軍のミンドロ島泊地殴り込み作戦「礼号作戦」を題材とした長編第三作もスタンバイしている。
あるいはこの三作、終戦三部作ともいうべきシリーズを成すのかもしれないが、ジュール・ヴェルヌの『海底二万里』（創元推理文庫他）に魅せられて以来、隠れ潜水艦ものファンを続けてきた筆者としては、著者には今後も海洋ものにこだわり続けていってほしいと思うのだがいかがなものだろうか。

（コラムニスト）

単行本　一九九六年七月　新潮社刊

文春文庫

雷撃深度《らいげきしんど》一九・五

定価はカバーに
表示してあります

2001年1月10日　第1刷

著　者　池《いけ》上《がみ》司《つかさ》

発行者　白川浩司

発行所　株式会社　文藝春秋

東京都千代田区紀尾井町3-23　〒102-8008
TEL　03・3265・1211
文藝春秋ホームページ　http://www.bunshun.co.jp
文春ウェブ文庫　http://www.bunshunplaza.com

落丁、乱丁本は、お手数ですが小社営業部宛お送り下さい。送料小社負担でお取替致します。

印刷・凸版印刷　製本・加藤製本

Printed in Japan
ISBN4-16-720602-1

文春文庫

戦争と昭和史セレクション

（　）内は解説者

猪瀬直樹
昭和16年夏の敗戦
開戦前夜、各省エリートが日米戦のシミュレーションを行った。結論は〝敗戦〟と出た。だが東條首相はそれを無視した。参画者のその後を通じて一つの良心の運命を描く。（吉田俊平）
い-17-1

猪瀬直樹
ニュースの冒険
「昭和」が消えた日
ソウル五輪、日比混血児問題、アグネスの子連れ論争、ディベート番組の流行、リクルート事件――「昭和」が終った年のできごとを読み解いて、時代の核心とその新しい流れを提示する。
い-17-4

猪瀬直樹
唱歌誕生
ふるさとを創った男
楽天的な国際主義と日本回帰の心情が奇妙に交錯していた明治末から大正初め、「故郷」「紅葉」など今も人々が懐しく口ずさむ文部省唱歌を次々世に送り出した二人の男がいた。（高橋英夫）
い-17-5

小沢昭一
わた史発掘
戦争を知っている子供たち
昭和初期に東京に生まれた庶民の子供の、幼年期から軍国少年への過程。そして迎えた、敗戦から戦後へ。喉元過ぎればになりがちな自分史を辿りつつ、激動の時代を綴る。（川本三郎）
お-4-3

尾崎秀樹
にっぽん裏返史
日本史には数多くのドラマがある。水戸黄門の諸国漫遊、天一坊事件、道鏡伝説……庶民に愛され続けてきた通説が、実際の出来事からどのように形づくられたかを検証する歴史エッセイ。

お-14-3

河原敏明
昭和天皇とっておきの話
およろこびの陛下、お怒りの陛下、また悲しまれたり、ことに当たられたときの陛下――皇室史上希にみる長寿であらせられた昭和天皇の知られざる秘話、エピソードを披露。

か-9-2

文春文庫

戦争と昭和史セレクション

昭和精神史
桶谷秀昭

大東亜戦争は本当に一部指導者の狂気の産物だったのか？　戦争をただ一つの史観から断罪して片づけてよいものか？　昭和改元から敗戦までを丹念に綴る昭和前史。毎日出版文化賞受賞。

お-20-1

人間の條件（全六冊）
五味川純平

帝国主義戦争下でインテリはいかにして人間的であり得るか。梶は自分の力を頼みに抵抗するが、関東軍は壊滅し、妻のもとへ帰ろうとして曠野をさまよう。人間の解放を追求する長篇。

こ-3-4

ガダルカナル
五味川純平

指導層の無謀な作戦、その上に遅すぎた決断、それらの酬いは常に前線将兵の〝命〟で支払われる。太平洋戦争の運命を決した、ガダルカナルにおける日米半年の死闘を克明に綴る。

こ-3-10

「神話」の崩壊
関東軍の野望と破綻
五味川純平

〝無敵関東軍〟の神話はいかにして作られたか――満蒙の曠野に野望を抱いた軍団の創設から、満洲事変、関東軍の崩壊までをつぶさに描き、軍部の謀略を暴く渾身の関東軍戦史。

こ-3-12

海軍主計大尉小泉信吉
小泉信三

一九四二年南方洋上で戦死した長男を偲んで、戦時下とは思えぬ精神の自由さと強い愛国心とによって執筆された感動的な記録。ここに温かい家庭の父としての小泉信三の姿が見える。

こ-10-1

宰相　鈴木貫太郎
小堀桂一郎

天皇と肝胆相照らす老提督が、終戦内閣の首班として、重臣たちをも欺く見事な腹芸で、遂に戦争終結という歴史のドラマを書き上げるまでの百三十日間を追った史伝。大宅賞受賞作。

こ-12-1

文春文庫

戦争と昭和史セレクション

（ ）内は解説者

昭和史のおんな
澤地久枝

東郷青児の妻たち、岡田嘉子と樺太国境をソ連に逃げた杉本良吉の妻、性研究「相対会」創始者の妻・小倉ミチヨなど、昭和史の半分を支えた女たちの愛憎の人生。文藝春秋読者賞受賞。

さ-7-5

もうひとつの満洲
澤地久枝

反満抗日のたたかい、戦士たちをぬきにして、日本人の満洲体験はない。楊靖宇という若きゲリラの領袖の跡をたどりながら日本人の満洲への思いを昭和の歴史に位置づける哀切なる旅。

さ-7-6

続 昭和史のおんな
澤地久枝

独力で三児を育てた後、情死をとげた女性アナ。擬装結婚の愛と真実。日中の懸橋となった郭をとみと陶みさを。四角関係のはてに起きた猟奇事件など、昭和史を支えた女たちの軌跡。

さ-7-7

滄海《うみ》よ眠れ 一
ミッドウェー海戦の生と死
澤地久枝

愛する芸者の妊娠を知らずに結婚し、敵空母に突っ込んだ友永大尉。勝利への道を拓いた米第八雷撃機中隊のウォルドロン隊長。燃える空母の炎の中に消えた柳本艦長らの夫婦愛。

さ-7-9

滄海《うみ》よ眠れ 二
ミッドウェー海戦の生と死
澤地久枝

内縁のまま子どもを生み、戦死した夫の親にその子の認知さえ拒まれて苦難の人生を歩いた女性。海上漂流の米軍搭乗員に加えられたおそるべき行為。戦場の残虐を語る衝撃の新事実。

さ-7-10

滄海《うみ》よ眠れ 三
ミッドウェー海戦の生と死
澤地久枝

戦いの直前に結婚式をあげた日米双方のパイロット。飛行機を失った戦場で米軍機の猛爆にさらされた二隻の重巡。十五歳の四人の少年水兵の命をのみこみ、海は眠った。（高木俊朗）

さ-7-11

文春文庫

戦争と昭和史セレクション

（　）内は解説者

澤地久枝
一九四五年の少女
私の「昭和」

一九四五年八月十五日まで私は、日本の勝利に疑問を発する母に「非国民」という言葉を投げる少女だった――繰り返してはならぬ戦争の悲惨を胸に死者たちの声を記録する旅は続く。

さ-7-16

澤地久枝
家族の樹
ミッドウェー海戦終章

日米双方に「悲劇」をもたらしたミッドウェー。その海戦で死んだ米側の父にはまだ見ぬ子がいた。その息子もまたベトナムから戻らなかった……。そして生還日本兵にも別の「悲劇」が。

さ-7-19

勝田龍夫
重臣たちの昭和史（上下）

ファッショ勢力の台頭から太平洋戦争の敗北までの昭和の動乱を、天皇と西園寺公望、近衛文麿、木戸幸一、原田熊雄ら重臣群像を中心に政治の中枢の変転を活写した歴史ドキュメント。

し-10-1

塩田潮
日本国憲法をつくった男
宰相幣原喜重郎

老外交官幣原喜重郎は、天皇の命によって戦後二人目の総理大臣に就任するが、それは新憲法制定という難問を背負うことでもあった。敗戦日本の進路を決めた男の評伝。（多田井喜生）

し-20-3

高見順
敗戦日記〈新装版〉

最後の文士・高見順が生前密かに綴っていた精緻な日記は、昭和史の一等史料であると同時に日記文学の最高峰の一つであり、破局に向って突き進む日本の情況を捉えて余す所がない。

た-11-6

高見順
終戦日記

自己について書くべきときが来たようだ――時は終戦直後の昭和二十一年。四十歳の作家の血を吐くような声が聞えてくる。「敗戦日記」の続篇となる〝最後の文士〟の生き様の記録である。

た-11-7

文春文庫

戦争と昭和史セレクション

（　）内は解説者

塚本哲也
ガンと戦った昭和史
塚本憲甫と医師たち

自らもガンに倒れた第四代国立がんセンター総長塚本憲甫の生涯をたどりながら、日本のガン征圧に賭けた医師たちの苦闘の歴史、患者達との心温まる交流を描いた大河ノンフィクション。

つ-9-1

寺崎英成／マリコ・テラサキ・ミラー編著
昭和天皇独白録

雑誌文藝春秋が発掘、掲載して内外に一大反響をまきおこした昭和天皇最後の第一級資料ついに文庫化。天皇が自ら語った昭和史の瞬間。（解説座談会 伊藤隆・児島襄・秦郁彦・半藤一利）

て-4-1

鳥巣建之助
日本海軍 失敗の研究

海軍はなぜ太平洋戦争へと暴走する陸軍を抑止できなかったのか？ 元海軍参謀が明治の建軍以来の歴史を見つめ直し、破局に向かわせた真因を、「統帥権」を衝いて敢えて探る注目の書。

と-12-1

鳥巣建之助
太平洋戦争終戦の研究

原爆と特攻——この二つがなかったら太平洋戦争はどうなっていただろうか？ 史実を並行的にたどりながら終戦にいたるまでの道を新しい視点で描く待望の日米戦史。

と-12-2

東條由布子
祖父東條英機「一切語るなかれ」
増補改訂版

「沈黙、弁解せず」を家訓として育った東條家の人々。戦後五十年、東條英機の孫娘である著者（本名・淑枝）が、初めて語る昭和のあの時代の「記憶」。次代への貴重な証言。（保阪正康）

と-16-1

中野孝次
五十年目の日章旗

インパール作戦で無残な死を遂げた兄。その兄の名を記した日章旗が戦後五十年目の夏、偶然に見つかった……。表題作の随想と、同じテーマによる小説「スタンド」を併録。（大石芳野）

な-21-6

文春文庫

戦争と昭和史セレクション

（　）内は解説者

秦郁彦
昭和天皇五つの決断

二・二六事件、敗戦、マッカーサーによる占領、歴史の荒波の中で昭和天皇は如何に苦悩し決断したか。天皇の最高権力者としての行為に現代史研究の第一人者が実証のメスをいれる。

は-7-2

秦郁彦
八月十五日の空
日本空軍の最後

終戦の前後二週間空白だった陸海軍航空部隊の最後の戦闘の実態を、日米双方の資料を駆使しながら描いたノンフィクション・ドキュメント。海軍中将宇垣纏《まとめ》の沖縄特攻の謎と真実に迫る！

は-7-3

秦郁彦
昭和史の謎を追う（上下）

昭和という新しい時代を待ちうけていたのは未曾有の金融恐慌と関東軍による張作霖爆殺だった。そしてそれ以後も数々の大事件が日本を揺るがす。手堅い実証と明快な推理による現代史。

は-7-4

半藤一利
聖断
天皇と鈴木貫太郎

国民を無意味な犠牲から救うためには、戦争終結しかない。一億玉砕論の渦巻くなか、平和を希求される天皇と、国家の分断を阻止しようとする宰相との感動の物語。
（高木俊朗）

は-8-1

半藤一利編著
昭和史が面白い

二・二六事件、引揚げ、美智子妃誕生、東京五輪、そして昭和天皇。大事件の当事者たちが意外な真相を明かす、興奮の昭和史座談会集。
（解説座談会　半藤・嵐山光三郎・森まゆみ）

は-8-8

半藤一利
永井荷風の昭和

戦争へと急速に傾斜してゆく昭和前期の東京を、『断腸亭日乗』を主要テキストにすえ、文豪とともに彷徨する。世俗の事件と歴史の命運を同時に活写した歴史探偵の会心作。
（吉野俊彦）

は-8-9

文春文庫

戦争と昭和史セレクション

（　）内は解説者

零式戦闘機
柳田邦男

太平洋戦争における日本海軍の主力戦闘機であった零戦。外国機を凌駕するこの新鋭機開発に没頭した堀越二郎を中心とする若き技術者の足跡を描いたドキュメント。（佐貫亦男）

や-1-1

零戦燃ゆ（全六冊）
柳田邦男

第二次大戦の勝敗を決したともいえる零戦とグラマンの対決は日米の技術と国力の対決でもあった。両国の技術者・搭乗者を巡るドラマを軸に日米決戦を複眼の視点で描く。（秦郁彦）

や-1-9

同日同刻
太平洋戦争開戦の一日と終戦の十五日
山田風太郎

日本の運命を決した日々、敵味方の政治家、軍人、作家はどう行動したのか。膨大な資料で「同日同刻」の記録を対照し、狂気の時代を再現、戦争の悲劇と人間の愚かしさを衝く。（保阪正康）

や-6-10

私の中の日本軍（上下）
山本七平

自己の軍隊体験をもとに日本軍についての誤解や偏見をただし、さまざまな〝戦争伝説〟〝軍隊伝説〟をくつがえした名著。鋭い観察眼と抜群の推理力による冷静な分析が光る。

や-9-1

一下級将校の見た帝国陸軍
山本七平

「帝国陸軍」とは何だったのか。すべてが規則ずくめで大官僚機構ともいえる日本軍隊を、北部ルソンで野砲連隊本部の少尉として惨烈な体験をした著者が、徹底的に分析追求した力作。

や-9-5

「戦前」という時代
山本夏彦

終戦このかた「戦前は真っ暗な時代だった」と説かれてきた。果してそうなのか？　当時の日記を引きつつ、巷間に流布する「戦前」観の虚偽を鮮やかに衝く表題作ほか十五篇。（石堂淑朗）

や-11-5

文春文庫

戦争と昭和史セレクション

（　）内は解説者

海軍乙事件
吉村昭

昭和十九年、フィリピン海域で飛行艇二機が遭難した。連合艦隊司令長機は行方不明、参謀長機は敵の手に。参謀長の機密書類は？　他に「海軍甲事件」『八人の戦犯』『シンデモラッパヲ』収録。

よ-1-7

戦艦武蔵ノート
作家のノートI
吉村昭

起工からフィリピン沖で沈むまでの六年間、国民から遮蔽され続けた幻の巨艦の運命に戦争の本質を見る著者の視線。生存者から得た貴重な証言で綴る記録文学。（本田靖春）

よ-1-10

帰艦セズ
吉村昭

昭和十九年、巡洋艦の機関兵が小樽郊外の山中で餓死した。長い歳月を経て、一片の記録から驚くべき事実が明らかになる。「鋏」「白足袋」「霰ふる」「果物籠」「飛行機雲」他一篇。（曾根博義）

よ-1-21

殉国
陸軍二等兵比嘉真一
吉村昭

中学三年生の小柄な少年は、ダブダブの軍服に身を包んで戦場へ出た……。凄惨な戦いとなった太平洋戦争末期の沖縄戦の実相を、少年の体験を通して描く長篇。（福田宏年）

よ-1-22

戦史の証言者たち
吉村昭

すさまじい人的物的損失を強いられた太平洋戦争においては、さまざまな極限のドラマが生まれた。その中から山本五十六の戦死にからむ秘話などを証言者を得て追究した戦争の真実。

よ-1-28

四人の連合艦隊司令長官
吉田俊雄

山本五十六、古賀峯一、豊田副武、小沢治三郎――太平洋戦争を指揮した四代の司令長官の作戦を分析し、彼らの資質とは別の、海軍のシステムに内在した欠陥を元軍令部参謀が指摘。

よ-5-1

文春文庫　最新刊

不機嫌な果実　林 真理子
夫への不満から、麻也子が理想の不倫相手として選んだ男性は――不倫恋愛小説の最高峰

雷撃深度一九・五　池上 司
昭和二十年七月、原爆を運ぶ米重巡洋艦を叩くべく出撃した潜水艦伊五八号の活躍を描く

マツタケの丸かじり　東海林さだお
筍を火焙りの刑にする、ケニアで野性の味も体験。ショージ君の胃袋はいつだって絶好調！

どうにかこうにかワシントン　阿川佐和子
「なんとかなるさ」で飛び込んだアメリカは、やっぱり難問続出。お馴染みアガワの奮闘記

天才伝説 横山やすし　小林信彦
大阪が生んだ不世出の芸人やっさんの生涯を、著者自身の親交を通して描ききった傑作評伝

「週刊文春」の怪 お言葉ですが…②　高島俊男
こんな日本語にしたのはいったいどこのどいつだ？「週刊文春」連載の好評コラム第二弾

波のまにまに　内田春菊
ラブリーなのに、ホラーな、春菊ワールド。日常にひそむ恐怖の時間を捉えた傑作全十篇

あなたは老後、誰と、どこで暮らしますか　佐橋慶女編
夫婦で老人ホームへ、夫と別れてのびのびと、ホスピス予約済み……百九十六人の老後設計

臨床読書日記　養老孟司
「虫の本」を見ながら「本の虫」になる。様々な作品を紹介する「養老流・本の解剖教室」！

鬼平犯科帳 新装版(二十一)(二十二)　池波正太郎
時代小説の定番ベストセラー「鬼平」シリーズがリニューアル。大きい活字で読みやすく

死のドライブ　ピーター・ヘイニング編　野村芳夫訳
S・キング、J・アーチャー、R・ダール等、車に関する短篇19本を収録したアンソロジー

リンドバーグ・デッドライン　マックス・A・コリンズ　大井良純訳
リンドバーグ二世誘拐。謎の事件に挑む私立探偵の苦闘を描く、正統派ハードボイルド大作

暗号攻防史　ルドルフ・キッペンハーン　赤根洋子訳
暴かれた暗号機エニグマ…など、古今東西の暗号とその作成・解読に生涯を捧げた人々！